[波兰] 符瓦迪斯瓦夫·莱蒙特 著
林洪亮 译

四川文艺出版社

图书在版编目（CIP）数据

农民 / （波）符瓦迪斯瓦夫·莱蒙特著；林洪亮译.
成都：四川文艺出版社，2024.11. -- ISBN 978-7
-5411-6241-1

Ⅰ.I513.45
中国国家版本馆CIP数据核字第2024A2T287号

NONGMIN
农民

（波）符瓦迪斯瓦夫·莱蒙特　著
林洪亮　译

出 品 人　冯　静
策　　划　周　轶
支　　持　副本制作文学机构
责任编辑　苟婉莹
封面设计　叶　茂
版式设计　史小燕
责任校对　段　敏
责任印制　桑　蓉

出版发行　四川文艺出版社（成都市锦江区三色路238号）
网　　址　www.scwys.com
电　　话　028-86361802（发行部）　028-86361781（编辑部）

邮购地址　成都市锦江区三色路238号四川文艺出版社邮购部　610023
排　　版　四川胜翔数码印务设计有限公司
印　　刷　成都东江印务有限公司
成品尺寸　149mm×210mm　　　　　　开　本　32开
印　　张　38.625　　　　　　　　　　字　数　1000千
版　　次　2024年11月第一版　　　　　印　次　2024年11月第一次印刷
书　　号　ISBN 978-7-5411-6241-1
定　　价　238.00元

版权所有，违者必究。如有印装质量问题，请与出版社联系调换。联系电话：028-86361796。

译者序

1924年11月13日，星期四，瑞典学院向全世界宣布，1924年的诺贝尔文学奖授予波兰作家符瓦迪斯瓦夫·莱蒙特。而且特别指出，莱蒙特是"由于他的伟大的民族史诗式作品《农民》"而获得诺贝尔文学奖的。

莱蒙特获奖的消息传到波兰后，波兰举国欢腾，大家欣喜异常。这给新生的波兰共和国增添了无上的荣光，于是来自全国各地的贺信贺电纷纷飞到了当时还在法国治疗的作家身边，而当他回到波兰家中之后，前来祝贺和看望的人接连不断，令这位久病的作家应接不暇，难以承受。

莱蒙特的得奖既是实至名归，但也像往常那样引起了不小的争议，在波兰国内，当时提出异议的波兰作家就有两位：一位是斯特方·热朗姆斯基，另一位就是莱蒙特。这情况和1905年相似，那一年也是提出了两位波兰作家——显克维奇和奥热什科娃。有人主张把该年的文学奖同时授予这两位作家，但最终还是显克维奇获得了此殊荣。1924年也遇到了同样的情况，热朗姆斯基也是波兰著名的作家，无论是作品的丰富多样性还是其受欢迎的程度，和莱蒙特相比都有过之而无不及。但瑞典学院评判结束，还是只授予莱蒙特一人，而且是因他的一部作品。但是莱蒙特的获奖在国外却引起了更大的质疑，许多人都在问，为什么会把文学奖授给莱蒙特？在欧美许多作家看来，莱蒙特是个无名之辈，他们大都没有读过他的作品。况且这一年被提名为候选人的作家有十多位，其中最负盛名的就有托马什·曼、哈代和高尔基等人，其中哈代呼声最高，因此，哈代的落榜在英国文学界引起特别的不满。于是，人们都在探询，莱蒙特是何许人也，他的《农民》又是一部怎样的作品，为何会受到如此特别的推崇。

一

符瓦迪斯瓦夫·斯坦尼斯瓦夫·莱蒙特（一般只提符瓦迪斯瓦夫这个名字）是一位自学成才的波兰杰出作家，也是一个艰苦卓绝的奋斗者。他于1867年5月7日出生于波兰中部拉当姆附近的大科别拉村，在九个兄弟姐妹中排行老五。他的父亲是一位农民兼乡村风琴师。家庭并不富裕，因此他从小便没有受到过正规和系统的学校教育，只是在姐姐和哥哥的帮助下，学会了认字和读写，他的叔祖西蒙神父见他天资聪慧，便亲自教他拉丁文，并讲解古典文艺作品。这位叔祖本想让莱蒙特去上学校，可惜他于1878年逝世了。一大家子人，仅靠父亲一人的微薄收入来维持生活，而且还要供应他的哥哥姐姐上学，家里自然会很拮据。父亲不得不忍痛割爱，把他留在身边，亲自教他音乐，想让他子承父业，当一名教堂的风琴师。尽管儿子不愿如此、父子之间经常产生矛盾，但父亲性格暴戾，儿子不得不屈从。于是，父子二人常常到各个村子里去参加各种典礼活动，这样一来，莱蒙特对农民的生活状况和风俗习惯便有了切实的了解，为他后来的创作积累了素材。

几年之后，父亲见他实在不愿当风琴师，便为了他将来的生计另作打算——在他十三岁的时候，把他送到了在华沙的大姐夫的裁缝店里当学徒。大姐夫家里有许多藏书，莱蒙特便利用休息时间，埋头于文学作品的阅读之中，这大大丰富了他的文学知识，并增强了他对文学的兴趣。1883年他考入了华沙彼特科夫斯基学校，但不久便辍学了。为了减轻家里的负担，他参加了一个巡回剧团，成了一个跑龙套的演员，到波兰各地进行演出。这种流浪的江湖生活并没有改善他的生活境况，但却满足了他对戏剧的爱好，使他精神上得到了一定的满足，也使他体验到独立谋生的艰辛。1888年开始他在华沙—维也纳铁路上当了一名铁路工人，常常是独自一人住在小站里，过着穷困无聊的孤独生活，用阅读书籍来打发闲散的时间。日积月累，他的知识水平得到很大的提高，而且创作欲望也被激发。就在这期间，他和站长的妻子斯特芳尼亚相爱。恋爱被迫中断后他曾开枪自杀，幸亏救治及时，才捡回了一条性命，但这位初恋对象却久久留在他的心中，无法忘怀。

当他感到孤独寂寥时便开始写诗，后来他又记了多年的日记，但无论是写诗还是记日记，都不能完全满足他的创作愿望，也不是他的创作专长，因此这些文字在他生前大都没有拿出来发表过。后来，他转向了小说创作。他的小说创作并不像有些作家那样有明确的创作思想和创作方法，因为他是自学成才的，也没有受某一派某一家的专门影响。他从小就爱读密茨凯维奇和斯沃瓦茨基的浪漫主义作品，同时对现实主义作家显克维奇和普鲁斯的小说也爱不释手，当时正在盛行的自然主义也不免对他产生过影响。他最先在报刊上发表的作品有《来自罗果夫》的通讯报道和短篇小说《圣诞节前夜》。在1892—1894年期间，他创作了十七篇短篇小说。其中的四篇《母狗》《死》《暴风雪》《托马克·巴朗》涉及农村社会和农民问题。其他有写城市生活的，如《在药店》《在街上》《影子》等；有写铁路员工的，如《工作》；

有写演员生活的,如《弗兰内克》《实习生》《莉莉》;也有写地主贵族生活的,如《田园诗》《相逢》等。这些小说以写实的手法,通过描写底层人物在生存竞争中所表现出来的种种困境,以揭示波兰社会的贫穷落后和人性的残酷本能。《死》是莱蒙特发表的第一篇小说,它于1893年刊登在《呼声》的第十三—十五期上,写一个狠心的女儿,因为遗产继承问题,不仅不给衰老的父亲治病,反而将他扔在猪圈里让他活活地饿死冻死,反映出人们在争夺土地和财产时所显示出来的人性的泯灭。《工作》写一个失业的铁路工人,为了争夺一份工作,竟将自己生病的好友活活掐死,以便取代他的位置。而《托马克·巴朗》通过主人公种种不同的遭遇,揭示出城乡无产阶级所遭受的压迫和苦难。莱蒙特的这些小说融作者的亲身体验和观察感受于一体,把现实主义的写实和自然主义的某些手法融合在作品中,显示出了他的独特风格。这些作品的揭露性很强,所描写的场面也很悲惨,但所要表现的社会意义和道德准则却不够明确,因此他的这些小说往往不被评论界所肯定——他们指责他的作品缺少美感。当然,它们也受到许多读者的欢迎,认为它们反映了波兰社会的真实面目。

1894年,莱蒙特应《插图周刊》之邀,前往明山去报道朝圣这件盛事。明山位于波兰中部,基督教从996年传入波兰之后,便渐渐为波兰绝大多数民众所信奉,14世纪建立的明山修道院,尤以其黑脸圣母塑像而闻名于世,几个世纪以来,明山修道院不仅是波兰反抗外族侵略的爱国基地,也是广大信徒祈求安康和还愿祈福的圣地。这一年也正是波兰民族英雄科希秋什科起义一百周年,为纪念这一光辉日子,波兰各界人民都纷纷组团前去明山进行朝圣活动。莱蒙特受邀参加了一个朝圣团,和朝圣的人们吃住在一起,行动在一起。为了写好这篇报道,他也访问了其他朝圣团和个人,根据所见所闻和亲身感受,他写出了长篇通讯《明山朝圣记》(1895)。通讯发表后,受到波兰文艺界的好评和读者们的欢迎,也使作者的名望大大提高。从此,他开始被华沙的文艺沙龙所接受,成了华沙作家队伍中新的一员。

接着,他又写出了长篇小说《女喜剧演员》(1895)和《发酵》(1896)。这两部小说的故事和主人公有所关联。前者描写一个有表演才华、有理想抱负而又不甘于平庸的女性形象。她为了逃避父亲强加于身上的婚姻而离家出走,参加了一个巡回剧团,可是她到剧团之后,才华得不到施展,剧团内部互相倾轧,市侩之气弥漫,而观众也不理解和欣赏她的表演,种种困境让她陷入痛苦失望之中,竟使她服毒自杀,她被救醒之后被送回了家里。《发酵》写女主人公回到家里所经历的种种事情。父亲不再强迫她结婚,而她自己也渐渐放弃了献身艺术的理想,留在家里照顾患有精神病的父亲。原先她讨厌的那家父子,不仅因从事木材生意而更加富有,还处处显示出忠厚和善,而那位曾被她拒婚的安杰伊,依然对她关心和挚爱着。在他们相处的一段时期里,她对他的认识加深了,从产生好感到真心爱上,不久他俩便喜结良缘,成了一对和谐的夫妻。结婚后,她带着父亲住进了丈夫的庄园,过起了阔少奶奶的生活。作者不仅美化了安杰伊父子,而且也肯定了女主人公所选择的生活道路。在波兰文学史上,以戏子生活为描写对象的长篇小说凤毛麟角,这两篇小说虽然结构有些松散,人物刻画也不够细腻,但可以说是这方面的开山之作,因而受到人们的欢迎。

随后,莱蒙特为了写作《福地》,1896年先后两次来到了罗兹,对这座城市的历史和发展进行了一番深入的考察和探究。波兰1864年实行农奴解放,为波兰的资本主义发展提供大量的劳动力,而沙俄政府把波兰王国和沙俄帝国合并在一起,取消了关税壁垒,利用波兰的资源大力发展工商业,以促进俄国经济的繁荣发展。在这种有利的背景下,波兰的资本积累得到了很大的增长,现代工业迅速发展,而且有了东方的出口市场，产量逐年增加，财富越积越多，于是波兰迅速崛起，很快便形成了多个工业中心，其中罗兹的棉纺业占据着波兰工业的首要位置，其产品销往东欧各国和俄国，甚至远销至中国。

与此同时，莱蒙特还曾对柏林、布鲁塞尔和奥斯坦德等外国城市进行考察，以扩大他的视野，增进他对现代工业发展的了解——这无疑对他的小说创作会有不小的帮助。《福地》是莱蒙特于1895年年底—1896年年底在巴黎、罗兹和华沙完成的，先后被《每日信使》和《新改革》于1897—1898年连载，并于1899年出版单行本。

《福地》就是以罗兹的工业发展为描写对象的，它通过讲述一个聪明能干的波兰青年博罗维耶茨基在罗兹棉纺界的崛起，并在与波兰内外资本家的竞争中如何被整垮的故事，反映出罗兹的整个发展的过程，描写了罗兹如何从一个小城市膨胀到了波兰工业的繁荣大都会。同时，它又揭示出了外国资本和波兰本国资本的竞争的残酷性——这里既是那些投机倒把者的福地、富人资本家的天堂，又是贫苦平民和工人阶级的地狱。在这里，金钱主宰着一切，坏人们如同螃蟹一样横行无忌。在这里，欺骗、破产、失业、剥削压榨无处不在。作者在描写这些现象时是以敌对的情绪来暴露城市发展的渊薮的，揭示出资本主义人吃人的发展本质。《福地》的创作和发表，标志着莱蒙特的创作思想和艺术方法的成熟，这部作品是波兰小说史上又一部描写工业发展的力作。

莱蒙特在这段时期，不是住在巴黎，就是住在华沙，间或会住在他父亲的家里。莱蒙特觉得巴黎很安静，很适合写作，这是因为他已发表多部作品，在华沙已小有名气，开始受到华沙文艺界的重视，也逐渐受到华沙著名文艺沙龙的欢迎和接待。同时他也曾和多名女子相遇相识，甚至还爱上了有夫之妇阿乌列莉亚·沙布沃夫斯卡。阿乌列莉亚是位商人的女儿，擅长法文，曾翻译过法国文学作品，1893年她和华沙《耳环》杂志的编辑特奥菲尔·沙布沃卡斯基结婚，婚后感情一直不合，双方正闹着离婚。莱蒙特是1895年在他们家里和阿乌列莉亚认识的，双方一见钟情，第二年便订婚了，但她还未离婚，要离婚的话，莱蒙特得付给她丈夫一万卢布。但因莱蒙特当时收入微薄，一时难以筹集这笔巨款，婚事便拖延了下来。

1900年7月，当他离开华沙时，乘坐的火车离站不久便翻车了，莱蒙特受了重伤，被砸断了好几根肋骨，腿脚也被砸伤了，虽经多方医治，依然留下了终身残疾。这次车祸铁路当局赔偿给他三万八千五百卢布，这使他的经济状况有所改观。故而到了1902年7月，他和阿乌列莉亚在克拉科夫结婚，随即便去巴黎度蜜月。后来他们移居到法国的布尼坦尼亚，那里环境优美，又非常安静，莱蒙特便在那里开始了他的《农民》的第一部《秋》的创作。前后历经七年的努力，莱蒙特才完成他的《农民》四部曲。这部宏伟小说的创作和出版，标志着莱蒙特的思想和艺术达到了巅峰。

1905—1906年革命期间，他正好居住在华沙，亲身感受到了这场革命对波兰人民的意义，并写出了《来自宪法的日子》《我在等》《在山坡上》等反映革命的短篇小说。在第一次世界大战期间，他还写有《小坟场》《法庭》《母亲》《暴风雨》《怀念》等反映城乡生活的小说。他的剧本《失败》显示出了他的戏剧创作才华。而1913—1918年创作的三部曲《1794》，是作者试图把波兰历史和现实状况联结起来的故事，以表达他的爱国主义思想。《1794》的第一部名叫《共和国的最后一次议会》，第二部是《虚无的绝望》，第三部为《起义》，所写的正是波兰遭遇列强瓜分而掀起民族救亡的大动荡时期。作者正是要以自己的历史小说"来鼓舞民族精神，为民族塑造为自由和独立而战的战士的榜样，以他们的英雄行为和不怕牺牲的精神去拯救被强敌瓜分的祖国"①。小说从1793年波兰遭到俄普奥第二次瓜分写起,直到1794年科希秋什科发起著名的民族大起义,展示了一幕幕爱国救亡的斗争场面,歌颂了波兰爱国斗士不畏强敌的抗争精神。不过,这部小说太过于重视历史事实,而文采却显得不足,像是一部纪实的报告文学。

第一次世界大战期间,莱蒙特在华沙公民委员会工作。1918年波兰重新获得了独立,就在这一年,波兰科学院首次向瑞典学院推荐莱蒙特为诺贝尔文学奖候选人。1919—1920年期间,莱蒙特曾参加波兰政府代表团,两次到美国访问,为新生的波兰进行宣传,并对波侨进行慰问和考察。在美国,他结识了波侨中的许多文艺界人士,还和热朗姆斯基一起成立了波兰文学家联盟,同时担任了波兰文学家和记者协会的主席。这一年,他还在波兹南省的科瓦奇科沃乡购买了一块213公顷的土地,以作为晚年的永久居住地。在写完《1794》以后的岁月里,莱蒙特依然笔耕不辍,写出和发表了一批短篇小说,如《土地》《命运》《前线》《回国》《忏悔》《公爵的女儿》等。然而,从1921年开始,他的心脏病多次发作,不得不卧床休息。

1924年,《农民》的瑞典文译本赶在诺贝尔文学奖评选之前,得到了全部翻译和出版,11月13日,莱蒙特被瑞典学院评选为1924年的诺贝尔文学奖获得者。原定12月10日举行授奖仪式,但莱蒙特还在尼斯疗养治病,未能出席仪式,只好由别人代领。消息一经传出,举国欢腾,为波兰重新独立后能获得如此的殊荣而感到自豪。

1925年5月,莱蒙特回到了华沙,受到波兰人民的热烈欢迎。1925年8月,波兰农民党宣布他加入了农民党,12月2日凌晨2点20分,莱蒙特因心脏病发作,医治无效在华沙逝世,波兰为他举行了国葬。波兰总统和总理都参加了他的葬礼,而他的那颗心脏如同肖邦的

---

① 转引自张振辉著《莱蒙特》第227页,吉林出版社,1997年。

心脏一样，被安放在华沙圣十字教堂的一根方柱之中，永远受到前来瞻仰的人们的膜拜。

综观莱蒙特一生，他命运坎坷却自学成才，堪称世界文坛上的一个楷模，而他的伟大作品《农民》也成了世界文坛描写农村生活的典范。

二

受到如此高度评价的《农民》到底是一部怎样的作品呢？为何它能得到诺贝尔文学奖评委们的如此推崇？要回答这个问题并不容易。优秀的作品，往往是百读不厌的，而且每读一次，都会有新的发现。而且除了共同的一些品鉴点之外，读者往往会有各自的独特评论。在我看来，《农民》首先是一部反映波兰19世纪末、20世纪初农村社会生活的民族史诗、一部百科全书。波兰自建国以来，曾经历过无数次的内忧外患，有过辉煌繁荣时期，但也受到过强邻的不断侵略。特别是18世纪后期，波兰因遭到俄国、普鲁士和奥地利的三次瓜分而被灭亡，直到小说的写作时期，波兰依旧处在三国的侵占之中。但是波兰人民不甘屈服，自从国家被灭亡之后，波兰便掀起了多次声势浩大的反抗外族侵占者的武装起义。1830年11月的反俄大起义、1846年的克拉科夫起义和1948年的波兹南革命，都表达了波兰人民不怕牺牲的爱国斗争精神，而1863年的一月武装起义，更是东欧地区在19世纪后期规模最大的一次革命活动。这次起义遭到沙俄军队的残酷镇压，此后，俄国政府在波兰王国地区内实行更严酷的民族压迫和俄罗斯同化政策。沙俄政府宣布取消波兰政府机构的一切自治权力，波兰的政府、法院和学校必须使用俄语。沙俄政府的这种民族压迫政策遭到城乡人民的反对，但波兰的贵族地主和资产阶级却妥协投降了。不过波兰人民的英勇斗争精神也迫使沙俄政府不得不做些让步。为了瓦解起义队伍中的农民士兵，沙俄政府便于1864年3月2日颁布了在波兰王国废除农奴制度的敕令。敕令规定，废除农民的一切封建义务，农民可以成为自己分内土地的主人，还可获得使用公有森林、草场和水源的权力。此外，无地农民还可从国有土地中分到一份土地、有权参与乡村的自治。起义的农民看到有希望得到土地和人身自由，便纷纷放弃了起义。但是，此后波兰农民的境况并没有得到改善，地主、贵族依然占有大量的土地和牧场，他们和沙皇政权沆瀣一气，常常借势欺压农民，因此，波兰农村的阶级斗争依然尖锐。

《农民》所描写的正是波兰在1863年起义之后、19世纪末和20世纪之交这个时期的波兰农村社会生活状况。它以《秋》《冬》《春》《夏》四卷为序，与大自然的季节和农民的耕种收获相对应，展开了一幅波浪壮阔的农村生活和斗争的画卷。小说是围绕着波兰中部的一个小村庄利普查村展开的，它以富裕农民波利那的家庭矛盾和情感纠葛为主线，以利普查村全体村民的生活为副线，交织在一起，展现出沙俄统治下波兰农村所具有的民族矛盾、阶级矛盾的真实面貌。小说是从秋收土豆开始的。波利那家的汉卡正带着几位雇工在自家地里收挖土豆时，小姑子尤什卡慌里慌张地前来报告，他们家的母牛已经奄奄一息——它是被地主家的护林员赶出森林草地时，内伤发作、无法救治而死的。母牛的死让波利那家遭受重大损失，老波利那不甘心，便向法院控告地主不该霸占本属于村社的森林草地。但是波利那的控告失败了，他不仅没有得赔偿，反而要付出全部的诉讼费用。这场母牛的官司不仅揭示了农民和地主之间的矛盾，也反映出波兰农村所受到的沙俄政权机构的压迫。

随着小说故事的展开，一场更大的阶级斗争风暴掀起。地主又和商人勾结，雇人砍伐本属于利普查村公有的森林，激起全村村民的强烈反对。在老波利那的带领下,村民与地主派来的护丁展开了一场血战,老波利那身受重伤,昏迷不醒,卧床三个多月而命丧黄泉。地主不仅没有受到惩处,反而将村里参加护林斗争的五十多个男人投入监狱。这里,阶级压迫和民族压迫联合在一起,使利普查村遭受到巨大的损失。

为了对波兰进行同化教育,沙俄政府还决定在利普查村建立一所俄语学校,不仅规定所有的波兰孩子必须在俄语学校学习,而且还要波兰农民负担建校和将来学校运作的全部费用,必须按照田地数目缴纳赋税。村民们本来是要一致激烈反对的,但区长和他的爪牙们想出种种计谋,对村民们进行分化瓦解和威逼利诱,迫使大多数的村民们不得不投了赞成票,使建立俄语学校的决策冠冕堂皇地通过了。莱蒙特亲身遭受过沙俄侵略者的压迫,对于沙俄政府所推行的民族压迫和同化政策写来得心应手。

《农民》的另一大主题,就是土地问题。无论是在波兰,还是在世界上的其他地方,对于农民来说,土地都是最重要的,是农民赖以生存的命根子。莱蒙特在这部小说中以细致入微的手法,不仅写出了土地本身的慷慨无私,更是描绘出了土地所带给人们的种种矛盾,以及各个阶层各色人等的思想和心理状态,使小说更具社会意义。

小说既写出了土地在一年四季中所产生的各种果实、给农民带来的欢乐,更是反映出土地在农村社会生活中的重要地位——它决定着农民的地位名望、贫富贵贱,以及人与人之间的关系。无论是家庭内部,还是在各阶层农民之间所发生的主要矛盾,其焦点都凝结在对土地的拥有和争夺上。

小说主人公马捷伊·波利那是利普查村的首富,在村里拥有很高的威望,拥有三十垧土地。为了更好地掌管自己的家业,这位丧妻不久的老鳏夫便看上了村里年轻貌美的雅格娜。雅格娜的娘家拥有十五垧地，波利那估摸着，雅格娜再加上两个兄弟，即使三个人共享，每人也可分享到五垧地，而这五垧地又能和他的土地连在一起，这样一来他便拥有三十五垧田地了。然而雅格娜的母亲多米尼科娃也不是省油的灯，她不顾年龄的巨大差别，同意将女儿嫁给马捷伊，唯一的条件便是立下文书，将六垧好地签发给雅格娜。双方同意后，雅格娜便成了马捷依的续弦。可是马捷伊的儿子安特克和儿媳汉卡为了这六垧地和父亲大闹了一场，父子还拳脚相加，一怒之下，父亲便把儿子一家赶出家门，使他们落到无房无地、一贫如洗的地步。而雅格娜和安特克原是一对情人，雅格娜嫁给马捷伊之后，依然和安特克打得火热。有一次，他们的奸情被马捷伊发觉，后者便将他们在里面幽会的草堆放火烧了，又将雅格娜打了一顿，剥夺了她的主妇地位，把她降为用人。随后，在利普查村的农民们为了夺回被地主霸占的森林时，老波利那被打成重伤，安特克为救父亲打死护林员而被捕入狱。老父亲临终前还嘱咐儿媳，一定要赎回安特克继承家业。而他自己在昏迷了三个多月之后，却在死前的那个晚上回光返照，念念不忘他的田地，抓起泥土当作种子来播撒，最后死在了自己的地里。作者用精细的笔触，通过一系列的情节，再现了土地在主人公心中的崇高地位。

利普查是个人多地少的地方，为土地问题而引起家庭纠纷的决不止波利那一家。多米尼科娃家也是如此，她家原本有十五垧地，三个儿女每人照例可以分得五垧地的，可是多米尼科娃却把地牢牢握在自己的手中，决不给儿子西蒙一分一寸土地。这是因为西蒙要和纳斯特卡结婚，而纳斯特卡出生于无地的家庭，拿不出土地来做陪嫁，多米尼科娃便坚决反对他们结婚。寡妇雅古斯丁卡原来也是个拥有十垧土地的主人，她感到自己年事已高，便将田地交给了儿子和儿媳，原以为自己可以享享清福了，但儿子得到土地之后，却把她看成是一种负担，对她不理不睬，使她过着饥寒交迫的生活，只好靠给别人打零工来过日子。

  其实，利普查村原本只有十多户人家，经过几代人的繁衍生息，现在却分化成几十户农民，而土地却没有增加，因而村中居民所拥有的人均土地便越来越少。为了保住自家原有的土地数量，许多自耕农都不愿把土地分给子女，许多家庭也因此产生了不少的纠纷，甚至出现父子相残的事件。人口和土地的矛盾便成了利普查村的突出问题。当地主因为欠债而要把波德列斯的大片荒地卖给德国人时，村民们一致反对，他们又再次联合起来，与德国移民和地主展开了斗争，迫使德国移民不得不撤走，这样一来才给利普查村留下了继续拓展的余地。也是在这种守护土地的斗争中，波兰农民顽强的生命力和团结一致的斗争精神才得到了展示。

  作者在这部小说中，以敏锐的观察、生花的妙笔，细致入微地写出了土地既给农民带来了欢乐、欣喜和满足感，同时也会给人们增添担心、失望和苦痛。土地主宰着农民的命运，成了人们喜怒哀乐的根源，而拥有土地的多少也决定了主人的社会地位和威望程度。许多评论者把这部小说称为土地的史诗，确实名副其实。

三

  《农民》也可以说是波兰农村的一部百科全书，作者以广博的知识、亲身的体验和他的那支生花妙笔，对波兰农村的生活作了精确而全面的描写。不仅详细地描写了利普查村的时代氛围，突出了波兰农村在19世纪末20世纪初的生存的艰巨性、人民奋斗拼搏的精神，还以大量的篇幅描写了利普查村农民在一年四季中的耕种收割的农事活动，而且作者又把这些活动和当地当时的气候变化紧密相连，再现了后者的多姿多彩。作者还常常把气候的变化和农民的心理反应相连，使气候的这种再现更具人文情怀。

　　小说还以大量的篇幅再现了利普查农民的日常生活——劳作、起居、饮食,描写了他们的婚丧嫁娶、饮酒作乐、唱歌跳舞,还大量介绍了波兰农村的音乐舞蹈、故事传说、医术咒语、农谚警句,以及各种宗教的节日仪式和庆典活动。波兰从996年接受基督教以来,百分之九十以上的人民便信奉基督,尤其是在农村,人们更是保持了基督教一整套的庆典仪式和节日活动,故而写波兰农村和农民,就不能不写基督教的活动和村民们的信仰。而作为信徒的莱蒙特更是精心地写出了各种节日和仪式所具有的震撼人心的力量,以及人们对上帝天主的无限崇敬。《农民》不仅让读者对波兰人民的信仰和宗教活动有了切实的了解,更让人们全面了解到波兰农村社会和农民生活的方方面面。因此可以说,《农民》是一幅描绘出波兰农村的包罗万象的画卷。

　　小说的另一大特色,就是作者塑造了许多个性独特、栩栩如生的人物形象。出现在《农民》中的人物有一百多人,着墨较多的有二三十个,他们各有其突出的特点,而且都在特定的情节中发挥作用。其中居于中心地位的当属波利那一家人,作为一家之主的马捷伊·波利那是村里的富户,具有很高的威望,曾参加1863年起义,是个识大体明大义的农民,也是个热爱土地勤于耕种的庄稼汉。但他生性暴躁固执,不愿把田地分给自己的儿女,但为了能娶上比自己年轻四十岁的美貌姑娘雅格娜,不惜将六垧好地馈赠给她,引起儿子等人的反对。结果,儿子安特克一家被赶出家门,变得穷困潦倒,直到马捷伊在和地主争夺森林的搏斗中受了重伤,他们父子才和解。马捷伊死时的一幕不仅写得感人,也更突出了他的农民本性。儿子安特克不仅身高马大,孔武有力,而且性格剽悍,容易冲动,不计后果,但他在阶级和爱国问题上却能明辨是非,表现出青年一代的反抗精神。安特克的妻子汉卡是作者精心塑造的一位女性形象,她生性刚强而又富于忍耐力,勤劳朴实而又机智过人，忠贞不贰而又能敬老爱幼，她的身上既有波兰妇女所具有的传统美德，又被作家赋予许多新时代的特点。而雅格娜则是小说中的另一位重要的女性形象。她年轻貌美，身边从来不缺追求她的或者被她追求的男人，但她也是一个受到侮辱的不幸女人。她本可以找一个体面年轻的男人结婚，却受其母的安排嫁给了一个大她四十岁的老人，而这老人的儿子又是她割舍不下的情人。于是，她便成了波利那家庭纠纷和父子矛盾的导火索，又是他们父子始乱终弃的牺牲品。后来她又被乡长和马特乌什所追求，却强烈地爱上了风琴师年轻俊俏的儿子雅西，终因声名狼藉而被驱逐出利普查村。她是小说中着墨最多的一个悲剧性人物。而作为马捷伊女婿的铁匠米哈乌，虽然在小说中着墨不多，但他的个性也刻画得鲜明突出。他自诩聪明机灵，但却是个狡狯、伪善和两面三刀的人。他和乡长、磨坊主沆瀣一气，和地主与当官的勾结，为害乡邻，又向汉卡耍奸弄拙，企图争夺波利那家的财产，他的阴险卑鄙的嘴脸暴露无遗。

而作为波利那家邻居的多米尼科娃家的人物，也在小说中占据着较重要的地位。多米尼科娃是个年纪不轻的寡妇，也是个拥有十五垧土地的自耕农，她生有一女二子，她虽然信仰虔诚，常常待在教堂里祈祷，但她生性固执，将两个儿子紧紧掐住不放。大儿子西蒙原来很顺从母亲，但母亲不仅要这个身强体壮的男子汉像姑娘那样做着所有的家务活，还不许他和家里无地的纳斯特卡恋爱结婚。忍无可忍的西蒙为了争得自己的婚姻自由，甘愿净身出户。随后他利用纳斯特卡的一千兹罗提陪嫁，买下了波德列斯的一块荒地。他夜以继日地勤奋劳动，硬是把一块凹凸不平、草木丛生的荒地开垦成了良田。同时他又在好友的帮助下盖起了一栋崭新的住房，他也终于不顾母亲的反对而和纳斯特卡结成了夫妻。通过这一番的励志奋斗，西蒙也由一个嘴拙口笨的傻大个儿变成了一个能言善语的活跃男儿。西蒙可以说是给年轻一代树立了一个励志奋斗的榜样。

小说还塑造了几个个性鲜明的老年寡妇形象,比如雅古斯丁卡这个嘴尖舌毒的老妇人,她本拥有十垧土地和房屋,但却过早地给了自己的儿子,满以为儿子能使她晚年生活幸福,结果却使她有家不能归,生活无着落,只好靠打零工来维持生计。这使她产生了对社会的不满、对人们的怨恨,所以她说话尖酸刻薄,行为招人厌恶,但她也常常同情弱者,为他们说出公道话。

在《农民》这部小说中,还出现了一个特殊的人物——罗赫。虽然他是靠别人的施舍过活,但他不是乞丐。他可算是个江湖人士,也可列为神秘的政治特使,这样的人物常常出现在波兰灭亡后的19世纪历史和文学作品中,如密茨凯维奇《塔杜施先生》中以修士面目出现的罗巴克。罗赫不知来自何方,行踪也不确定,但他来到利普查后却能和当地的农民打成一片,甚至为他们排忧解难——组织邀请外村男人为利普查村犁地耕种就是他的突出善举。他教孩子们波兰语,给村民们讲波兰的历史和波兰国王的功绩,以增进人们对祖国的了解和热爱。他还站在村民们一边,为了波兰的土地而和德国移民据理力争,他还常常进行宣传鼓动活动,让村民们抵制沙俄的统治。罗赫深得村民们特别是青年们的尊敬和信任,同时也引起了官府的注意,把他列为叛乱分子,千方百计要追捕他。作者塑造罗赫这个人物,既体现了作者本人的思想和愿望,也表达了波兰农民对爱国独立的要求以及他们的思想追求和道德信仰。

对于年轻一代的代表人物,如马特乌什、乡长弟弟格热拉,作者也都进行了精细的刻画。这些人物既有共性,如对地主和官府的不满和反抗,但又具有各自的个性。马特乌什是个身高体壮的单身汉,深得姑娘们的喜爱,还多才多艺,既会唱歌、跳舞、玩乐器,又会木匠活、建房、做棺材等。但他在情感方面却不是那么专一,他喜欢和姑娘们调情，先是和雅格娜有过绯闻，继而是和军嫂特蕾莎保持不正当的关系，不过他后来还是对雅格娜情有独钟，尽管雅格娜并不喜欢他。当雅格娜被村里驱逐时，只有他一人敢站出来为她辩护，对她进行关怀和救助。作者在这个人物身上既有贬责，更有赞美，突显得人物形象异常鲜明。乡长弟弟格热拉则是个性格较为稳重的青年，同时也富于正义感，敢于出面领着大家去与地主、官府做斗争。其他一些人物，如长工古巴、牧童维特克，虽然着墨不多，但每个人都有各自的性格、面貌和语言特色，作者对其思想和心理都做了生动而真实的描写，从而给人留下了深刻的印象。

四

小说之所以能引人入胜，还要归功于它的另一大特色——对自然景观的描绘。《农民》以一年的秋、冬、春、夏四季为序，描写了不同时间段的农耕生活。此外，田野、草场和森林，丽日、明月和繁星，风云雨雪，都被描绘得多姿多彩、富于诗情画意。在莱蒙特的笔下，风景千姿百态、有声有色，他不仅写出了四季的风景的动静变幻，更是写出了大自然与农民的紧密关系。

莱蒙特从小就生活在波兰中部的农村，对农村的自然环境、生活状况都非常熟悉，有切身的体验、亲历的感受，因而写作时能信手拈来，作品显得更加真实生动。小说第一部是《秋》，我们看到的是秋天的宁静。丰收过后的田野，碧蓝的晴空给人以无限的欢欣，可是到了晚秋，秋雨却给正在收挖土豆的农民带来了不小的压力，如雅格娜和她的兄弟们在大雨中拉着装着土豆的大车艰难前行，就显得很真实可信。而第二部《冬》则写出了严冬的威力，波兰的冬天风雪最为严厉，作者笔下的风也是千姿百态的，有的轻拂而过，有的狂野乱舞，像千军万马那样呼啸而过,像洪流那样奔泻而去,常常令居住在破茅屋里的农民们忧心忡忡,夜不能寐。随风而来的便是大雪。风雪交加,使贫苦的农民雪上加霜,但是皑皑白雪让大地变成了银装素裹、一片白色茫茫,又是孩子们娱乐的好场所。旋风又将积雪掀起吹动,世间变作群魔乱舞的状态,或者有如群马狂奔,势不可当,天上人间融成了一体。作者在这里写出了大自然的千变万化,以及它所具有的无穷的魅力和威力。

严寒的酷冬一过,春天终于来了,大地生机勃勃,万象更新,然而利普查村的男劳力们都被关进了监狱,田地无人耕种,一片荒芜,令人不胜悲切。及至邻人前来助耕,田野上又显示出一派欣欣向荣的景象。夏天阳光灿烂,万物蓬勃生长,却又遇上久旱不雨,人人忧心忡忡,担心庄稼干枯无收。正当人们悲伤欲绝的时候,突然浓云密布,雷电闪现,一场大雨倾泻而下,使大地万物恢复往日的生机,农民们又为之欢呼雀跃。莱蒙特善于运用他那支生花妙笔写出大自然的千变万化、多姿多彩,使他笔下的风景更加绚丽美妙。但他不是为写景而写景,而是和农村的耕种收获相结合,和农民们的心理心情相联系,使作品达到了情景交融的境界。作者写出了大自然对农民们的助益,同时也写出了大自然的严酷和它对农民的威胁与打击,让人们深深感到农民处于靠天吃饭的一种被动状态。这样的处理和描写也正符合那个时期波兰农村的真实情况,反映出作者对波兰农村的了解、对农民甘苦的深切同情——他没有把《农民》写成田园诗式的作品,这可以说是现实主义的胜利。

在写作手法上,作者还常常采用拟人化的手法来写景,以衬托人物的外形和内心感受,例如,他用秋天的肃杀景象来形容阿加塔的脸色。此外,他还善于根据情节的发展需要,通过写景来烘托人物的思想感情变化,比如写雅格娜对雅西的爱,便是以大自然的景物来衬托出她内心的感受。"她那思念的眼神、那愉悦的心灵总是情不自禁地追随着他,就像飞蛾绕着光亮那样。仿佛有一股温柔而又巨大的力量把她推向雅西、一股汹涌澎湃的急流把她推向幸福美好的梦想世界。她把自己的整个灵魂都投进去了,根本不想这股急流会把她冲向何处,会给她带来何种命运。"

在《农民》这部小说中,作者除了写出波兰农民生活的艰辛困苦外,还特别安排了多个感人、引人赞美的场景。其中尤以西蒙的垦荒和阿加塔的死最为感人。西蒙的故事,前已讲述。阿加塔是个靠乞讨生活的老太婆,为了能够庄严地死去,她通过多年的乞讨,有意地置办了一整套死时穿戴的衣裳鞋帽,还积累了一笔丧葬费用,她在死前盛装待死的那种场面,既令人心酸悲伤,又让人深感敬重和佩服。这两个场景反映出波兰农民的坚强品格——一个是励志,一个是尊严,都给人留下了深刻的印象。

《农民》不仅写出了波兰农村的社会生活、农民的辛酸苦辣和喜怒哀乐,还将波兰的民族历史,民间的婚丧嫁娶的风俗、宗教节日的庆典仪式和娱乐活动,以及波兰古老的文化传统融为一体,同时还穿插了许多歌谣、童话、故事和传说,展现出小说的史诗风格,体现出莱蒙特在思想和艺术方面所达到的高峰。

小说的语言也很有特色,不仅词汇丰富,音调也变化多端。莱蒙特是采用波兰中部玛佐尔地区的方言来进行创作的,把波兰农村写得绘声绘色,使小说更具波兰民族的特点,也使人物形象更具地方特色和个性化,让人一看就知道他们是波兰的农民。他的语言有声有色,而且笔法变化多端,时而叙述,时而抒情,时而慷慨激昂,时而痛苦悲切,时而严肃认真,时而戏谑讽刺,使小说更加生动,更富于民族特色。

小说广泛反映了波兰农村的全面生活,写出了波兰农民在异族统治下所受到的民族和阶级的压迫，以及他们热爱土地、热爱祖国的思想情感和反抗精神。像这样真实反映波兰农村生活的小说，不仅在波兰文学史上是独一无二的，就是在世界小说的创作中也不多见，因而受到了全世界读者的喜爱，现已经被翻译成三十几种文字出版。

这个译本是我从波兰原文直接翻译过来的，根据的版本是克拉科夫文学出版社1957年出版的《莱蒙特选集》第八卷、第九卷。书中的人名前后有些不一致，有些是大名与昵称的区别，有些是因为四部曲创作于不同年代，原文本身便不同，如利普查村的"雅西克""雅谢克""雅舍克""雅切克"，四个名字均指同一个人，我根据原文对中文译名做了细微调整。我在八十岁之前一直忙于翻译密茨凯维奇、肖邦，以及显克维奇、米沃什、辛波斯卡这三位诺贝尔奖得主的作品，对于第四位作家莱蒙特，只译过他的一篇短文，没有译过他的小说。作为一个波兰文学译者，我深感惭愧，为此我便决定要翻译出他的一部作品来。翻译他的哪部作品呢？经过再三考虑，我还是决定翻译《农民》，一是因为这部小说是他获得诺奖的特定作品，二是国内在这之前虽有多个译本，但和原著比起来都有许多漏译之处。因此，我现在奉献给读者的这个译本可以说是最真实于原著、最完整的一个译本。虽然在翻译的过程中也遇到过一些困难和身体的不适，但庆幸我在八十五岁时把它译完了，这样一来，我便能无愧于莱蒙特这位杰出的波兰作家了。

林洪亮

2021年11月30日于北京陋室

目　次

第一部

第一章	3
第二章	15
第三章	35
第四章	62
第五章	86
第六章	114
第七章	129
第八章	151
第九章	167
第十章	181
第十一章	207
第十二章	242

第一部

秋

第一章

"赞美耶稣基督!"

"永生永世!我的阿加塔,你又要出去游荡了,是吗?"

"到外面去,见见更多的人。尊敬的神父!到外面的世界去走走。"她一面回答一面用拐棍从东向西挥舞了一下。

神父也下意识地随着拐棍的挥动朝远处望去,立即闭上了眼睛,因为那边是令人目眩的西沉的太阳。随后他用较低的声音、略带迟疑的口吻问道:

"是克温布家把你赶出来了?也许你们吵过架?或者……"

她稍稍挺直了一下身子,先是用她那有些昏花的老眼望了一下秋收完毕之后光秃秃的田野、果园围绕着的村舍,然后才缓慢答道:

"不是……他们没有赶我……他们怎么会赶我呢……他们都是好人,而且还是我的亲人。至于吵架什么的,我们从来都没有过。我觉得,还是自己离开的好。与其挤在别人的车上,还不如自己跳进海里好。所以我就决定走了。现在这里没有我干的活了。冬天来了,那又怎么样呢?我不给他们干活了,难道还要他们白养着我、白给我一个睡觉的角落吗?……再说,他们家的小牛刚断了奶,那些鹅在冬天的夜里也要关进屋里去。我该把地方腾出来，不然的话，牲畜就会受到伤害，它们也是上帝的创造物呀……说实话，他们真是大好人，夏天的时候，他们收留了我，给我地方住，还赐给我一口饭吃，作为一个主人那是很慷慨大方的了……到了冬天，我就该到外面的世界去求人施舍……我需要的不多，好心的人们一定会施舍给我的。凭着上帝的保佑，我定能度过这个冬天，也许还能积攒几个小钱。我相信，仁慈善良的耶稣绝不会抛弃他的穷人的。"

"不，不会的……"神父急忙大声道，还把一枚小钱币塞到她的手里。

"谢谢，我们尊敬的神父！"

她把她的那颗晃动的脑袋低垂到神父的膝盖上，向他深深地鞠了一躬。与此同时，豆大的泪珠沿着她那满是皱纹的脸孔滚落下来，她的这张脸孔就像秋耕过的田地一样凹凸不平。

神父有些惶恐不安，立即把她扶了起来，说道：

"上帝与你同在！走吧，走吧！"

她用哆哆嗦嗦的手画了个十字，然后拿起了她的口袋和尖头拐杖，便沿着宽广的、车辙很深的道路朝森林走去。她一次又一次地转过身去看看村庄，看看正在刨土豆的田地，以及低低飘浮在麦茬上的牧人们点起的篝火的烟雾。她很伤心，不断地回头看望，直到消失在丛林中。

神父又在犁具上坐了下来，吸了一口鼻烟，他打开了祈祷书，然而他的眼睛却常常离开红色字体，去看看那沉浸在秋天宁静中的大地，看看那纯净无云的天空，或者瞅瞅他家那个弯着腰正在犁地的长工。

"瓦列克，犁沟犁歪了！"他喊道，挺了挺身子，便一直紧盯着正在犁地的两匹肥壮的灰马。

他再次把眼睛转回到了祈祷书上，嘴唇开始嚅动起来。但是他时时会不自觉地把眼睛望向那两匹灰马，或者望向那些成群结队的乌鸦。乌鸦伸长着嘴巴，在新犁出来的犁沟里跳来跳去地觅食，它们小心翼翼地跟在犁的后面，只有在鞭子响的时候或者马儿转过头的时候，才会扑动着翅膀飞起来，可是它们又会立即沉重地降落在刚犁过的地里，或者在被太阳晒硬了的泥块上磨磨嘴巴。

"瓦列克，用鞭子催催右边的那匹马，它落后了。"

当两匹马齐头并进的时候，神父便开心地笑了。当马儿来到路边时，他还跳上前去拍拍它们的脖子，马儿也把鼻子朝他伸了过来，舔了舔他的脸孔。

"啊……啊……"瓦列克像唱歌似的吆喝起来。他把银光闪闪的犁头从田沟里拔了出来，用力把犁扛了起来，然后把马掉转头来，再把闪光的犁头插入地里。鞭子一响，犁便朝前走去，把木头横档拉得咯吱咯吱地直响。他们没有停步，继续前行，在那一大片田地上翻耕过去。那块土地与道路形成直角，犁痕一条条的，倒像是粗麻布织就的纬线。这块地是往下倾斜的，一直延伸到隐没在红色和黄色果树中间的下面的村庄。

田野宁静，天气暖和，令人有点儿慵倦。

虽然已是九月末了，但依然很是炎热，太阳悬挂在西南方向的森林之上，使灌木和梨树，甚至是干燥坚硬的泥块都映照出浓重而使人清凉的阴影。

耕种过的田地里弥漫着泥土的芬芳，空气被阳光照射得金光灿灿。而在上面的蔚蓝天空中飘荡着许多不规则的云彩，巨大而洁白，仿佛是被狂风吹散的大块白雪。

放眼望去，目力所及，下面是一片黄褐色的田野，酷似盆地，苍翠的树木环绕在它的四周，恰似一个巨大的盘子。在杨树和柳树之间，一条蜿蜒的小河在阳光的映照下波光粼粼，正如一条闪烁的金色绦带穿过盆地,到了村庄中间便形成一个不小的狭长湖泊,然后穿过丘陵窄口一直向北方流去。湖的周围是村舍。秋日的阳光映照在果园上,呈现出色彩斑斓的美景。从村庄到森林边缘,是一条条长条形的耕地、一块又一块的灰色田畦。田畦之间横亘着网丝般的田埂,田埂上长着梨树和李树。在灰色的田野中,零零散散地开放着金黄的扁豆香花。还有就是暗银色的干涸河床,以及延伸到山丘和森林的幽静沙路,皆被一行行高大的杨树所掩盖。

望着这片景色的神父,突然回过神来。从不远处传来一声长而悲哀的牛叫声,乌鸦被叫声惊起,哇哇地朝人们正在刨土豆的田地斜飞过去。乌鸦飞动的黑影在一部分已耕种过的土地上掠过。

神父用一只手挡住眼睛,望着太阳下面那条通向森林的大路,只见一个小姑娘朝他走了过来,她手里用绳牵着一头红色的大母牛。当她走到神父身边时,便说:"赞美耶稣基督!"她本想要吻神父的手的,可是那头母牛却把她拉走了,还不停哞哞乱叫。

"你是把牛牵去卖的吗?"神父问。

"不是。我是要把它拉去推磨的。站住!不要叫了!你这是疯了还是怎么的。"她大声嚷道。她气喘吁吁地要拉住这头母牛,可是母牛却拖着她,最后都在尘埃中消失得无影无踪了。

过了一会儿,在这条沙道上出现了一个犹太人,推着一辆手推车,艰难地行走着。车上堆满了货物,累得他走一段就得停下来喘口气。

"莫什克,你有什么新闻吗?"

"什么新闻?……好不好那得看对谁了。感谢上帝,今年土豆长得不错,燕麦丰收,洋白菜也长得很好。这对于那些种土豆的、种燕麦的和种洋白菜的人,都是好消息啊!"他吻了吻神父的衣袖,把拉车的绳带在肩头上放好,便拉着小车前行了。由于是下坡路,走起来也就轻松多了。

随后，在大路中间被他脚步掀起的尘埃中，走来了一个瞎眼的老乞丐，一条喂得肥肥胖胖的狗用绳子拉着他前行。

接着是一个拿着酒瓶的青年从森林那边飞奔而来。他看见神父在路边，便远远避开他，抄田间小路，直奔小酒馆而去。

这时，从邻村来了一个农民，他是要到磨坊去磨麦子的。还有个犹太女人，她赶着一群刚买来的鹅也从这里经过。

大家都赞美上帝，神父和颜悦色地和他们打过招呼后，他们便各走各的路了。

神父眼见太阳越来越低了，便站了起来，朝瓦列克喊道：

"你犁到白桦树边就回家去吧。可怜的马儿都要累坏了。"

神父缓步走在田埂上，小声念着祷告文，用一种深情挚爱的眼神环视着四周的田野。

土豆地里，干活的妇女们形成了鲜艳的红色队列，她们把捡起的土豆装进筐里，然后哗啦啦地倒进大车。到处都有人在为秋种而忙于耕地。……休耕地里，一群多种花色的母牛正在吃草……某些长长的灰色耕地，由于麦田的吐芽长叶而呈现出锈红的颜色……已经割过草的浅色草地上，一群白鹅俨如一片片白雪。那些母牛也时不时地发出哞哞的叫声……篝火点起来了，长长的蓝色烟雾在麦田上空飘动。有些地方还在忙于犁地。大车发出咯吱声响。寂静重又笼罩整个田地，这时候便能听到河水的流淌声和磨坊的咯咯声，磨坊隐没在村外的那片变黄的大树中间……地里又响起了歌声，还有不知从何处传来的喊叫声，穿过耕地直朝下面的坡地飘去，消失在深秋的灰色之中，消失在有如蛛网的已耕过的田地上和空旷昏沉的大路上。在耕种土地上所掀起的灰色尘埃飘向山峦，随即又沉落在山脚下。从这团灰土之中冒出一个赤脚的、光着脑袋的农民——仿佛从云雾之中冒出来的一样，他腰上缠着装满麦种的布袋，一边朝前走去，一边从布袋里掏出麦种，用一种有规律的动作把它们撒向肥沃而又被祝福过的地里。等他走到耕地的末端,便转过身来,慢慢走上斜坡。先是露出了他那长有如败絮的乱发的脑袋,接着是他的肩膀,最后是他的整个身躯,依然是一副庄严的态势,将受过祝福的种子如同圣物似的撒在土地上。金色的种子呈半圆形地撒在耕地上,匀称有致。

神父的脚步越来越缓慢。一会儿他停了下来吸口气,一会儿他又注视着他的两匹灰马,一会儿又转向一群向梨树扔石头的孩子。这些孩子一齐拥向神父,他们双手缩在身后,一个接一个地吻着神父的法衣袖。

他抚摸着他们的头,劝说道:

"不要把树枝折断了,否则你们明年就没有梨吃了!"

"我们打的不是梨子,而是树上的一个红嘴乌鸦的巢。"一个胆子大些的孩子回答道。

神父和善地微笑着,朝正在挖土豆的人群走去。

"上帝保佑你们工作快乐!"

"谢谢!上帝也保佑你!"他们齐声答道。一起站立起来,纷纷拥向神父,去吻他们敬爱的这位神父的手。

"今年上帝赐给我们丰收的土豆,对吗?"神父说道。他把打开的鼻烟盒伸向那些男人,大家都毕恭毕敬地捏了一小撮,却不敢当着他的面来吸一口。

"是啊,土豆长得像猫脑袋一样大,每株下面还长得特别多。"

"这样一来,小猪的价格就要上涨了,大家都想要多养几头的。"

"猪价现在就够贵的了,去年一场猪瘟,害得我们只好到普鲁士去买猪崽了。"

"是呀,是呀!你们挖的是谁家的土豆呀?"

"波利那家的。"

"我没有看见他本人,所以才不敢肯定。"

"我爸爸和我男人都在森林那里。"

"啊,安娜,你也在这里,过得好吗?"他朝着一个戴着红头巾的美丽少妇说道。这个少妇走上前来,手上满是泥巴,便用围巾裹上,拉住神父的手便吻了起来。

"收获期间我给洗礼的那个小娃娃,现在还好吗?"

"天主保佑,神父!他现在可好啦,长得很健康,已经会爬了。"

"啊,上帝与你们同在!"

"上帝也保佑您,神父!"

神父朝右边的墓地走去,墓地在村子的另一头,紧挨着一条长满白杨树的大道。

他们默默地望着他那瘦瘦的、略显佝偻的背影穿过石砌的矮篱笆墙,一直进入位于黄色桦树和红色枫树之间的那座小教堂,大家才又开始说起话来。

"世上再也没有比他更好的人了!"有个女人说道。

"是的,确实如此。本来上面要把他调到城里去的,我爹和乡长就去求主教大人,他们才没有把他调走。唉,你们挖呀,快点挖呀!天快黑了,地里的活儿也快完了。"安娜一边说着,一边把筐里的土豆倒在土豆堆上——它们堆放在耕过的土地上,旁边还堆放着一大堆土豆的茎叶。

大家又默默地干了起来。寂静之中只有锄头掘地的嘎嘎声,偶尔也能听见锄头碰到石头的当当声。有时候,也有某个人挺起身来深深地吸上一口气,无意识地看了看正在前面播种的农民。他们重又挖了起来,从灰色泥土中捡起黄色的土豆,丢入他们面前的筐里。

在这里干活的只有十多个人,大多是老太婆和长工。不远的地方,两个襁褓中的婴儿在两根交叉的木杆上,好像是躺在吊床上似的,时不时发出哭叫声来。

"唉,老婆婆又要出去流浪了。"雅古斯丁卡说道。

"谁?"安娜抬起头来问道。

"当然是老阿加塔呀!"

"那么,她是出去要饭了?"

"当然是去要饭的。唉,你以为她是去过好日子,不,不是,她是去要饭的。她一向都是在给亲戚家干活,辛辛苦苦侍候了他们一夏天,现在要放她出去呼吸一下新鲜空气了。"

"明年春天会回来,会给他们带回满满一口袋糖和茶叶,可能还会有些现金。到那时候,亲戚又会喜欢上她了,还会叫她躺在松软的大床上,不让她去干活,要她好好歇着。咳咳,他们还会亲切地叫她'姨妈'或者'姑妈',直到把她的钱骗光为止。等到了秋天,又会没有她的容身之地了,连过道和牛圈都不给她住。这些势利鬼,一点人性都没有。"雅古斯丁卡愤愤不平地大骂道,愤怒让她的那张老脸都变青了。

"俗话说得好,风总是往穷人脸上吹的。"一个年老贫穷而又五官不太端正的长工说了一句。

"挖吧,大家快点挖吧!"安娜赶紧说道。她不喜欢大家议论的这个话题。

雅古斯丁卡的这张嘴可闭不住了,她望着正在播种的人说道:

"帕切斯这家人,都是老农民了,脑袋瓜上的毛都掉得差不多了。"

"可是他们还是光棍呀!"另一个女人说道。

"这儿也有不少的姑娘变成老姑娘啦,或者也要出去打工了。"

"可是他们还有半个村子的地哩,磨坊后面还有一块草场。"

"不过,他们的母亲会让他们结婚吗?结婚之后会分给他们财产吗?"

"还有,谁来挤牛奶、洗衣服、照看庄稼和那些猪呢?"

"他们还得照顾母亲和雅格娜。可是这个雅格娜就像个阔小姐和贵夫人。讲究穿着、爱打扮、洗澡、照镜子,一天到晚老是在编她的辫子。"

"而且还老是要去找男人睡觉,不管什么人,只要身强体壮的都行!"雅古斯丁卡带着轻蔑的笑加了一句。

"约瑟夫·巴纳霍夫提着伏特加去相亲,她还不愿意。"

"真是个娇生惯养的阔小姐!"

"老婆子也真是,老是待在教堂里,捧着一本祈祷书祈祷。哪儿有布施,哪儿就少不了她。"

"这还不算,她还算得上是个巫婆。请问,是谁使瓦夫卓诺夫的母牛不出奶?还有雅达莫夫家的小儿子偷了她果园里的李子,她就对他念咒语,结果害他得了一种怪病,手脚都萎缩了。我的主啊!"

"上帝怎么会给这种人住过的村子降恩赐福哩……"

"以前,我给父亲放牛的时候就曾看到过,他们把这种人驱逐出村子。"雅古斯丁卡说道,"这样做,对她们也没什么害处,自有人会照管她们的。"

随后,雅古斯丁卡降低了声音,斜眼望了一下排在前面第一个挖土豆的安娜,对着她旁边的人低声说道:

"第一个出来给她撑腰、保护她的人就是安娜的丈夫……他像条狗似的老是跟在雅格娜的后面……"

"天哪,你别说了。多么可怕的事!这是罪孽,会遭到老天爷惩罚的!"这些长舌妇一边跟她低声说话,一边继续低着头刨土豆。

"应该不止他一个吧?那些小伙子都在追她,就像公狗追母狗那样。"

"不过,她长得也真漂亮,体态丰盈得像头小母牛,脸蛋像奶油那样白嫩,眼睛就像亚麻花似的明亮,而且身强力壮,胜过不少男人。"

"那是因为她从不下地干活,整天只知吃饭睡大觉,怎么会不漂亮呢?"

出现了长时间的沉默,这期间她们把筐子里的土豆倒在一个土豆堆上面。后来她们转变了话题,断断续续地说了些其他的事情。直到她们看到波利那的女儿尤什卡从村里急忙跑了过来,她们才停止议论。尤什卡跑得上气不接下气,老远就大声喊道:

"安娜,快快回家去!母牛出事啦!"

"耶稣马利亚呀!到底是哪一头呀?"

"就是那头花斑牛。唉,跑得我都喘不过气来了……"

"我的老天爷,你真把我吓坏了。我还以为是我家的那头哩。"安娜松了口气,说道。

"维特克刚把它赶回来,是管林员把它们赶出树林的。母牛跑得太快了,它又很胖,一到牛栏外面就倒下来了,该吃不吃,该喝不喝的,只是满地打滚儿和叫唤,怎么办呀!"

"爸爸回家了没有?"

"爸爸还没回来。啊,我的上帝!多么好的一头母牛。一次就能挤出一桶奶来。你快快走呀!"

"好,好,我立马就走!"

她立即从吊床上抱起婴儿,给他戴好帽子,紧了紧他身上的带子便急忙离开。这个消息把她吓得慌了神,她都忘了把卷起的裤脚放下,当她跑在尤什卡身后的时候,一双白嫩的腿肚子在田野中闪来闪去的。

那些在两腿之间用锄头挖土豆的人,因为现在没有人催促她们干活,便都松弛了下来,慢了不少。

太阳现已西沉,似乎因狂奔而热血沸腾,红霞满天,映照在又高又黑的森林上,像个巨大的圆球。暮色更深了,正在景物上蔓延开来,掩盖了田地、犁沟，藏住了沟渠，渐渐地遮住了整个大地。黑暗把所有的色彩都冲淡、遮盖和消除了，到最后，只有树顶、教堂屋顶和塔尖还显现出一丝瑰丽的色彩。

有些农民已经从田里往家走了。

人的呼喊声、牛叫和大车的嘎吱声，越来越响，划破了寂静的夜空。教堂钟楼上敲响了晚祷的钟声。一听到这洪亮的钟声，人们都站住了，喃喃的祷告声响起，有如黄昏时落叶的沙沙声。

人们边唱边叫赶着牲畜往家走，牛群乱成一团，争先恐后地奔跑在大道上，掀起漫天的尘土，只能偶尔看见它们硕大的脑袋从烟尘中伸了出来。

羊群也是到处乱跑乱叫，从牧场上飞奔起来的那些鹅也消失在夕阳的霞光中，只有尖锐刺耳的叫声才证明它们依然在展翅飞奔。

"唉，这花斑牛还怀着牛仔哩，太可惜了。"

"好在不是穷人家的。"

"不过，失去这样一头好母牛，怪可惜的。"

"波利那没有老婆，家里的东西就会像沙网漏沙那样流失掉。"

"那是因为汉卡不当家。"

"她只能管她自己……她住在公公家里就像个雇工。大家都想从他那里捞到点好处，至于波利那的财产，那只好让狗去看管它罢了。"

"尤什卡还是个娃娃，她懂个屁，能干啥呀？"

"嘿嘿，波利那还不如把土地交给安特克，那不是更好吗？"

"那倒不错，自己干脆去过养老的生活。瓦夫卓，你岁数也不小了，怎么还这么傻。"雅古斯丁卡大声说道，"哈，哈，波利那还很健壮，还可以再结婚。要是他把财产都分给子女，那才是个大傻瓜呢！"

"他的确还很健壮，可是他已经过了六十岁啦！"

"你不用担心，瓦夫卓，只要他一说，没有哪个姑娘会不愿意嫁他的。"

"可是他都送走了两个妻子啦。"

"那就让他送走第三个好了。愿上帝保佑他,当他活着的时候,绝不要把土地分给孩子,哪怕一分地也不给。这些烂家伙,会供给他吃穿吗,会吗?他们会强迫他下地,像长工一样干活,让他饿得哇哇叫,只好出去讨饭。你试试看,你把财产分给你的子女,他们会怎样报答你呢——他们立即会给你一笔买根绳子的钱让你上吊去死,或者用块大石头压在你的脖颈子上。"

"天黑了,大家快回家吧!"

"是啊,是回家的时候了,太阳都落山了。"

他们迅速地收拾起了锄头、篮筐和午饭用过的饭盒,便在田埂上自由走成了一条线,大家偶尔也会交谈几句,只有老雅古斯丁卡一直在抱怨自己的和别人的子女。

和他们平行的另一条路上,有个姑娘赶着一头母猪和几只小猪走回家去,她用又尖又高的嗓音唱起歌来:

不要靠近大车
不要去动车轴。

不让男孩亲你嘴
尽管他说尽好话。

"听这傻姑娘这样尖叫,好像有人在活剥她的皮似的。"

第二章

波利那家的院子，三面被农舍包围，第四面是果园，与大路相连。院子里已经围了一大堆人。几个女人七嘴八舌地在出主意，大家都很好奇地望着这头硕大的红白花斑母牛，它正躺在牛栏外面的肥料堆上打滚儿。

一条脱了毛的瘸腿老狗，时而蹿上前去闻闻母牛，对它吠叫两声；时而跑向篱笆那边，把正在篱笆外向院子里窥视的男孩女孩吓跑；时而跑到那头母猪旁边。这头母猪正躺在农舍前面给它的小猪喂奶，还一面轻轻地哼叫。

汉卡一到家就朝母牛奔去，急忙用手去摸母牛的脸和脑袋。

"可怜的……可怜的红白花斑母牛啊！"她大声哭叫道。脸上满是泪水，心中充满悲伤。

女人们不断在给她提出抢救母牛的各种方法，有的提出给它灌盐水，有的提议把祭神用的蜡烛油和牛奶混在一起给它喝，也有人建议给它喝混有肥皂水的乳汁，还有人主张给它放血。可是这些法子毫无作用。母牛时时抬起头，哞哞哀叫，像是在求救命似的，它一直痛苦不堪，直到它的那双白里泛红的美丽大眼变得模糊暗淡才停止哞叫。

后来，它痛苦得精疲力竭了，脑袋再也抬不起来，只能伸出舌头来舔舔汉卡的手。

"也许雅姆布罗兹有办法医它？"有人提议道。

"对呀，对呀，他是治病的能手啊！"大家附和道。

"尤什卡，你快去找他来，刚响过晚祷钟，他一定还在教堂里。老天爷，公公回来准会大骂我一顿，这可不是我的错呀。"汉卡抽泣道。

随后，她便坐在牛栏门槛上，解开衣襟，露出丰满白皙的乳房，给饿得不断哭叫的婴儿喂奶，也用十分忧愁的眼神望着那痛苦不堪的母牛。同时，还一边望着篱笆墙外的大路，听着那边的动静。

大概过了一个或两个祷告的时间，尤什卡跑了回来，一边跑一边大声说道："雅姆布罗兹快到了。"

不多一会儿，一位年近百岁的老人到了。虽然他装有一条木腿，拄着一根拐棍，但身板依然挺直，走起路来像支箭似的。他的脸干枯，满是皱纹，像晒干了的土豆，还露出几条伤疤。脸刮得光亮，头发像牛奶一样白，他没有戴帽子，长长的头发便垂落在额头上和肩背上。

他径直走向母牛，十分仔细地检查起来。

"噢哟哟，我看，你们就会有牛肉吃了。"

"请您想想办法救救它吧！"尤什卡大声哀求道，"这头母牛很宝贵，价值三百兹罗提哩，肚子里还怀着一头牛崽哩。请您一定救活它！啊，我的上帝！我的耶稣！"

雅姆布罗兹拿出一根探针，在靴子上磨了磨，对着霞光看了看是否锋利，然后便朝母牛肚子上的血管刺了进去。然而，母牛并没有喷射出血来，而是慢慢地流出几滴带泡沫的黑血。

大家都站立在那里，伸长脖子，屏住气息，默默地围观。

"太晚了！来不及了！噢，这牛已是奄奄一息了。一定是牛瘟，或者别的什么的。只要一发现什么不对头，就应该立即来找我……唉，你们这些女人,只会抱怨,只会哭,什么也干不了。等到出事了要你们拿主意,你们就只会像母牛那样哞哞叫。"雅姆布罗兹严肃地说道。

他轻蔑地吐了口唾沫,再次看了看母牛的眼睛和舌头,在它柔软的皮毛上擦去了他手上的血迹,便起身离开。

"我不给它敲丧钟了,你们就用锅去给它敲丧钟吧!"

"爸爸和安特克回来了!"尤什卡喊叫道,同时她立即跑去迎接。这时候,从池塘那边远远地传来了大车的隆隆声。接着出现了一溜溜的大车和马匹,在被落日余晖映红的尘土中缓缓驰近。

"爹爹,这头花斑母牛快断气了!"她一边大声叫道,一边朝父亲跑了过去,父亲正好从池塘那边绕过来了。安特克已从车子后面跳了下来,大车上面装有一棵大松树,他们得扶住。

"别乱嚼舌头,胡说一气!"他解开马匹,怒吼道。

"雅姆布罗兹给它放了血,不管用……蜡烛油灌进去,也不起作用……用了盐,也不行……很可能是牛瘟。维特克说是护林员把它们赶出森林的,花斑牛就立刻倒下了,一边打滚儿一边哀叫,这才把它牵回家来。"

"花斑牛,我们家最好的母牛!贱骨头,你们就是这样照看牲口的?统统该死!"

他气冲冲地把缰绳交给儿子,自己拿着鞭子跑上前来。

农妇们纷纷后退散开。原先很镇定地在房内忙来忙去的维特克也吓得躲进了果园,就连汉卡也慌忙从门槛上站立起来,显得一脸的无奈和惊恐。

波利那察看了母牛很长时间,最后才怒不可遏地吼道:

"你们就这样糟踢我的牲口……三百兹罗提就这样扔到沼泽地里去了!你们这些懒婆娘,整天就想着吃喝,要你们照看牲口,一个个都不顶用!这样好的一头母牛,真的是一头好牛啊!我不能离开家里一

017

步,只要我一走,家里准会出事,出乱子。"

"我整个下午都在地里挖土豆!"汉卡低声解释道。

波利那转过身来,火冒三丈地责怪起汉卡来:"你从来都没有发现过任何一件不对头的事?你何曾关心过我的事情?这样的一头母牛现在是很难找到的,即使在显赫的大户人家也不容易找到。"

他越来越伤心,便围着母牛转来转去。他试着让它站起来,还拉了拉它的尾巴,看了看它的牙齿,可是母牛的呼吸越来越沉重,血也不流了,已经凝结成黑色渣滓那样的硬状物。显然它快要断气了。

还有什么办法呢?只好把它宰了,至少还能收回一点牛肉钱。

他决定之后便到储藏室去拿了把镰刀来,在牛栏外面的那块磨刀石上磨了磨,便脱下外衣,卷起衬衫袖口,动手做起那种惨事来。

汉卡和尤什卡哭了起来。花斑母牛也预感到它的死期已至,吃力地抬了抬脑袋,发出了几声哀鸣。喉咙被割开个口子后,它瘫倒在地上,四肢抽动了几下之后就再也不动了。

一条大狗舔着开始凝固的血液,随后跳到下面的土豆堆上,对着站在篱笆外面的马吠叫起来。

安特克还站在那里,平静地看着这场屠杀。"傻瓜!有什么好哭的,这是爸爸的母牛,又不是我们的损失。"他气鼓鼓地对着老婆说道,接着把马从马车上卸了下来。维特克便把马牵进了马厩里。

波利那在井旁一边洗手一边大声问:"土豆收成好吗?"

"收成不错,能收二十多袋。"

"今天就要把土豆运回家里来!"

"要运你去运。我实在太累了,都要倒下了。右边的那匹马,一条前腿都瘸了。"

"尤什卡,去跟古巴说,别挖土豆了,那匹瘸马就算了,让小母马去,要他赶紧把土豆运回来。说不定晚上会下雨的。"

波利那满心愤怒和悲伤,他时不时地瞧瞧那头被宰了的母牛,狠狠地大骂几句。随即他又阔步穿过院子,看看牛栏,瞧瞧谷仓和其他房舍。巨大损失让他心烦意乱,连他自己都不知道要找什么。

"维特克,维特克!"他大声喊道。一边把腰上的大皮带解了下来。维特克也没有出现。

围观的人都散了,他们知道,这样的损失一定会使波利那心生愤恨,止不住会以拳打脚踢告终,因为他是个生性好斗的人。不过,今天他只是咒骂了一通便朝屋里走去。

"汉卡,给我拿点儿吃的来!"他冲着打开的窗户朝儿媳妇喊道,说完就进了房间。

这座房子很普通,一条通道把房舍分成两排,后排对着院子,前排有四个窗户,朝向果园和大路。波利那和尤什卡住在靠果园的那一排房子里,另一排则由安特克一家人住着,长工和牧童都睡在马厩里。

现在,房间里一片漆黑。窗户很小,加上果园的树木很高大,房檐又低矮,只有很少的光线才能射进屋里,所能看见的,唯有白墙上挂着的一排排装有圣像的玻璃框所映出的闪耀不定的光辉。房间很大,但看起来很小,因为房顶矮,又架着大横梁,家具又多,把屋内塞得满满的。只有壁炉旁边的过道上才有一些活动的空间。

波利那脱下靴子,朝昏黑的一间储藏室走去,随手把门关紧,接着又把小窗子上的百叶窗打开,让一缕霞光照亮全室。

小储藏室里堆满了各种各样的家用物什,几根横搁着的木杆上,挂满了皮外套和红条纹的呢布,还有一团团的白纱线、一捆捆的脏羊毛和一袋袋的羽毛。波利那拿起一件毛外套和一条红腰带,然后在装满粮食的谷桶里翻来翻去,随后又在堆放铁器和皮制用具的角落里找了半天。直到他听到汉卡在隔壁的房间里,便立即把百叶窗放下,重又在谷桶里摸来摸去。

这时候,窗下的小长凳上已摆好了晚餐,一大锅肉煮白菜散发着扑鼻的香味,旁边还放着一盘炒鸡蛋,空气里混合着多种菜香味。

"维特克是在哪儿放的母牛?"他一边从一个大得像筛箩那样的面包上切下一片面包,一边问道。

"去了地主家的树林里,护林员把他赶了出来。"

"臭狗屎!原来是他们把我的母牛害死的。"

"可不是吗,母牛被赶得又快又急,肚子便被烧坏了。"

"这些狗杂种!按照告示,我们有权到那里去放牛的!可他们还是要赶走我们,声称我们没有放牧的权利。"

"对别人也一样。他们还打了瓦尔克的孩子,打得还不轻……"

"噢,我们要告到法院去,或者去见特派员。三百兹罗提的东西就这样化为乌有了。"

"就是就是。"汉卡点头附和道。见公公不再追究她,心里很是高兴。

"去告诉安特克,等他把土豆运回来之后,就叫他去摆弄那头母牛。先把皮剥下来,再把肉分割成块。我先去一下乡长家,回来再帮你们。要把腿子肉挂在谷仓的椽子上,免得被那些狗和猫偷吃了。"

他吃完了饭便站起身来,穿上外出拜客的衣服。可是他觉得头重脚轻,筋骨疼痛,倦意浓浓,便和衣倒在床上,即使能躺睡一会儿也好。

汉卡自去收拾餐具,随后她来到窗口窥看安特克。他正坐在房前的门廊下吃晚饭,摆出一副斯文的样子。他把大汤盘放得离自己稍远一些,慢条斯理一勺一勺地往嘴里送,还不时刮着盘子的边缘。间或会去瞧一眼池塘,此时已是夕阳西下,池水泛起波光,荡漾着金色的光芒和紫红色的光圈。一群白鹅游荡在波光之中,仿佛白云环绕着彩虹似的,它们嘎嘎地叫着,嘴里好像喷出了一串串血红的珍珠。

村子里熙熙攘攘，人来人往。池塘两边的大路上，时时尘土飞扬，处处车声隆隆。母牛哞哞叫着，走到齐膝深的池塘边，悠闲地喝着水。每当它们抬起头来，从它们嘴角流下的水珠，仿佛是一串串乳白色的小圆球。

在池塘的另一端，传来洗衣妇们挥动着木槌捶打衣服的啪啪声，还有从牛栏那边响起的低沉而有节奏的连枷声。

"安特克，帮帮我劈一劈木柴吧，我干不动了。"汉卡胆怯地哀求道。因为安特克常常会没事找事地大骂她一番，甚至有时还会拳脚相加。

他没有回答，装作没有听见，汉卡不敢再去求他，只好自己去劈一些她劈得动的木柴。安特克呢，他因为劳累了一天也感到筋疲力尽，闷闷不乐、不声不响地坐在那里望着池塘，望着池塘的另一边——那边有座大房子，白壁辉煌，窗上的玻璃在落日余晖的映照下熠熠生光。几簇大丽花伸展在由石头砌成的围墙上，在白色墙壁的衬托下显得更加娇艳。在农舍前面的果园里，一个身材高大的人穿过了树荫，还没有等安特克看清他的脸孔，转瞬之间便消失得无影无踪了。

安特克坐在门廊下，听见他父亲在房间里的打鼾声，便气鼓鼓地说道："主人在家中睡大觉，而你却要像长工一样拼命干活，一点也不许偷懒。"

他又回到院子里，围着母牛看了看。"母牛是父亲的，可损失也是我们的！"他对妻子说道。

汉卡看到古巴拉回装土豆的大车，便放下劈柴这件事，来到大车旁对他说："地窖还没有收拾好，只好把土豆堆放在谷仓里去。"

她又对丈夫说："刚才爹爹说，你把土豆堆放好了，就和古巴一起去剥牛皮，在谷仓里把肉切成块，把它收拾好了。"

古巴把谷仓的门打开，喃喃说道："谷仓里完全能放得下牛肉和土豆。"

"我又不是杀牛匠,还要我去剥牛皮!"安特克说道。

大家都不再说话了,只听见土豆倒在谷仓地上的哗啦声。

太阳落山了,黄昏来临,落日的红色和金色霞光依稀映照在池塘中,仿佛撒上了一层青铜色的尘土。平静的池水偶尔颤动一下,便发出慵倦的涟漪和锈红的光波。

全村被黑暗笼罩着,沉浸在秋夜的深沉寂静中。农舍变小了,仿佛缩进了地下,或者融入了梦幻般的树林中,或者与灰色的篱笆融为一体。

安特克和古巴正在堆放土豆,而汉卡和尤什卡则在忙着干家务活:把鹅群赶回家中,喂那些饿得蹿进过道来找食的猪,挤牛奶的时间又要到了。这时候维特克正赶着其余的母牛回来,他爬上梯子取下了一些干草,放在它们的食槽前,挤奶之前它们便不会哞哞叫了。

尤什卡刚给第一头牛挤奶,维特克便悄悄走到她的身边,低声问道:"尤什卡,东家发怒了吗?"

"啊,上帝!他可凶了!他要用鞭子抽你,抽你……"她边说边把头转向有光的一边,用一只手挡住脸。因为母牛受到苍蝇的骚扰,正挥动尾巴来驱赶,尾巴不时打到她的脸上来。

"可是……这哪是我的错呀……护林员来赶我,还要用鞭子打我,我只好逃走……接着花斑牛便倒下了,又是打滚儿又是呻吟,我只好把它赶回家来。"

他闭口不说了,但能听见他的轻轻吸气声和抽泣声。

"维特克,别哭!你挨我爹爹的鞭打,也不是第一次。"

"确实不是第一次,但我就是忍受不了这种鞭打。我总是害怕……恐惧……"

"你傻呀,这么大的人了,还这样害怕。你放心,我会把全部事情向爹爹说清楚的。"

"你真的会去解说清楚吗,尤什卡?"维特克高兴得叫喊起来,"是护林员把我们赶跑的……"

"是的,我会的。你不用害怕,维特克!"

"如果你真会去说清楚,那我就把这只小鸟送给你!"他高兴地低声说道,又立即从口袋里掏出一个木制的玩具,"你看看,它自己会动。"

他将玩具放在牛栏的门槛上,给它上完发条,这鸟儿便开始不停地点起头来,还抬起长腿来往前走动。

"啊,我的老天爷!走动起来真像只活的鹳鸟!"她惊奇地大叫道,随后扔下牛奶桶,一步蹿到门槛前,蹲下身子,满心喜悦地仔细察看。

"啊,老天爷,你还真是个机械师!它真的自己能动,是吗?"

"是的,它自己能动,尤什卡!我只需转动发条,它就能像东家在午饭后散步那样走动……"他把它转过身来,鸟儿便神气十足而又可笑地抬起长颈和脚开始朝前走去。

他们两个被鸟儿的动作弄得开怀大笑。尤什卡时不时地向这个小伙子投去钦佩的目光。

"尤什卡!"从房屋外面传来波利那的呼喊声。

"我在这儿,有事吗?"她回答道。

"到我这儿来!"

"不行啊,我正在挤牛奶。"

"好好守着这里,我要去见乡长了!"他说道,还朝黑暗的牛栏那边望了望,"这里不见那个小混蛋,他到哪儿去了?"

"你是说维特克吗?他和安特克去弄土豆了,因为古巴要给马切草料。"她有些胆怯不安地回答道,因为维特克吓得就躲在她的身后。

"这个小杂种……竟把这么好的母牛给我放死了!"他怒气冲冲地

吼道，随后走进屋里换上一件新的白色长袍，戴了一顶又高又黑的帽子，系上那条红色的腰带，就沿着池边那条道路朝磨坊那边走去。

"还有那么多的事情等着干哩。需要运回的木头……播种也还没有播完……田里的洋白菜还等着收砍，种过土豆和燕麦的田地还得翻耕……还要去打官司……老天爷，人生的事情总是干也干不完的，就像套上车轭的牛一样，连觉都睡不够。"他边走边思考，嘟哝道，"这里还有这场官司……真是不值得，这个臭婊子，不错，我是和她睡过觉的……但愿她的舌根烂掉……一个烂货，母狗！"他恶狠狠地吐了一口吐沫，给烟斗装好烟，受潮的火柴擦了很久才擦出火来。

这样一来，他的行走速度便放慢了，他感到全身骨头都很痛，心里老是想着那些摆脱不了的烦心事和失去的母牛。

如今他独自一人，连个诉苦的人都没有，他就像道旁的路碑一样孤独。他不得不独自想主意，独自关心一切事情，决定所有事情，过着像只狗一样的简单生活……没有人可以交谈，也没有人来向他提供建议和帮助，其结果就是损失和衰败。所有这一切就像羊被狼不断地吞食掉那样。

黑暗渐渐掩盖了村庄。敞开的门窗给夜晚送来缕缕炉火的温暖和煮土豆、烧肉的香味，可以看到许多人在门廊边或者就在露天里吃晚饭。他们在刀叉叮当的响声中兴致勃勃地交谈着。

波利那行走得越来越慢了，今天遇到这些倒霉事，搞得他心烦意乱、精疲力竭。他又想起了春天过世的妻子，痛不欲生。

噢，噢！我现在多么想她啊！她要是还在世，花斑牛就不会死了！她是个好主妇，好主妇！是一个难得的好主妇。说句老实话，她可是厉害得不得了，从来不给别人什么情面。不过她确实是个好主妇、好管家。——他一想到这里就向她的灵魂默默祈祷着，一想起过去的美好时光，心里顿时就掀起揪心的疼痛。

每当他劳累不堪地回到家里,她总会给他准备最美味的食物让他吃,有时她会瞒着孩子们,把香肠特意留给他。他也闹不明白,妻子在时,家里百事兴旺,什么牛呀鹅呀猪呀的,都长得又多又快,每到赶集的日子,总有许多东西可以拿到镇上去卖。口袋里总是有一些现钱,无论什么时候急需用,都有现钱可付。

可是现在呢?

安特克一心只顾自己;铁匠女婿总想从他那里捞点什么;尤什卡呢,她是个羸弱的女孩,脑袋里装的只是一些粗糠,这也怪不得她,她还不满十岁哩;汉卡则像只飞蛾似的扑来扑去,老是生病,什么也干不了,像这只狗那样只会哭叫。

这样一来,一切都乱成了一团……花斑牛该分割成块……收割时期还死了一头猪,小鹅被乌鸦叼走,现在只剩下一半!……损失这么严重,灾祸连连不断,所有这一切,都像从筛子里漏掉的水一样。

"但是我绝不会低头认命的!"他几乎大声叫道,"只要我的手脚还能动,我就不会放弃一分土地,什么也不放弃……只要格热拉从军队回来,我就让安特克回到他老婆的家那里去……我不会给他的……"

"赞美基督!"有人在向他打招呼。

"永生永世!"他不经意地答道。他从大道进入一条有长篱笆的小路,乡长的宅院就在小路的尽头。

窗户被灯光照得通明,狗开始吠叫起来。

波利那笔直朝客厅走去。

"乡长在家吗?"他朝一个胖女人问道。她蹲在摇篮一边正在给孩子喂奶。

"他去搬土豆了,马上就回来。请坐。马捷伊,还有个人在等他!"女人用下颌指向坐在壁炉前的一个老头子,他是个导盲犬引导的盲人。壁炉里木柴燃烧时发出的红光,映照出他那刮过胡子的宽脸孔、光秃的脑袋和睁开的双眼。他的眼球被一层白翳所罩住,深深陷入灰白的浓眉毛中,一动不动。

"上帝从什么地方把你引到这里来的?"波利那问道。他在壁炉的另一边坐下。

"从世界那边。那你是从什么地方来的,老爷?"他用一种缓慢叹气的嘶哑声音回答道,还竖起耳朵细心地听着,一边拿出鼻烟壶来,"老爷,来吸一口好吗?"

他识趣地拿了一些,连吸了三次,打了三次喷嚏,差点呛出眼泪来了。

"真是很冲!"他用袖子擦了擦眼睛。

"这种烟有益于健康,彼得堡产的,对眼睛有好处。"

"明天你来我家,好吗?我家杀了一头牛,你总能得到一块肉的。"

"上帝会保佑你的。你是波利那吧,我猜得出来!"

"你是怎样认出我的?"

"凭声音和交谈。"

"你在这世上东奔西跑的,有什么新闻没有?还会出去闯荡吗?"

"新闻可多了,有好的也有坏的,也有平平常常的,各不相同,世界就是这样。当乞丐要向他们乞求一点什么的时候,大家就会哭穷,可是他们却有钱去买高档的伏特加酒喝。"

"你说得太对了,事实就是如此!"

"嗬,一个在这神圣的土地上奔走了这么多年的老人,总会知道一些人情世故的。"

"去年你带来的那个弃儿,现在怎样了?"乡长太太问道。

"那个小坏蛋,他跑掉了,偷了我包袱里的一大笔钱。那些钱是一些善男善女施舍给我的,我本想用那些钱到琴斯托霍瓦的圣母院去做弥撒的。可是那坏小子偷了钱便跑掉了。别叫,布勒克!一定是乡长回来了。"他拉了拉系狗的绳子,狗就不再叫了。

他猜得没错,真是乡长回来了,他把鞭子扔向角落里,便在门口大声叫道:

"老婆!我要吃饭,我饿得像头狼似的!马捷伊,你还好吗?还有你,老头子,想要什么?"

"我是来问你——彼得——明天要办理的我的那件事情。"

"我吗,乡长?听候你的吩咐!要我到过道里,也行。只要安排我在火炉旁,因为我老了,我就会坐在那里。给我一小盘土豆或者一块面包就可以,我会给你做一次或者两次祈祷的,就好像是你给了我一个格罗什或者十分钱一样。"

"坐下吧,要是你愿意,就和我们一起吃晚饭,也可以晚上住在这里。"

乡长坐了下来,他面前是一盘热气腾腾的土豆,上面浇有肉酱。第二道是盘酸奶。

"坐下吧,马捷伊!和我们一道吃吧!"乡长夫人拿来第三副汤勺放在桌上,诚心邀请道。

"谢谢,不了!我从森林中出来的时候,就已经吃过了。"

"就尝尝这么一勺吧!多吃一口没关系,现在夜长了。"

"长久的祈祷和丰富的食物,对任何人都是大有益处的。"老乞丐加了一句。

波利那推让了一会儿,但他止不住那扑鼻的肉香味的诱惑,终于在长凳上坐了下来,不过他吃得很斯文,合乎当时的礼节。

老乞丐的那条狗转来转去,叫着要吃的。

"安静点,布勒克,主人正在吃饭。不用担心,少不了你的一份。"瞎子一边在炉边烤着手,闻着肉香味,一边安慰着他的那条狗。

"好像是叶夫卡告了你一状。"乡长吃得差不多了,便朝波利那

027

说道。

"噢，是她！这就怪了，是我没有给她工钱？上帝在上，我给她的还超过了她应得的那份。我还在她孩子受洗的时候，特意代她送给神父一袋燕麦哩。"

"可是她说，这孩子是……"

"我以圣父圣子名义起誓！她是疯了，还是怎么的？"

"你虽然年纪不轻，但精力还很旺盛啊！"乡长夫妇大笑不止。

"年纪大更容易中的，因为他有经验有知识。"瞎子轻声说道。

"茨冈人就像这狗一样，乱叫一气。我从来都没有碰过她，这个烂婊子！她坐在我的篱笆旁，冻坏了。她求我收留她，只要给她一个能睡觉的角落就行，因为那时候已是冬天了。我本不想答应的，可是我死去的妻子却说，留下她吧，她还能纺纱织布，还能收拾屋子、洗洗衣服。她就这样给留下了。后来她的身体恢复了，不久就怀孕了。到底是和谁搞上的，也是议论纷纷。"

"她控告说，是你。"

"她乱咬人，这烂货，我要宰了她！"

"不管怎么说，你还是要出庭的。"

"我会出庭的。上帝保佑你，幸亏你告诉了我。我原来还以为是欠她工资的事呢，这方面我有确切的证据证明我已付给她了！这个不要脸的要饭婆子！我的老天爷，真是灾祸一个连着一个，烦心事接连不断，真是受不了。母牛死了，该好好收拾，地里的活儿也没有干完，我一个人真是忙不过来。"

"一个鳏夫就像狼群里的一只羊。"瞎子又插了一句。

"母牛的事我知道了，在地里的时候就有人给我说了。"

"这是地主家干的好事，是护林员把它赶出树林的。它是我家最好的一头母牛，值三百兹罗提。它还怀着小牛，因为跑得太快了，内脏都热坏了,我不得不补它一刀。这件事我是不会罢休的,我会起诉他的。"

乡长和大地主的关系密切,便竭力劝导波利那,让他的怒气平息下来——愤怒之下想不出好主意。后来他把话题转到别的方面,乡长便向他的妻子眨了眨眼睛,说道:

"马捷伊,你该结婚续弦才是,这样才有个人来管理你的家务。"

"你这不是在取笑我吗?……去年的春天,我就满五十八岁了。你脑子进水啦,我的那个女人在坟墓里还尸骨未寒哩。"

"你只要找一个和你年纪相当的老婆,就万事大吉了!"乡长老婆加了一句,便去收拾桌子了。

"一个好妻子,就是丈夫头上的王冠。"瞎老头插了一句,便去摸乡长老婆放在他面前的那个盘子。

波利那坐在那里一脸惊异,自己怎么就没想到这一层哩。要找个女人也不是什么难事,家里有个女人,对于男人来说总比自己单独一人好。

"有的女人傻不拉几,有的女人爱唠唠叨叨,和你吵架不断、揪你的头发,还会出去跳舞,或者到酒馆里去听音乐。但是,不管怎么说,有个女人在你身边,总是要舒服得多。"老乞丐一边吃着一边说道。

"村里的人不笑话我才怪哩!"

"嘿,怕什么笑话。他们又不会赔你母牛,也不会帮你做家务,也不会帮你照看好田产。"乡长老婆急切地说道。

"也许她还会给你暖暖被窝哩!"乡长打趣道,"村里有的是姑娘,你只需在农舍周围转一转,她们就会热得难受哩。"

"你们看这个花花肠子,整天都在想什么呀……"

"比如说格热戈什的女儿佐希卡就很不错,人长得苗条,还有笔嫁妆!"

"马捷伊是这里最富的农民,他不在乎嫁妆的多少。"

"谁会嫌财产多吗?"瞎子反问道。

"不,格热戈什的女儿不适合他,她太年轻太嫩了。"乡长说道。

"那么英德尔克家的卡霞呢?"乡长老婆继续列举着。

"不行,已经订婚了。昨天,罗赫的儿子亚当已向她求婚了。"

"还有斯达赫夫的女儿微朗卡。"

"她太爱唠叨了,还喜欢东跑西颠的,半个屁股又大又肥。"

"托梅克家的寡妇怎么样?她顶适合的。"

"托梅克给她留下了三个孩子、四垧地、两头牛,还有一件老羊皮袄。"

"还有乌伊特克的女儿乌利西亚,就是住在教堂后面的那个姑娘。"

"她嫁给单身汉子倒不错,她的孩子大得都可以放牧了。可是马捷伊不需要这样的牧童,他有自己的牧童了。"

"待字闺中的姑娘并不是没有,我只是想给马捷伊找一个合适的。"

"有一个倒是很适合他!"

"谁呀?"

"就是多米尼科娃的女儿,雅格娜。"

"真的,我完全把她给忘了。"

"一个身强力壮的姑娘,人长得高大,又很能干,脸又白又嫩,漂亮得像头小母牛。"

"雅格娜!"一直听着他们议论的波利那这时开口说道,"大家都在说她很不检点,乱睡男人。"

"你听谁说的?有证据吗?都是些爱嚼舌头的人在胡说八道,这一切都是出于嫉妒。"乡长老婆为她辩护。

"这个可不是我说的,不过这种流言传得很广。好了,我还有事,我得走了。"他紧了紧腰带,用火炭点着了烟斗,还吸了两三口烟,便平静地问道,"几点钟开庭?"

"九点,通知上写得清清楚楚。你得早一点起来,才不会迟到。"

"我骑马去,能准时到达。天主和你们同在,多谢你们的款待和给我提的良好建议!"

"也和你同在!好好考虑考虑我们的建议。要是相中哪个姑娘,只要告诉我们一声,我们就会拿着伏特加酒到姑娘的母亲那里去给你提亲。圣诞节前就能举行婚礼了!"

波利那什么话也没有说,只是看了他们一眼,便离开了。

"老牛吃嫩草,这种老少配,只有魔鬼高兴,因为它可从中得利啊!"瞎子吃完盘里的土豆,严肃地说道。

波利那缓步朝家里走去,心里一直想着他们给他出的主意。在乡长家的时候,尽管这个主意很合他的心意,但他丝毫不露一点声色。他是个老农了,怎能像小伙子那样,一听到结婚,就手舞足蹈起来。

黑夜已笼罩大地,星星在寂静的天空深处发出银色露珠般的亮光。村里静悄悄的,偶尔传来几声狗吠声。这里和那里,穿过树林露出微弱的灯光……有时会从草原吹来一阵潮湿的风,树枝会轻轻摇曳,树叶似在喃喃低语。

波利那走的不是来时的路,而是另一条往下走的路。这条路要经过一座桥,桥下是条滚滚流经磨坊的小河。他过了桥,便朝池塘的另一边走去。幽静的池水发出暗淡的光,岸边的树木把黑影投射到池水中,仿佛给池水镶上了一道黑框。而池塘的中央较为明亮,就像一面大铜镜,映照出闪亮的星星。

波利那为什么没有直接回家,而是选择了一条较远的路,连他自己也不知道。这条路是要经过雅格娜的房子的,也许他是要把纷乱的思想梳理一下?

"这不是最糟糕的事,确实如此!大家有关她的那些怪话,也不是假的。"他吐了口唾沫说道,"不过她也真是个身强体壮的姑娘。"

他感到一阵寒冷,因为旁边就是池塘,既潮湿又寒冷,而且他刚刚从暖和的乡长家里出来。

"家里没个女人,要么破产,要么得把全部家产留给孩子们。"接着他又想道,"雅格娜是个强壮的女人,像画的一样漂亮。现在我那最好的一头母牛死了,可是有谁知道明天又会怎样呢?我第一个老婆还留下不少能穿的衣服呢!不过,老多米尼科娃可不是个好对付的人,这条老狗……但她有三个孩子、十五垧地,雅格娜能得到五垧地,加上分到的房子和牲口!五垧地啊,而且就在我的地的旁边。要是和我的地合在一起,就三十五垧了。"

他搓了搓手,紧了紧腰带。

"这样一来,只有磨坊主比我更富些。就是用骗、偷和抢都捞不着这么多的地啊……明年我要多施肥,要精耕细作,种上大片的麦子。还得买一匹马,花斑牛死了还得买头母牛……当然,她也会带头母牛过来的……"

他头脑里一直在思来想去,打着他农民的小算盘,沉浸在他的美梦中。他是个聪明的农民,一切都会考虑得详详细细、有条不紊,件件都不会放过的。

"他们一定会大喊大叫、竭力反对,这些狗东西!"他想起自己的子女,便止不住气不打一处来。不过他一想到这里,又充满了自信。如果在这之前他还有些犹豫不决的话,现在他的决心却很坚定了。"土地是我自个儿的,别人休想得到它。你们要是不喜欢,那就……"他想到这里就中断了,因为他发现自己已来到雅格娜家的房前了。

她房子里还亮着灯光,从窗口透出的一条长长的亮光,穿过低矮的树丛和篱笆,一直照射到大路上。

波利那站在暗处,双眼朝屋子里望去。

油灯紧挂在墙壁上，壁炉里的火正在熊熊燃烧着，能听见火烧木柴的噼啪声。除角落外，火光把整个房间都照得亮堂堂的。有个老婆子蹲在炉火旁，正在大声地念着什么。雅格娜面对着窗口，坐在她的对面，她只穿了件衬衣，双袖都卷到了臂膀上，正在拔一只活鹅的羽毛。

"真是个漂亮又健壮的姑娘！"他想。

雅格娜时而抬起头来，听她母亲的朗读，发出沉重的叹气声，时而又低下头去拔鹅毛。鹅痛得嘎嘎乱叫，从她手中挣脱出来，扑动着翅膀，满屋子乱跑，弄得房间里鹅毛飞扬。可是不久她便让鹅安静下来了，她把鹅夹在两腿中间，于是鹅只能发出一两声低沉而痛苦的叫声，与其呼应，院子和过道里的鹅也叫了起来。

"多美的姑娘啊！"波利那心里想道，并快步离开了雅格娜的房子。他觉得血往头上涌，只好按住鬓角，他又扣了扣纽扣，勒紧了腰带。

他已经到了自家的门口，踏进了院门，又回头望了望湖对岸的雅格娜家的房子。这时，正好有个人从那间屋里走了出来，只见一道亮光射了出来，一直照到了湖面上。随即便传来了沉重的脚步声和水桶入湖的溅水声。没过多久，在从草场上升起的浓雾和黑暗中，突然听见了用压低嗓音唱出来的歌声：

> 你在水那边，我在水这边
> 我怎么才能把吻送给你？
> 我只好把吻印在树叶上，
> 让它飘到亲爱的你身边……

波利那听了很长时间，直到歌声消失，灯光熄灭。

只见一轮满月从树林上方的天空中冉冉升起，把树梢都染成了银色，它还透过树枝把银光洒满池塘，映照在房舍的窗户上。狗不再吠叫了，一种深沉的寂静笼罩了整个村庄和所有的创造物。

波利那在院子里转了一圈便去看了看马儿，它们有的在嚼着草料，有的在打着响鼻。他把头伸进牛棚里去看看，因为天气不冷，门都是开着的。牛都躺在那里反刍，发出一般牲畜所特有的咕噜声。

他关好谷仓的大门，脱下帽子，走进自己的房间，用半嗓子的声音做起了晚祷。

大家都睡了。波利那轻轻地脱下衣服，便立即躺在床上了。

但是他睡不着。鸭绒被太热了，他把脚伸了出来。他思绪万千，脑子里一团乱麻，充满了各种兴奋和烦恼的想法。他的肚子也不舒服，这一切都让他辗转反侧、无法入睡。

"我常说，晚上喝酸奶对肚子不好！"他喃喃说道。

随后他想起了雅格娜的种种优点：人漂亮，会做家务，还有那么多土地……接着，又想到了自己的子女，想到了有关雅格娜的那些传闻。这一切都在他的脑子里转来转去，无法摆脱。最后，搞得他糊里糊涂都不知道该怎么办了，他几乎要照过去的习惯，请睡在另一张床上的人来给他拿主意：

"玛丽，我和雅格娜是结婚好还是不结婚好？"

他突然想起，玛丽从春天起就已经躺在墓地里了，现在睡在那里的是尤什卡，她已经睡熟了。他现在是个无人可以商量的孤家寡人了，他深深地叹了一口气，画了个十字，为他的亡妻和所有在炼狱中的亡灵念诵起"福哉马利亚"的祷词。

第三章

当曙光将屋顶映白、灰幕驱散夜色、星星变得暗淡之时,波利那家已经有人在活动了。

古巴从马厩里出来,望了望牛棚。地上有霜,天还是灰蒙蒙的,但霞光已把东方染成了一片红色,染有一层雪霜的树端也满是红光。古巴伸了伸胳膊,深深呼吸了几次,便朝牛棚走去,他向维特克大叫道:"该起床了。"

维特克只是抬了抬他那睡眼惺忪的脑袋,喃喃应道:"就起来,古巴,就起来!"他又沉沉入睡了。

"那你就再睡一会儿,可怜的小鬼,你再睡一会儿好了!"古巴给他盖上了一件羊皮外衣,便一瘸一拐地离开了。他膝盖上中过子弹,留下了终身残疾。他在井边洗了脸,用手指梳了梳晚上睡乱了的已经稀稀拉拉的头发,随后便在马厩门口跪下,开始了他的晨祷。

主人还在睡觉。农舍的窗户被早晨的红霞染成了一片鲜红的亮光,白色的雾霭已渐渐从池塘上面散去,在空中形成像破布一样的片片云块。

古巴手指上转动着念珠,祷告了很久。他的眼睛也转来转去,朝院子、窗户、被霜裹住的苹果树，以及树上的苹果望了过去。之后他朝一只睡在窝里的狗——瓦帕——的脑袋扔去一块东西，瓦帕只哼叫了一声，又蜷缩起身子继续睡它的觉了。

"唔，你就睡吧！睡到太阳高高的好了，你这坏蛋！"他大声骂道，接二连三地向它扔去小块东西。这时，狗才伸了伸腿，打着呵欠，摇了摇尾巴，终于站了起来，挠了挠身子，还用牙齿清理了一下它的长毛。

"主啊，我把这祷告献给你，献给所有的圣徒，阿门！"古巴久久地拍打着自己的胸脯，终于站了起来。他又对瓦帕说："嘿，你这样搔首弄姿，难道是要和女人结婚了不成！"

一天的工作很多，需要按部就班去完成。他先把大车从马厩里拉出，给轮轴上油，给马饮水，往马槽里添加饲料，直到马儿打着响鼻，用马蹄蹬地。接着他又从谷仓里拿来拌有燕麦的谷糠，倒进雌马的槽里，因为雌马已经怀孕，单独圈在一个马圈里。

"吃吧，老伙计，多吃点！你怀了小崽了，需要增强体力，吃吧！"古巴摸了摸它的鼻子，它就把脑袋搭在他的肩膀上，亲切地用嘴唇舔着他散乱的头发。

"中午之前，我们去把土豆运回来。傍晚时我们去运干草，不用怕，干草轻，我不会催赶你的……可是你呢，你这懒家伙，等着挨鞭子吧！"他对站在旁边，把脑袋从隔断的木板中间伸了过来的公马说道。他一拳打在它的头上，马立即跳向旁边，嘶嘶叫着。"哼，你这犹太佬！你吃着燕麦的饲料，干活却偷懒，若是不挨鞭子，你连一步路都不走。是不是？"

古巴离开它后便向另一个靠近墙边的马槽走去，那里养的是一匹小马，额上长有一块箭镞似的白毛。它远远地就把脑袋向他伸了过来，嘴里还发出轻柔的嘶鸣。

"安静点,安静点,小家伙!好好吃饱了,你今天要把主人送进城去!"他见它肚子上被泥巴弄脏了,便找了把干草给它擦干净了。"小母马长得这么大了,都可以找公马配种了,还弄得这么脏,像那头母猪一样,老是在泥地里打滚儿。"他走到猪圈边,见猪都在叫,便把它们放了出来。瓦帕紧跟在他的身后,用一种期待的眼神望着他。"你也想吃了,是不是?给你一块小面包,拿去吧!"

他从羊皮袄里面掏出一块面包抛了出去。瓦帕接住面包后便跑到自己的狗窝去了,它怕猪会来抢它的。

"嘿嘿,你们这些猪呀,就跟某些人差不多,老是爱抢别人的东西!"

在谷仓里,古巴望着那悬挂在梁上的牛肉条,看了很久。

"真是一头傻母牛,就这样送命了。我知道,明天就要放进锅里去煮了。怪可怜的,想不到你竟成了我们星期天的口福。"

他望着这些牛肉,深深叹了一口气,便去叫醒维特克了。

"太阳都出来啦,出来啦!快快起来,把猪都赶到外面去!"

维特克拖延着还不想起来,嘴里嘀嘀咕咕的,把羊皮袄裹在身上。不过最后他还是不情不愿地站了起来,睡眼惺忪地在院子里走来走去。

主人们此时都还没有起来,太阳已经升起,把白霜映成了紫红色,让池水和窗户变得红光灿灿,但还不见有人走出农舍……

维特克坐在牛棚的门槛上,起劲儿地搔痒,打着呵欠。麻雀从屋顶飞到了水井边,正在水槽里嬉戏洗澡。维特克拿来一把小梯子,爬到屋檐下去看那里的燕子窝,窝里没有任何的声音。"是冻坏了,还是怎么的?"他小心翼翼地把几只冻僵了的小鸟掏了出来,放进胸前的羊皮袄下面。

"古巴,你瞧,它们冻死了!啊!"他向这个长工跑了过去,把已经僵硬了的小燕子拿给他看。

古巴把燕子接了过来,放在自己的耳边听了听,又向它们的眼睛吹气,之后他说:"昨晚太冷了,它们都冻僵了!这些蠢家伙,到现在都还没有飞到暖和的地方去,嘿,真笨!"他一说完,就干活去了。

维特克坐在房子前面,太阳已照在房顶上,映照在白色墙壁上。苍蝇开始飞来飞去了。他掏出胸前被焐暖的小燕子,它们已有了一点生气,他对着它们吹气,掰开它们的嘴角,用他温热的唾液去喂它们,小燕子终于活了过来,睁开了眼睛,开始挣扎着想飞走。接着,维特克用一只手在墙上摸来摸去,终于抓住了一只苍蝇,他想一只一只地喂好它们,再把它们放走。

"飞走吧,飞去找你们的妈妈,飞去吧!"他小声说道,一边望着那些躲在牛棚屋檐上的小燕子。它们在用嘴梳理自己的羽毛,还啾啾地鸣叫着,像是在表示感谢似的。

瓦帕蹲着后腿坐在那里很带劲儿地看着这一切,有时还吠叫两声,每次小燕子飞走时,它都要去追赶几步,之后又回来守望着。

"你还不如去追风好了!"维特克嘟哝道。他一直沉浸在救活小燕子的活动中,没有注意到波利那此时已来到他的身前。

"狗杂种,在这儿玩起鸟来了!"

小伙子立即跳将起来想逃走,可是波利那一把抓住了他的领子,用另一只手去解开他那宽大而坚硬的皮带。

"啊!求求你,主人别打我!"维特克刚来得及大声叫道。

"你就是这样放牛的?你就是这样照看的母牛?最好的一头母牛都给你糟蹋了,是不是?你这小杂种,你这华沙笨蛋!你……"

他狠命地抽打着,他不看地方,抽到哪儿就是哪儿,只听得皮带在空中挥舞的呜呜声。维特克像泥鳅一样扭动着身子,哀求道:

"上帝啊!请不要打了!会打死我的,主人!……啊,耶稣基督,救命啊!"

汉卡从屋内出来,想看看发生了什么事。古巴吐了口吐沫便躲进马厩去了。

波利那还在拼命抽打维特克,他恨不得将母牛的损失都发泄在这个小家伙的身上,以致维特克的嘴唇都发青了,鼻子也流血了。维特克拼命大喊大叫,还奇迹般地从主人手里挣脱出来了,他双手捧着屁股,直朝篱笆奔去。

"啊,耶稣!他打死我了!他打死我了!"他一面大叫,一面撒腿奔跑,留在他胸口上的几只小燕子,都抖了出来,掉在他跑过的路上。

波利那还在后面威胁他。他系好了皮带,回到屋子里,朝安特克那边望了过去。

"太阳都已经晒屁股了,你还赖在床上!"他向安特克吼道。

"昨天摆弄牲口,累得要命,现在我得休息休息。"

"我要去法院……得把土豆运回来。等大家干完这件事,就派人去收割干草,你自个儿就去把房子的护板加固好。"

"你的该你自己去弄,我们住的房子不漏风。"

"好吧……我的我来弄,你这个懒鬼,不怕冻死你!"

他砰的一声关上了门,便回到房里去了。

尤什卡生着火后正要去挤牛奶。

"快给我拿吃的来,我还要出门。"

"我没法分身,不能同时干两件事呀!"尤什卡说着便朝外走去。

"我片刻都不得安宁,大家都想要和我吵架!"他暗忖道。他心情恶劣,便换起衣服来。他和儿子总是争吵不断,一句话不合,就像豹子似的跳上前去,或者说些刺痛对方的恶言恶语。

他的心情越来越坏,禁不住低声骂了起来,把脱下的靴子东一只西一只地扔在地上。

"他们应该听我的,却不听我的话!为什么?"他在想,"我看,和他们打交道，得用棍子。不用棍子不行，不来硬的不行！"

"我早就该这样做了，老婆一死，他们就闹着要分地。"但他一直在犹豫，生怕自己在村子里受到贬低。因为他不是一般的农民，他可是有三十垧田地的主人，他也不是出身低微的人，波利那也是个有名的家族。"我对他们是过于仁慈了！这是不行的……"一想到这里，波利那便想起了自己的女婿，就是这个铁匠在暗中鼓动大家来反对自己，还强烈要求分给他六垧土地和一垧森林，铁匠还说，至于其他财产，他会等着。

"这就是说，他会等到我断气之后。是啊，他是不得不等待的。"他气鼓鼓地想道，"只要我还能走动，我的田地你连嗅一嗅都不可能！你看看你，是不是聪明过头了！"

等尤什卡挤完奶回来时，土豆已经煮熟，不一会儿早餐便做好了。

"尤什卡，你要自己去卖肉，明天是礼拜天，人们知道我们宰了一头牛，一定会来买肉的，不过你要记住：概不赊账。把腿部和臀部的肉留给我们自己吃。你去把雅姆布罗兹叫来腌肉。"

"铁匠不是也会腌肉吗？"

"若是叫他来，那就等于让羊去把狼请来。"

"那会让马格达伤心的。这是我们家的母牛，难道她什么也得不到？"

"可以留一份给马格达送去，但不能叫铁匠来。"

"你真好，爸爸，你真好。"

"好了，好了，我的小女儿，要看好这里的东西，我会给你带回小面包或者别的什么的。"

他美美地饱吃了一顿，便束了束腰带，用手梳理了一下他那稀疏的头发，便拿起了鞭子，再次环视了一下房间。

"可别忘了什么东西。"他本想再看一下储藏室，见尤什卡在盯着他看，他只好画了个十字便上路了。

当他坐上马车，一手拉起缰绳时，还对站在台阶上的尤什卡说道：

"一收完土豆，就叫他们去弄干草。许可证放在画后面。还要叫他们砍些小枞树和小松树来。等着备用。"

马车启动了，驶到篱笆墙时，只见维特克出现在苹果树中间。

"我看见你了……嘿嘿，维特克！嘿！维特克，把母牛放到牧场上去，好好看着它们。否则，你又会受到一次终生难忘的鞭打！"

"你就试试看……"维特克大声说道，随即消失在牛栏后面了。

"不许顶撞我！如果我跳下车来，有你的好果子吃……"

马车出了篱笆墙后便转向左边的那条通往教堂的大路。他用鞭子挥打了一下，马车便在那条布满石子的路上疾步前行。

太阳已经高高地升到农舍上面了，放射出越来越暖和的光芒。雾气从屋顶袅袅升起，露水开始滴落。但在篱笆和果园的阴影处，以及沟渠里，还是躺满了白霜。池塘上的薄雾最后也消失了，池水闪闪发亮，映出了太阳。

村子里的人像往常一样开始了日常的劳作。早晨晴朗而暖和，空气清新，人们更加朝气勃勃，精力充沛。他们成群结队走向田地：有的手拿锄头和篮筐；有的扛着犁耙，前往已收割完的地里；有的驾着大车，车上装有等着播撒的种子；有的进入林地去割草。池塘两边的路上人声喧闹，车声阵阵，狗吠不停，一片忙乱景象。原本经过一夜露水压制的尘埃，现在又被人马车犬的不断跑动掀了起来。

波利那小心翼翼地从牲口群中间驶过，时常挥动鞭子驱赶那些挡在小母马前面的牛羊，终于走到了教堂附近。那里有一大片菩提树和法国梧桐，以其浅黄色的树叶，像一座城堡挡在了前面。之后，他便进入了一条两边种有高大杨树的大道。

教堂的钟声响起了，弥撒已经开始，管风琴声音低沉。波利那脱下帽子,默默地念起了祷词。

路上空寂无人,地上的落叶厚得像是铺了一条金黄色的毡子,把路上的凸凹不平、车辙以及露出路面的树根全都遮住了。两旁的杨树干被太阳斜照过来,其投下的阴影便使这条大道成了一条带条纹的地毯。

"走啊,我的小母马,走啊!"他挥动鞭子,因为这条路先要上坡。虽然坡度不大路又不算太长,但终究是要爬点坡的。这条大路穿过小山丘,那里有一片浓密的森林。

寂静让波利那产生了一种慵懒的睡意。他环顾着周围的田野,阳光透过一排排的白杨,发出玫瑰红的色彩。他又想起了叶夫卡的控告和母牛的损失,但都止不住他的朦胧睡意。

鸟儿在枝头啾鸣,阵风吹动树梢发出沙沙声响。有时一片片树叶飘落下来,宛如金色蝴蝶在飞舞,转了一圈便落在了路上——或是落在布满尘土的野蓟花上。野蓟花睁大着眼睛,勇敢地直视着太阳。白杨先是大声交谈,后是树枝摇曳成轻声悄语,最后便沉寂无声了。

直到走近树林,他才清醒过来,勒住了马儿。

"这儿的麦苗长得不错啊!"他朝阳光下的那片灰色田地望去,那里种下的黑麦已经长成铁锈色的麦苗。他心中忖道:"这块地紧挨着我的田地,是谁故意这样安排的?看来这黑麦是不久前才播下去的。"他用贪婪的目光朝这片田地望了一眼,叹了一口气后便走进了森林。

他不断催赶着小母马,因为林中小路坑洼不平,而且还有密密麻麻的露出地面的树根。走在上面,马车便会蹦跳起来,发出吱嘎的响声。

这时,森林里刮起的一股强烈的冷风,把他完全吹醒了。

森林很大也很古老,悠久的年代和苗壮的生命力结合成一体,显现出一派庄严肃穆的景象。这里的树紧挨着树,密不透风,几乎全是松树。但是，也有一些高大挺立的橡树点缀其间，间或也能看到几棵身着白皮、戴着黄色发辫的白桦树，因为已是深秋了。低层的树木有榛树、矮生的千金榆、颤抖的山杨，它们围绕着红松的巨大树干，层层叠叠，枝叶交错在一起，使阳光难以穿透。只偶尔有的地方漏出一丝阳光，仿佛是一只金色蜘蛛在苔藓和淡红色的羊齿上爬行似的。

"它们都是我的，总共有四垧哩！"波利那暗自想道。他用贪婪的眼神凝视着这片森林，以目力去挑选那些最好的大树。

"啊，感谢天主没有亏待我们，也不会让别人来欺侮我们！地主们认为我们的树林太多了，可是我自己却认为还不够。如果……我有四垧……雅格娜有一垧……四加一……啊，笨家伙，快走呀，难道还怕喜鹊吗？"

他用鞭子抽打着马，催它前行。因为在钉有基督雕像的木十字架上，有好些喜鹊在那里哇哇乱叫，以致小马都竖起了耳朵，站立不动了。

"喜鹊欢叫，必有大雨。"他朝小母马轻轻打了几鞭子，它又疾步前行了。

当他到达迪莫夫时，已经八点多了，因为在田里劳动的人都已经坐下来吃早饭了。迪莫夫是个小镇，街上人很少，两旁是破旧的房屋，都是些老店铺，到处都是垃圾，都是鸡、猪和穿着破衣烂衫的犹太孩子。

他刚进到镇里，一群犹太男女便拥了过来，朝他的马车看来看去。他们甚至在铺在车上的干草下面、座位下面摸来摸去，看看他有没有出售的东西。

"滚开！你们这些贱骨头！"他一边大喊道，一边将车子赶到市场上去。在市场的中心广场上，在那些正要枯萎的老栗树的树荫下面，已经停放了十多辆马车，马都被卸下来了。

波利那停放好了车子，把小马拴在小槽边，给了它一些草料，又把鞭子藏在自己的座位下面，盖上了一层麦秸。接着他就直接朝莫尔德克理发店走去，那里有三面铜镜在闪闪发亮，他要去刮刮脸。不一会儿，他从理发店出来，脸被刮得光光的。只是下巴上面有一处伤口，贴了一小片纸，纸上还有血渗出来。

法院还没有开庭。

法院的房子就坐落在市场上，对面是座巨大的古典建筑风格的教堂。法院门外已聚集了许多人，他们都在等待，有的坐在已经破损的台阶上，有的在窗外踱来踱去，不时朝里面窥视，妇女们则蹲在白色墙壁下聊起天来。她们取下头上的红头巾，披在了肩膀上。

波利那看见叶夫卡抱着孩子站在她的一群证人中间，不免怒火中烧。他吐了口吐沫，便走到第二条通向法院员工宿舍区的走廊上。

左边是法院，右边住着法院的文书。恰好在这时，小厮雅切克捧着茶壶和茶炉来到门口，他拼命地吹着茶炉，使之像工厂烟囱似的冒出浓烟。从烟雾袅袅的走廊的另一端，传来一个粗暴愤怒的呼叫声："雅切克，给小姐拿鞋子来！"

"马上，就来！"

茶炉发出火山爆发那样的声音，火光四射。

"雅切克，快把老爷的洗脸水端来！"

"马上就好！立刻就端过去！"雅切克满头大汗，手忙脚乱，来回不停地奔跑。时而跑来吹吹茶炉，时而又是端水过去，这时又听见女主人在叫唤："雅切克，你这笨蛋，我的长袜子在哪儿？"

"他妈的，这个该死的茶炉！"

这样的状况持续了两次祷告之久，直到法庭开庭。人们纷纷拥入白壁大厅。

这时候，雅切克又出现在法庭上，现在他的身份是庭丁。他打着赤脚，却穿着带有铜纽扣的深蓝色制服。他不停地用袖子擦着汗，红脸上满是汗水。大厅被黑色铁栅栏分成两部分，他那粗麻般的长头发常常会垂下来遮住眼睛，因此，他不时会像马被牛虻骚扰时那样晃动着脑袋，把头发扔上去。他还常常探出头去，朝隔壁的房子窥视一番，然后便在绿瓷砖大壁炉旁边坐下来，让自己休息一会儿。

进来了不少人，把审判厅挤得满满的，把铁栅栏都挤得嘎嘎响了。整个大厅人声鼎沸，有的争吵起来，说话的嗓门儿和言辞都越来越尖锐。

法庭外面那些犹太人在窗下大声喧闹，有些女人叽叽喳喳在诉说自己的冤屈，有的还放声号哭。但究竟有什么冤屈，没有人搞得清楚。大厅里人头攒动，人挤人，好似田里种满了罂粟花和黑麦穗那样，在风中摇摇晃晃的，发出沙沙的响声——大家混杂着都挤在了一起。

这时候，叶夫卡看见波利那正靠在铁栅栏上，便对他破口大骂，直骂得他火冒三丈。

于是，他厉声回骂道："闭嘴！你这条母狗！看我不给你一顿教训，让你连亲娘都认不出来！"

叶夫卡也怒不可遏，她想伸出手来抓他。于是，她想先在稠密的人群中挤出一条缝来，但她的头巾掉了下来，孩子也哇哇哭叫起来。她正不知所措的时候，雅切克突然走去打开了一扇门，高声喊道："大家肃静！法官就要出来了！"

就在这时候，法官进来了，他身高体胖，是个来自拉奇博罗维兹村的贵族，跟在他后面的是两个陪审员和一位文书。文书坐在靠窗的一张桌子前，把文件摆开，望着法官和陪审员——他们正站在一张铺有红布的大桌子前面，还把金项链挂在脖子上……

整个法庭立即安静下来了，但可以听见窗外街上的嘈杂声。

法官展开了卷宗，咳嗽了一声，便朝文书看了过去，用一种低沉洪亮的声音宣布:"开庭!"

文书宣布了今天的第一个案件,便朝第一个陪审官耳语了几句,后者交给了法官,法官点头确认。

于是审案开始了。

第一件案子是一位保安控告一个商人在他的院里便溺,结果是缺席审判。

第二件案子是一个孩子因为把马放到苜蓿地而遭到打骂。他们和解了,母亲得到了五卢布,孩子得到了新上衣和新短裤。

第三件是告人诽谤,因证据不足而不受理。

第四件是盗窃法官家森林的木材案件。原告是管理员,被告是罗克村的农民。判决是罚款,或者是受拘押两个星期。被告们不接受判决,表示要上诉。他们大吵大闹,控诉判决的不公平,表示森林是公共的,他们有权打柴。

法官对雅切克打了个暗号,雅切克立即大声道:"安静,安静!法庭不许喧哗!这里是法庭,不是酒馆!"

案件一个接一个地审理下去,就像耕地一畦接一畦地耕下去一样,平稳而安静地进行着。偶尔会出现几声哭泣、几声咒骂、几声抱怨,但最后都被雅切克压下去了。

有些人出去了,但进来的人更多,挤得水泄不通,像一捆玉米秸秆那样紧紧挨在一起,谁也无法挪动一下。屋内越来越闷热,让人喘不过气来,直到法官下令打开窗户。

现在审理的是利普查村的巴尔特克·科佐尔的案子,他被控偷了马尔兹杨娜·安托诺娃·帕切斯家的母猪。证人有:马尔兹杨娜,她的儿子西蒙,巴尔巴娜·别舍克等。

"证人都来了吗?"审判员问道。

"我们来了!"证人齐声回答。

波利那原先是耐心地站在铁栅栏一侧的,现在他移动了一下来和帕切斯太太打声招呼。她正是多米尼克的妻子,雅格娜的母亲。

"被告巴尔特克·科佐尔,站到栅栏前面来!"

只见一个矮个子农民用力推开众人挤向前来。他差点儿把别人推倒在地,还引起了众人的喊叫。

"安静,尊敬的法官要问话了!"雅切克大声喝道,并把他推上前来。

"你就是巴尔特克·科佐尔吗?"

这个农民似乎还没有反应过来,还在用手搔着他那浓密的马桶盖似的头发,他刮得光滑的脸上露出一丝傻笑,一双充血的小眼睛像松鼠那样从这个陪审员身上跳到另一个审判员身上。

"你就是巴尔特克·科佐尔吗?"因为他没有回答,法官又问了一次。

"他就是,法官大人,我可以证明!"一个粗壮的女人一面推开众人向栅栏前面挤来,一面大声尖叫道。

"你想干什么?"

"对不起,大人!我是这个倒霉鬼的老婆。"她双手向下深深鞠躬,以至她戴的那顶嵌有绦边的帽子都触到法官们的审判桌了。

"你是来做证的吗?"

"你是说做证,啊,不是,我只是求大人……"

"庭丁,把这个女人拉开!"

"走吧,老婆子,这不是你待的地方。"雅切克抓住她的肩膀,把她推走。

"对不起,尊敬的法官,我丈夫的耳朵有点不好使!"她大声尖叫道。

"出去,不然,我就不客气啦!"雅切克把她推出栅栏外,痛得她大叫不止。但她还是寸步不动。

"好好出去吧！我们会说得大声些，让你的科佐尔能听见。"

审讯终于开始了。

"你的姓名？"

"我的姓名？既然你们都叫我了，你们不是都知道了……"

"笨蛋，快把你的姓名报出来！"法官铁面无私地呵斥道。

"他叫巴尔特克·科佐尔，法官大人！"他老婆插嘴道。

"多大年纪？"

"唉，多大年纪？我记不清了。老婆，我多大岁数了？"

"过了春天，你就满五十二岁了。"

"是农民吗？"

"有三垧沙地、一头母牛……是个很不错的农民。"

"受过惩罚吗？"

"什么？惩罚？……"

"就是坐过牢没有？"

"你是问我有没有被拘押过？老婆，我有没有拘押过？"

"关押过，巴尔特克，你关押过。那是地主狗杂种告你偷羊的。"

"啊！是坐过牢。那是我在牧场上看见了一只死羊……我想，不能让狗吃掉，我就把它拉回来了……他们就告我偷羊了，法院就把我关了起来，这样我就躺在牢里了……这太不公平了！……真是冤枉呀！"他低声说道，眼睛斜望着他老婆。

"他们控告你偷了马尔兹杨娜·帕切斯家的母猪。你从地里把它赶出来，赶回了你的家里，杀了它，还把它吃了！你又会怎样来辩解呢？"

"什么？我吃了？如果我吃了，就让上帝来惩罚我好了。我没有吃。真是大笑话，说是我吃了，老天爷啊，说我吃了！"他伤心地叫喊道。

"你有什么给自己辩护的？"

"辩护？嘿，老婆，我该说什么呢？啊，我想起来了，我没有罪，我没有吃那母猪！这个马尔兹杨娜·多米尼科娃是在说谎，她像只母狗一样在乱叫。"

"啊，看看这种人，这种人！"多米尼科娃很痛心地说道。

"你说说，帕切斯的母猪是怎样跑到你家里的？"

"帕切斯的母猪，跑到我家里？老婆，法官大人在说什么呀？"

"怎么，巴尔特克，法官大人是在问你那头公猪跟着你跑进家里的事情。"

"啊！想起来了，想起来了，那是头公猪，不是什么母猪。法官大人，我请您宽恕我。现在我请求你再听一次我说的话：它是头公猪，不是母猪，是头白毛猪，靠近尾巴或者在它的下面有块黑斑。"

"那你就说说，这头猪是怎么跑到你家里去的？"

"怎么跑到我家里？现在我就把全部真相说出来，让法官大人和在场的人都会认为我是无罪的。多米尼科娃是个茨冈女人，只会说谎，她是个十足的泼妇。"

"我是茨冈女人，我请求圣母一定要降罪于他，让他受雷击而死！"多米尼科娃朝挂在墙角落里的圣母像望去，默默地祈祷着。

接着，她握紧了她那瘦骨嶙峋的拳头，冲着他挥动，声色俱厉地大骂道："你这个偷猪贼！你这个强盗！你这个无赖！"她越说越激动，便张开手指像要去抓他似的。

这时候，巴尔特克的老婆尖叫着朝她冲了过去。

"怎么啦，你还要打他，你这条母狗！你想要打他？你这个女巫！你这个残害儿子的刽子手！"

"安静！"法官高声喝道。

"法官说话的时候，都闭上你们的臭嘴！不然就把你们两个都赶出庭外。"雅切克也大声应和着法官。他用手拉住裤子，因为背带系不上了。

现在这里又安静下来了。这两个站得近到都能揪住对方脑袋的老婆子，现在也都闭口不说话了，只是两眼露出凶光，恶狠狠地盯着对方。

"说吧，巴尔特克，你把全部真相都说出来！"

"真相？是的，我会讲得很清楚，就像水晶一样！就像我做忏悔时那样，就像对自己的亲人一样。我是地地道道的农民，世世代代都是真正的农民，不是长工，不是佃农，也不是什么匠人。事情是这样的。"

"你可要好好想清楚，可别忘掉了什么。"巴尔特克老婆提醒他道。

"不会忘掉的，马格达！事情是这样的，那天我在路上走着走着，沿着波利那家的苜蓿地到了狼洞附近的地方。那时我一边走着一边念着祈祷文，因为已经响起了晚祷的钟声，天快要黑了。我走呀走，这时候我听见一种声音，不是人声，好像是猪叫声？……我朝后面看了看，什么也没有看见，静悄悄的。是鬼在跟着我吗？我继续朝前走去，害怕得好像背上爬满了蚂蚁，我念起了'祝福马利亚'的祷文。又响起了猪叫声！唔，我就在想，也许这是头母猪，要么是头公猪。于是我就沿着苜蓿地的边缘行走，我看见了……真是有个东西在跟着我。我走它也走，我停它也停。只见一个白白的矮矮的长长的东西，两眼发光，像是野猫或者魔鬼的眼睛。我画了个十字，我浑身都起了鸡皮疙瘩，于是我加快了脚步。我弄不明白在黑夜里出现的东西是什么。大家都知道，狼洞这个地方经常闹鬼。"

"是呀！确实如此。西可拉去年夜里经过那里的时候，就有个东西夹住了他的颈脖子，把他掀倒在地，狠揍了他一顿，害得他在床上躺了两个星期。"他的老婆插嘴道。

"安静！马格达，别说话。我就走呀走的，那家伙一直跟着我，还咕噜咕噜地叫着。后来月亮出来了，我才看清是头公猪而不是什么鬼怪。我生气极了，这个蠢东西干吗要来吓我，于是我便找了根棍子向它扔了过去，我便回家了。我穿过米哈乌家的甜菜地和波利那家的麦地之间的田埂，后来又穿过托梅克家的玉米地和雅希克家的黑麦地之间的田埂——就是那个被征去当兵的雅希克，他的老婆昨天才生了个孩子。这头公猪还是要跟着我，就像条狗似的走在我的旁边。后来又走进了多米尼科娃的土豆地里，一路上还咕噜咕噜地叫个不停，老是跟着我……

"我转弯走上一条横向的小路，它还是跟着我。我全身都发热了，啊，上帝！这样的猪也许它就不是猪。我走过十字架，它还是在我身后……我看到它是白色的，尾巴附近有块黑斑！我跳过水沟，它也跳，我走过有十字架的坟墓，它也跟着我。我走进梨树林子，它竟从我的两腿中间冲过，把我冲倒在地……我大叫了很久，也许它是条魔鬼附身的猪！等我站起来后，它竟翘着尾巴跑到我前面去了！'那你就滚得远远的好了。'我思忖道。但它没有逃走，而是在我前面径直地跑进了我的屋里，跑到我屋子里面去了。尊敬的法官大人，它穿过院墙，走进过道，因为家里的门是开着的，它就走进了房间……请天主保佑我，阿门。"

"后来你就把它宰了吃了，是不是？"

"宰了吃了？嗯，那该怎么办？一天过去了，猪都没有离开。又过了一个星期，猪还是没有离开，我也没法把它赶走，因为它总是叫着跑回来！我的老婆尽力去喂养它，怎么能让它挨饿呢，因为它也是上帝的造物。我请求法官大人凭你的聪明智慧，对这件事做一番公正的评理。我是个贫穷的孤儿，该拿它怎么办呢？没有人来要回这头猪，家里又很穷,猪又要吃,而且它的食量要比其他两头猪的还大……若是再待一个月,定会把我家吃得山穷水尽了。那么我们该怎么办呢?这是一个不是猪吃掉我们就是我们要吃掉猪的问题,于是我们只好把它宰了。我们刚刚吃了一点肉,消息就传遍了整个村子,多米尼科娃就向村长告发猪是她的,和村长一起前来把猪肉全都拿走了……"

"是全都拿走了吗?猪的后腿又到哪里去了?"多米尼科娃愤愤不平地嚷道。

"哪里去了?那得去问克鲁切克和别的狗了,我们把后腿放在牛栏里过夜,可是那些鼻子灵敏的狗,穿过门上的洞孔爬了进来,把它撕着吃掉了,怎么是我偷吃掉的呢?"

"可是,猪会跟着他跑进家里这种话,只有傻瓜才会相信,法官是不会信的!你这个惯偷,磨坊主的羊不是你偷的吗?还有神父养的鹅,不全都是你偷的吗?"

"你看见谁偷的?你看见是他偷的吗?"科兹沃娃大声嚷道,她要上前来用手指抓人。

"那么,又是谁盗窃了教堂管风琴师的土豆窖?村子里常常丢失东西,比如鸡、鹅、犁、锄头,等等,这些又是谁偷去的呢?"多米尼科娃无情地反驳道。

"你这个破鞋!你年轻时干的勾当,还有你女儿雅格娜和村里农民干的勾当,尽管大家都不提了,你就不是一条母狗了吗?"

这下可把多米尼科娃激怒了,她声嘶力竭地叫道:

"你竟敢提到我的雅格娜!你敢再提,看我不打掉你的狗牙才怪!"

"安静,长舌妇们,否则我就把你们扔出门外!"雅切克一手提着裤子,大声制止道。

开始传证人。

接着做证的是多米尼科娃的儿子西蒙,他把帽子放在交叉在胸前的双手上面，就像在做祷告时那样。他一直盯着法官，用一种低沉的哭诉的口气说道，那头公猪是他母亲的，全身长有白毛，尾巴的下面有一黑斑，缺了一只耳朵——那是春天被波利那的狗瓦帕咬掉的。"当时母猪叫得那么厉害，我在储藏室内都听见了。"

随后又听取了巴尔巴娜·别舍克和其他人的证词。

其他人都宣誓证实，西蒙所说的话符合事实。西蒙依然双手拿着帽子站在那里，眼睛一直在望着法官。这时候，科兹沃娃透过栅栏，大声说了许多否认和攻击的话。而多米尼科娃的双眼则时而望着圣像，时而望着科佐尔。这个科佐尔的双眼又老是转来转去的，一会儿盯着证人，一会儿又直直望着他的老婆马格达。

旁观的人们都很认真地在听他们说话，有时也会低声议论起来，或者发表嘲讽的评论，有时又哄堂大笑起来，直到雅切克发出严厉的制止声。

这件案件审理了很长时间，休息时法官们都到隔壁的房间商议去了。大家也纷纷走到过道或者外面的院子里去透透气，他们有的在吃东西，有的在和自己的证人交谈，有的在倾诉他所受到的冤屈，有的在抱怨审判的不公，还有的想进行凶狠的报复——这些情况，法院开庭时都会经常遇到的。

休息过后，审判结果宣布了，于是便轮到波利那的案子了。

叶夫卡站在庭前，胸前抱着她的孩子。她泪流满脸，诉说着自己的冤屈和痛苦：到波利那家去做用人，一天累得要死，主人连一句好话都没有。吃也吃不饱，睡也睡不好，连一个角落都不给，她常常跑到邻居家去要饭吃。他不给工钱，就把她给赶出来了，连同他亲生的幼儿一起赶到外面去了……

说到这里她就号啕大哭起来，扑倒在审判员旁边，声嘶力竭地喊道：

053

"这就是我受到的冤屈,法官大人,这就是他的孩子!"

"她是个婊子,像狗一样汪汪乱叫!"波利那用带着威胁的口气说道。

"我是婊子?全利普查村的人都知道……"

"你是个婊子,一条母狗!"

"尊敬的法官大人!他过去老是这样叫我:'叶夫卡''叶乌什',甚至叫得更加甜蜜。他从城里给我买念珠,还常常给我带羊角面包,对我说:'叶乌什,拿去吧!你是我最亲爱的!'可是现在,我的耶稣,我的耶稣呀……"

说到这里她怒气冲冲地大叫起来。

"你这婊子,母狗!我还给了你一床羽绒被,对你说:'叶乌什,睡到羽绒被里去吧!'……"

全场都大笑起来。

"怎么,你没说过?!难道你没有像条公狗似的站在门外对我许过很多愿吗?!"

"啊,天啦!为什么她还没有遭到雷劈呢?"他愤愤不平地嚷道。

"尊敬的法官大人!全村的人都知道是怎么回事,全利普查村的人都可以证明我说的是实话。我在他家打工,他从不给我安宁。啊,我这个可怜的孤儿!……啊,我那不幸的苦命!……难道我没有在这个强壮的男人面前反抗过?我大喊大叫,他便痛打我一顿,然后他就为所欲为了……我拿这孩子怎么办呢?乡亲们会替我说话、为我作证……"她泪流满脸,大声叫喊道。

可是证人们说的也不是什么确实的东西,不过是一些流言蜚语而已。于是她又提出她的确凿证据:作为最后的一招,她把婴儿放在了法官们的面前,孩子蹬着一双光脚,哇哇大哭起来。

"法官大人请您自己看一看,就知道他是谁的孩子。这像土豆般的鼻子,还有这灰色的带泪囊的眼睛……看看他和波利那,就像两滴水一样相似!"她大声说道。

这时候,连法官都无法制止哄堂大笑了,旁听的人都欢笑得跳了起来,他们看看这孩子,又看看波利那,有的人还不断地说道:

"这倒是个和你相配的姑娘,真像一条被剥了皮的狗!"

"波利那是个鳏夫,那就和她结婚好了。这孩子至少可以当个小牧童。"

"不过,她的头发脱得就像春天的母牛一样。"

"她可是个美人儿!要是把她当成个稻草人,插在黍米地里,准能把所有鸟类吓跑……"

"她只要从村里走过,狗都会纷纷逃走……"

"只要把她身上的垢污和油脂擦洗掉就行!"

"因为她很节俭,为了节省肥皂,每年才洗一次脸。"

"这不奇怪,她很忙,她得给犹太人生炉子,没有时间去洗。"

大家的议论越来越刻薄,越来越恶毒,叶夫卡闷声不响,用一种茫然若失的丧家犬的眼神望着周围的人们——她还在想一些事情。

"闭嘴!嘲笑这样可怜的女人是一种罪孽!"多米尼科娃扯开嗓门儿高声说道。她的一声喊叫,令大厅顿时安静了下来,有的人还露出了羞愧之色。

可是叶夫卡的控告却以失败告终。

波利那却感到无比欣慰。尽管他无罪,但他最担心的是人们的议论,以及判处他抚养孩子。他心里在想:法律常常放过有罪的而处罚无罪的,你很难说要公正。这样的事情出现过何止一次,十次百次都有。

他立即离开了法庭,他在等多米尼科娃,想和她商量商量一些事情,他真是想不通,为什么叶夫卡会来控告他。

"不，这不是她的主意，她没有这样的头脑和智慧，一定背后有人指使她，那么这个人是谁呢？"

他和多米尼科娃以及西蒙一起走进了一家酒馆，想喝点酒吃点东西，因为已经过了中午了。多米尼科娃暗示他，叶夫卡控告他的整个事件都是他铁匠女婿搞的鬼，他却不敢相信。

"他能从中得到什么好处呢？"

"他就是要让你丢脸、烦心，让你日子过不安生，这样他就痛快了。他就是这样一个以剥别人皮为乐事的混蛋。"

"叶夫卡的这种怨恨也着实让我感到奇怪，我从来没有亏待过她。在她那小杂种受洗的时候，我还给神父送去过一袋燕麦。"

"她可是在磨坊主那里打工的呀！磨坊主又和铁匠交往密切，你难道不明白其中的秘密吗？"

"明白是明白，就是无法解释！来，再喝一杯！"

"上帝保佑你。好，你先喝，马捷伊！"

他们喝了一杯又一杯，还吃完了第二磅香肠和半个面包。波利那给尤什卡买了许多面包圈之后，他们就准备回村了。

"多米尼科娃，和我一起走吧，我们还可以再聊聊。"

"好的，等我到礼拜堂做完祷告后再走。"

过了一会儿，她便回来了，于是他们上路了。

西蒙在他们后面走着，因为一匹小马无法拉动他们三个人。但是今天他喝得太多了，又被法庭搞得有点晕头转向，一路上都昏昏沉沉地走在小马的旁边，嘴里还不停地嘟哝道："那是我母亲的猪，全身白毛，尾巴下面有块黑斑……"

当他们进入树林时，太阳已经转到西边了。

他们坐在前排座位上，很少交谈——他们只是偶尔说几句，那是因为他们觉得沉闷不合常理，同时也是为了不打瞌睡和不使舌头干燥……

波利那催赶着小马,因为它慢下来了,小马浑身大汗,又热又累。波利那时而吹吹口哨,时而又沉默不言,时而心事重重陷入沉思,时而偷看老婆子一眼——只见她的那张老脸上皱纹很深,皮肤干燥,呈现出白蜡似的颜色;她那没了牙齿的下巴在轻轻抖动,像是在做祷告;有时候,她会把红头巾拉下来盖住额头,以免阳光直照着她的眼睛,有时候又一动不动地坐着,只有灰眼睛在眨来眨去的。

"你家的土豆都收完了吗?"他终于开口问道。

"都收完了。今年的收成不错。"

"这对你养猪更有利了。"

"我正好养了一头大肥猪,赶得上狂欢节屠宰。"

"那当然,那当然!听人说,瓦列克·拉法乌夫曾派人去向你提亲?"

"啊,不止他一个,还有别的……不过他们都是白花钱了……我的雅格娜是看不上这些人的,不!"

她突然抬起头来,一双鹰隼似的眼睛直盯着波利那看。不过,波利那已是个老于世故的人,经历过狂风暴雨,他脸上是一副平静而镇定的表情,令人难以捉摸。好长一段时间,他们俩都不说话,好像是在用沉默进行较量似的。

要让波利那首先开口提及此事是不适合的,不管怎么说,他毕竟是利普查村的第一号人物,而且已一把年纪。他怎么能直说自己想娶雅格娜呢?况且他还有自己的声望和尊严。不过,他天生是个性急的人,对于这种相互试探才能真相大白的状况,他又感到十分难受。

多米尼科娃看到他难受,想说而又不愿说,也知道其中原因。但她也不愿多说一个字来帮他把心事说出来,她依然默默地望着他,时而又看看四周,看看蓝天。直到最后,她才开口道:"你是不是很热呀,像是在收割的时候那样?"

"你说得对!"

天气也确实很热,因为路的两旁都被大树围住了,成了两堵高大严密的林墙,不让一丝凉风从田地那边穿过来,而太阳直射在头顶上。树枝一动不动,树梢都萎缩垂落在大路上空,只是时不时的有琥珀色的树叶掉落在地上。从橡树的落叶堆上升起一股淡淡的发霉的臭味,刺得鼻子难受。

"你知不知道,"她说,"不单是我,还有别人,都觉得奇怪。像你这样一个农民,既有名望,又有土地,而且比大多数人都能干,却根本没想过要去弄个官儿来当当……"

"你说对了,我的确没有这样的野心,当官对我有什么好处呢?我当过三年的村长,贴进了不少的钱财,还耗费了大量的精力,真是空有虚名,得不偿失,还引起我老婆对我的不满……"

"你老婆很明智,当官的话,就该是既能捞到钱,又能获得更大的名望。"

"上帝保佑。我得向警察鞠躬作揖,还得给文书劳务费、给法庭上的庭丁点头哈腰,这样的名望我要来干啥!有人不交税款,桥梁就没修。如果一条狗把大车的车轴撞坏了,谁来负责任?村长该负责任,受到处分的也是村长!我得给文书和区里的官老爷送去好多的鸡鸭鹅呀、鸡蛋呀这一类的东西……"

"你说的也是事实。不过这里的乡长彼得却过得不错,他不仅买了一大块地,还盖起了一间谷仓,添置了马匹。"

"没错。不过,一旦他不当乡长了,他怎么办?"

"你认为……"

"我不是睁眼瞎,我能做出自己的判断……"

"他太自以为是了。他跟神父也不团结。"

"他之所以能官运亨通,全是靠了他的老婆。什么事情都是由她做主,她才是乡长。"

说到这里,他们又沉默了一会儿。

"难道你不打算给某个女人送去伏特加吗?"她小心地问道。

"嗨,我都这么大年纪了,哪里还会想再去娶老婆呢……"

"别说这些废话!一个人只有到了走不动了,不能把勺子送到嘴边,整天都躺在火炉边,那才算是老了……至于你,我还看见你扛起过一袋黑麦哩!"

"不错,我的身体确实还很健壮,可是又有谁会嫁给我呢?"

"你没有试过,怎么会知道呢?等着看吧。"

"我老啦,孩子们都长大了……我不能遇上一个女人就把她娶了吧……"

"只要你给她立下赠予财产的文书,没有哪个女人会不嫁给你的……为了赠予的文书,为了能得到一坰土地,即使让一个黄花姑娘嫁给哪怕教堂门前的乞丐,她也会愿意的。"

"那么,我们男人呢?总不能去娶个没有嫁妆的女人吧?"

说到这里,他就闭口不言了,只是挥动鞭子催马前行。

他们沉默了良久。

直到他们驶出森林,走上了两旁都种有高大白杨树的大路,一直在闷闷不乐的波利那,才开口说话:

"活在现在这样的世界,真是连狗都不如!什么都得花钱,就连说句好话也不例外,真是糟得不能再糟了。连子女也反对起他们的父母来,也不听父母的话了。人人都变得很自私了,真他妈的狗东西!"

"这都是些傻子,他们不知道,终有一天大家都会被神圣土地掩埋的。"

"现在的孩子只要一长大,就嚷着要分父母的财产,还一味地嘲笑他们的父亲！这些混账东西，老是嫌自己的村子太狭窄、嫌旧规矩不好，有些人连穿农民的衣服都觉得可耻！"

"那是因为他们不敬畏上帝！"

"敬畏不敬畏，总之是糟透了。"

"而且是很难改好的了。"

"一定要改好。可是谁来改正他们呢？"

"上帝的惩罚！你等着瞧吧！终有一天，上帝会惩罚他们的。"

"可是在这一天到来之前，又会有多少人变坏哩。"

"时势如此，比瘟疫还坏。"

"时势不好，人是应负责任的。铁匠是何许人，乡长又是何许人？跟神父不和，鼓动人们反抗，还想方设法去引诱他们，这些傻瓜蛋还真相信了。"

"这个铁匠就是害我的毒药，他还是我的女婿哩……"

他们就是这样一边谈论着世风日下，一边透过白杨树隙眺望越来越近的村庄。

透过一层轻盈的薄雾，他们隐约看到教堂墓地外面，有一群躬身弯腰的女人正在收拾亚麻。从低洼牧场吹来阵阵微风，把打麻器的咔嗒咔嗒的响声送到了他们的耳中。

"现在正是收割亚麻的时候，我的雅格娜也在那里，我要去看看她们。"

"我没什么要紧的事，就让我送你过去好了……"

"你的心地太善良了，马捷伊，真让我惊讶……"她狡猾地笑着说道。

他们从白杨大道转入田间小路，直通坟场的大门。在坟场用石头砌成的灰色围墙边，在白杨树、枫树和那些斜靠在墙头的十字架的阴影下，十几个妇女正在费劲地打着亚麻。一层尘雾飘浮在她们头上的空气里，沾染在白杨的叶子上和十字架的黑色横梁上。而下面的坑洞里正燃着火，坑上架着木棍，挂在木棍上的湿麻正在被烤干。

打麻器正在忙碌地工作着。站成一排的女人们都弯着身子，双手迅捷地挥动，只有个别女人时不时地直起腰来，把一束束的麻收拢起来捆好，随即便扔到自己面前摊开的麻布上。

现在，太阳正好屹立在树顶上，阳光直射着。可是，她们毫不在乎，依旧在勤劳地工作着，谈笑风生，相互打趣，一刻也不停留。

"上帝祝福你劳动愉快！"波利那朝雅格娜大声说道。雅格娜正在一旁打着麻，她穿了一件白衬衫和一条红裙子，头上戴了一条防尘的纱巾。

"谢谢！您也是的！"她高兴地应道。她抬起头来，将那双深蓝色的眼睛投向波利那，晒黑了的美丽脸蛋儿上充满了笑意。

"这麻应该干了吧，我亲爱的女儿？"多米尼科娃走近前来，摸了摸麻说道。

"干了，像胡椒一样嘎嘣脆呢！"

她又满脸堆笑地望了望波利那，直把他乐得浑身都酥了，他啪的一声挥起了鞭子，马车便疾驰而去。不过，他老是回过头来向她那边张望，尽管已经望不见了，她的倩影却依然在他的眼里出现……

"一个像小鹿一样活泼美丽的姑娘，倒是很合适。"波利那暗忖道。

第四章

这是个星期天,一个九月的阳光明媚的星期天,寂静而又满天云翳。

今天,波利那家的全部牲口都在谷仓外面的草地上放养着。古巴躺在一个大燕麦草堆的下面看守着它们,还向维特克传授祈祷文。他常常大声呵责维特克,因为这孩子老是心不在焉,错误百出。

"好好听,我说过,这可是祈祷文!"

"好的,古巴,我一定会好好听着的。"

"你为什么老是盯着果园那边?"

"我看见克温布家的苹果树上还有几个苹果。"

"原来你想吃苹果,苹果树是你种的吗?算了吧,给我把'我相信'再念一遍。"

"你也没有养鹧鸪,你不是也把一窝鹧鸪捉回来了吗?"

"你真笨,苹果是克温布家的,鹧鸪却是天主的。"

"可是你是从地主家的地里捉到的……"

"田地都是天主的。算你聪明,不过你得给我念'我相信'。"

他念得很快,因为他跪得太久,膝盖都跪痛了,他忍受不下去了。

"我看见小马都进了米哈乌家的苜蓿地了!"他突然大声叫道,准备去追赶小马。

"你不用担心小马,还是念你的祈祷文吧!"

他终于把祈祷文念诵完了,可是他一时半会儿却站不起来,只好在原地转了几圈。他看到李子树上有一群麻雀,便向它们扔去一块泥巴,但随即又捶打起自己的胸膛来。

"你把奉献文念出来,我看你是在乱念一气的。"

他念完奉献文之后便以巨大的热情叫醒瓦帕,并和它一起戏玩起来。

"你怎么老是像头蠢小牛似的跑来跑去。"

"你是不是要把鹧鸪送给神父?"

"是的,我是要送去的……"

"就在这里烤了吃吧!"

"你有了土豆可以烤来吃,还要想什么别的!"

"看,他们都到教堂去了!"维特克大叫道。他透过篱笆和树林看见闪闪发亮的红头巾在路上行进。

阳光普照,天气暖和,家家户户的门窗都敞开着,处处都有人在洗脸、梳头发和编辫子。有的人拍打着从箱子里取出来的节日服装——它们已经被迫存放了一个星期了,有些人已经上路了。他们有的穿着鲜红的罂粟花色的衣裙,有的身穿黄色天竺牡丹花的衣裙,有的穿上金莲花的衣服。在从池塘两边通往教堂的大路上,缓步行进的有花枝招展的姑娘们和妇女们,有长工和孩子们,有穿着带兜的白色长袍的农民,他们看起来有如一束束高高的麦穗。池塘被阳光一照,宛如一个金色的瓷盘,刺人眼睛。

教堂的钟声一直在欢快地响着,表明今天是星期天,是休息和祷告的日子。

古巴本想等钟声停后再走的,但他忍不住了,便把鹧鸪藏在长袍里面,叫道:"维特克,钟声一停,你就把牲口都赶进牛棚去,然后再去教堂。"

古巴一说完,就急着上路了。他的小车在路上颠簸前行,大路两旁都是果园,路上布满了菩提树的黄色落叶,他走在上面仿佛走在一条棕色的地毯上。

神父的住宅在教堂的正对面,在隔着一条路的大果园深处。树上还结满了青梨和红苹果。

门廊前面长着一片红色的葡萄藤。古巴站在门外,感到束手无策,他怯生生地向窗口和走廊望来望去,就是不敢进去。他只好又退到一个大花坛旁边——花坛里种有玫瑰、紫罗兰和翠菊,散发出沁人肺腑的芳香。一大群白鸽从有绿色苔藓的屋顶上飞了下来,落在了门廊上。

神父手拿祈祷书在果园中散步,但他有好几次去摇动梨树和苹果树的树干,于是就能听到果子落地的沉重响声。神父把它们捡拾起来,用法衣兜住,拿进屋里去了。

古巴走到神父的面前,虔诚地抱住他的双膝。

"你有什么事呀?啊,你是波利那家的古巴。"

"不错,我给神父拿来了几只鹧鸪。"

"上帝会保佑你,请跟我来。"

古巴走进门廊,在房门口站住了,他不敢到屋子里去,只是想从开着的房门里瞄一眼墙上挂着的各种画像。他虔诚地画着十字,吸了口气。这些美妙的画像让他眼花缭乱,热泪盈眶,他真想要祷告一番。不过,他看到那光洁发亮的地板,便不敢跪下去,担心弄脏了它。

神父立即从房间里走出来,给了古巴一个兹罗提,说道:

"上帝保佑你,古巴,你是个好人,也是个虔诚的信徒,每个星期天你都会来教堂做祷告。"

古巴重又抱住了神父的膝盖，他高兴得都有点发蒙了，竟不知自己怎么就来到了路上……

"哈哈，那么几只鸟儿，就得了这么一大笔钱，可爱的神父大人！"他望着这钱，喃喃说道。

他常常会给神父送去鸟儿、兔子、蘑菇什么的，但都没有这次得到的多，最多也就十个格罗什或者只说一句好话。可是，今天，上帝呀，竟是整整一个兹罗提！还把他叫进屋里去，对他说了这些称赞的话……耶稣啊！他感到无比激动、无比高兴，以至于眼泪都不由自主地流了下来。他感到热血沸腾，就好像有人给他的心点了一把火似的。

"关心穷人的只有神父一个，只有他一个！愿上帝和琴斯托霍瓦的圣母赐给他健康！他真是个好神父，好神父！

"整个村子的人，不管是长工还是农民都给我取了绰号——什么瘸子呀，什么老废物呀，什么吃闲饭的呀！从来没有人对我说过一句好话，也没有一个人关心过我，我还不如他们家里的一条狗、一只猫。可是我也是一个出身于正统家族的人、一个真正农民的儿子，我可不是什么弃儿……我是个真正的天主教徒！"

古巴一想及此，便昂首挺胸起来。他带点傲慢的神态望着这个世界，望着那些走过坟场的人、那些停在墙边的车和马匹。他把帽子戴在他头发蓬乱的头上，摆出一副神气活现的样子，像个农场主那样，双手插在腰带上，昂首阔步地走进教堂。由于他一瘸一拐地走在路上，身后便掀起了一丝尘土。

今天他可不能像往常那样，站在教堂的入口处了。他奋力挤出人群向前走去，一直走到祭坛的栅栏前——那儿通常都是农场主们站的地方，现在就有古巴的东家波利那和乡长大人，还有在游行巡礼时给神父撑圣伞的人，以及那些在举行弥撒时手持蜡烛站在祭坛前面的人。

古巴被他们用惊奇而又不满的眼神望着，不断听到对自己的指责和辱骂、受到他们的白眼——就像一条狗到了它不该到的地方所受到的白眼一样——但是今天,古巴对这一切都不在乎了,他捏着口袋里的钱,心中充满着甜蜜和温馨,就像忏悔时受到宽恕而感觉轻松愉快一样。

礼拜开始了。

他跪在栅栏前面,和别人一起唱起了圣歌,而眼睛紧盯着祭坛——祭坛上面是天主的圣像,他满头白发,神情严肃,长得像德加兹戈瓦·伏拉的地主一样。同时,正中央镀金的琴斯托霍瓦圣母像也在凝视着他。处处金光灿灿,灯光璀璨,红色的纸花装饰着神坛。从在墙上和彩色玻璃窗上的那些头上围着光轮的圣像上,透过来一条条金黄色的、紫红色的光芒,像彩虹似的映现在他的脸上和头上,使他觉得自己置身于落日时的池塘中,四周都是阳光灿烂的景象,也使他产生了一种神圣感和敬畏之心,连身子都不敢移动一下。他跪在那里,眼睛一直凝视着琴斯托霍瓦圣母那慈祥的黑脸,用干燥的嘴唇不停地念着祷词。后来,他又用虔诚的内心深处所拥有的全部热情和力量,放声地高唱着圣歌——他那嘶哑的五音不全的歌声压住了所有的声音。

"注意,古巴,你像犹太人的山羊一样在号叫哩!"有人在他旁边耳语道。

"为了耶稣和圣母。"他答道。他中断了说话,大家都安静下来了。神父走上布道台,大家都翘首以待,凝视着这位穿白色法衣的人。他躬身面朝大家,念起了福音书,从窗口射进来的光线投射在他的身上——在大家看来,他就像是从彩虹中出现的一位天使。神父讲得很久,而且非常有力,以至有的人听得哀声长叹、热泪盈眶,有的则低下了脑袋,表示要痛改前非……古巴的眼睛一直盯着神父,就像凝视着圣像似的。令他惊讶的是,刚才还和他说过话、给过他一个兹罗提的竟然就是这个人。他好像成了一位天使长,乘坐在光芒四射的车子上。他脸色苍白，两眼炯炯放光。他提高声音，痛斥人们所犯的各种罪孽：贪婪、吝啬、酗酒、淫乱、破坏、对长辈不敬、亵渎神灵。他大声疾呼要人们铭记在心，他恳请和哀求大家要改过自新。古巴一想到这种种罪孽，便悲从中来，难以自持地大声哭了起来。他的哭声也带动了大家，不仅是妇女，也包括健壮的男子汉，于是整个教堂都充满了哭声、呜咽声、擦鼻涕声。当神父结束了布道转身面向祭坛跪下去时，整个教堂都是呻吟声。在场的人就像被狂风吹弯的树木一样，都俯伏在地上。一阵尘埃被掀起，宛如一片雾云，把这些痛哭流涕、悔恨交加、恳请上帝宽恕的人都掩盖了起来。

接着又是一片寂静，这是祈祷的寂静，是与天主诚心交流的寂静，因为大弥撒开始了，管风琴响起了低沉而又震撼人心的声音。此时的古巴欣喜欲狂，心中充满了无法表述的幸福。

随后，神父突然从祭坛上提高了声音，像一条深入人心而又神圣的溪流流淌在俯伏的人们头上。雷鸣般的钟声震天价响，线香的烟雾以其馥郁的芳香飘荡在跪着的、念念有词的信徒们身上，这时候的古巴处在狂喜之中，只好不断地叹息，张开双手，捶打着自己的胸膛——他激动得都快要虚脱了。而悄声细语的祈祷、叹息声和有时发出的呻吟声，热气腾腾的呼吸、烛光和日光，弥漫的烟雾，管风琴的乐声，都让他觉得是在做梦一样，因而他忘记了一切。

"耶稣啊，我敬爱的耶稣！"他昏昏沉沉地喃喃道，把那个兹罗提紧握在手里，因为雅姆布罗兹拿着盘子开始向大家走来——他敲响着盘子表示他是来为教堂募捐香油的。古巴站起来，把他的兹罗提丢进了盘子，就像那些农民做的那样，然后又从盘子里慢慢地取回了二十六个格罗什。

"上帝会保佑你！"雅姆布罗兹听了很高兴。

现在开始分发蜡烛，因为弥撒已结束，要游行了。古巴伸出手去，本想去拿一支粗大的蜡烛，但他看到了和雅格娜站在一起的多米尼科娃冷冰冰的眼神，于是他只拿了一根小蜡烛，立刻点着了它。因为神父手里已捧起了圣饼盒，朝大众转过身来了。神父唱起了礼赞诗，慢慢从祭坛的台阶上走了下来，走上了一条由鲜花、唱诗者、烛光和低沉呻吟所组成的五颜六色的通道。游行队列开始移动了，管风琴在轰鸣，大钟有规律地应和着，信徒们都以虔诚之心放声歌唱。在游行队伍的前面，在缓缓前行的众多摇曳烛光的前面，有个银制的十字架在闪闪发亮，接着是高举的圣像，周围是鲜花、花边网和箔饰。队伍已出了教堂的大门，被阳光一照，便把袅袅的香雾都驱散了。旗帜被门口的阵风一吹，都哗啦啦地飘扬起来，仿佛是一群紫色和绿色的大鸟在展翅飞翔。

队列围绕着教堂前行。古巴用手护着蜡烛，紧紧跟在神父的后面。神父的头顶上，由波利那、铁匠、乡长和托马什·克温布给撑着一把红色宝盖。宝盖下面是闪闪发亮的金圣饼盒，被阳光一照，金光灿灿的，透过中间的玻璃，可以看见里面半透明的白色圣饼。

古巴太过于专心致志，以至于常常会踩到别人的脚，进而遭到别人的呵责："笨蛋，看着点！"

"瘸子，稻草人！"他不止一次地遭到别人的推搡和责骂。

但是他毫不在乎。人们的歌声高亢轰响，直冲云霄，像光柱，又似波浪，直朝苍白的阳光涌去。青铜大钟也被不断地敲响，其清脆之音声震长空，震得枫树和菩提树的树枝不停摇曳——时而有变红的树叶飘落下来，有如受到惊吓的小鸟。而在游行队列的头上，在高高的天空中，在教堂尖塔和低垂树林的上空，一群受惊的鸽子正在展翅飞旋。

礼拜结束后，人们都拥向教堂旁边的墓地里，古巴也跟着别人去了。尽管他知道，午饭可以吃到昨天被宰杀的牛肉，但他并不急于回去，他要留下来，和熟人们谈谈话、聊聊天。他朝主人们走去——安特克和他的妻子正站在那边和别人说话，星期天做完弥撒后，他们通常都会这样做。

而在墓地的入口处靠近大路的地方，聚集着另一批人。为首的是铁匠，他身材高大，从头到脚，完全是城里人的打扮——他穿了一件背上有几块蜡烛油的黑外套，戴着一顶深蓝色的礼帽，长靴上套了条长裤，马甲上挂了条银链。他满脸红光，胡子红色，头发卷曲，说话响亮。他爱开玩笑，常常谈笑风生，是全村最机灵的人。如果有人遭到他的讥笑，那么这个人就会颜面尽失。

波利那两眼盯住他瞧，仔细听他说话，因为怕他会拿自己说事——这个铁匠连自己的家人都不会饶过，何况是他的丈人，他因为妻子的陪嫁正在和岳父大人闹矛盾哩！但波利那什么也没有听到，因为他现在正全神贯注在多米尼科娃和她女儿雅格娜身上——她们正从教堂里出来，经过他身边，她们走得很慢，时时停下来，跟墓地的人打招呼，跟这个和那个说几句话。在教堂前向熟人问候、交谈是很必要的……波利那听到多米尼科娃用低沉而虔诚的声音谈到了神父，而雅格娜则在打量着周围的人。她和最高的男人一样高，而她今天的打扮，更是吸引着男人们的眼球——他们在入口处吸着烟，望着她傻笑。她确实是个大美人，穿着时尚，而且风采撩人，就连地主家的小姐也无法媲美。

无论是黄花闺女还是结了婚的女人，经过她的身旁时，无不投以羡慕或嫉妒的眼神，并要对她打量一番。她那用上等衣料做成的条纹裙子，像虹一样溢光流彩，她的黑色皮靴，加上红鞋带，一直系到白袜子下面，而浅绿色的天鹅绒胸衣上面绣着金花，真是光彩夺目。她白嫩而圆润的粉颈上挂着一条琥珀和珍珠的项链，一条色彩鲜艳的绸带从前颈披散到背后,只要一走动,就像是彩虹在跟着她似的。

雅格娜并不关心那些羡慕的眼睛,她东张西望,一双深蓝色的眼睛朝人们的脸上扫去,终于碰上了安特克那双直瞧着她的眼睛。顿时,她的脸上露出一抹羞红,随后,她拉着母亲的衣袖走到了前面去。

"雅格娜,等一等!"母亲在后面叫她,一边在和波利那打招呼。

雅格娜停在了路中间,那些男人们便拥上前来,有的向她问好,和她打招呼,有的还大开她的玩笑。她只跟古巴说话,但口气中不乏辛辣的味道,因为古巴一直跟着她,像看画像一样紧盯着她看。

古巴吐了口唾沫,便一瘸一拐地朝家里走去,因为主人在唤他了,他得回去照看马匹。

"她就像画中人一样美!"古巴坐在台阶上,不经意地说道。

"你说谁,古巴?"尤什卡问道,她正好在准备午饭。

古巴垂下了眼睛,他既害羞又担心他们发现自己的秘密。

午餐非常丰富,他吃了很久,也就把这事给忘了。午餐当然少不了肉,还有洋白菜、大豆、肉汤炖土豆,最后还端上了一大盆猪油拌麦饭。

大家都吃得很慢,表情严肃,沉默不语,等到最初的饥饿得到一定满足后,他们才开始说话,细嚼慢咽,品味着自己的佳肴。

尤什卡成了今天的主妇,她坐在凳子的一端,吃得很快。她一看到盘子里的食物少了,便立即到里面去,把小锅端了出来,往盘子里添加食物,以免盘子露出底来。

在这样安静和温暖的天气里,坐在门廊里吃饭更是一件惬意的事情。

瓦帕转来转去,呜呜叫着要吃东西,还不停地拱拱吃饭者的双脚,直到有人给它一块骨头,才肯罢休。它叼起骨头就跑走了,主人叫着它的名字时,它又高兴地汪汪叫起来。瓦帕还去追那些停在篱笆上的麻雀——它们也想分享一下残羹剩饭。

当有过路人向他们问候时,他们都会齐声表示感谢。

"你今天是不是给神父送了几只鸟儿?"波利那问道。

"是的,我送了,我送了。"古巴突然放下了汤勺,对大家说起神父是怎样把他叫进房间的,房间又是多么漂亮,还有好多好多的书。

"他什么时候能把这些书读完呢?"尤什卡问道。

"什么时候?当然是晚上啦。他在房间走来走去,喝着茶,不停地读书。"

"一定都是……信教的书!"古巴又加了一句。

"反正不会是识字课本。"

"村公所的勤杂工还每天给他送报纸呢!"汉卡插了一句。

安特克也接着说道:"因为报纸上有世界上发生的许多事情。铁匠和磨坊主也都订了报纸。"

"那是一份适合铁匠看的报纸吧!"波利那冷冷地说道。

"和神父订的报纸一样!"安特克尖声回应道。

"你读过?你知道?"

"我读过,我知道!而且不止一次!"

"你和铁匠搞在一起,绝不会变得聪明些。"

"那就只有你这个父亲聪明了?一个有半个村子的土地和一群牲口的人,你说是吗?"

"闭上你的臭嘴,我现在不想骂人。你只要一有机会就和我吵架,是我供给你面包的呀!我看,你是吃得太多了!"

"是太多了,都像鱼刺卡在我的喉咙里了!"

"那你就去找更好的面包吧!汉卡的三垧地,就够你吃牛角卷面包了。"

"我只需要土豆,任何人都会给我一块土豆的。"

"我也没有拒绝你的呀。"

"我像牛一样干活,你哪里找得到第二个人?可是你从来都没有对我说过一句好话。"

"外面的世界轻松,你不用劳动,就会给你一切。"

"肯定是,外面比这里好。"

"那你就出去试试呀!"

"要我空着手出去,我才不干哩。"

"我会给你根打狗棍,你可用它来赶狗。"

"爸爸!"安特克大叫道,从椅子上跳了起来,可又马上坐了下去,因为汉卡拦腰抱住了他。

老头子恶狠狠地看着他,画了个十字,宣告午饭结束,便朝自己的房间走去,同时厉声说道:"我绝不会把家产给你,你休想,我绝不!"

之后大家都走开了,只有安特克还留在门廊里,想着心事。古巴把马牵到谷仓后面的苜蓿地里,自己便在麦秸堆旁躺下睡觉,但他无法入睡,因为他吃得太饱了,胃不好受。他心里在想:"若是我有杆猎枪,我就能打到更多的鸟,或许还能打到几只野兔,星期天就能给神父送去了。"

铁匠是能给他造一杆枪的。他给护林员造过一杆枪,当这杆枪在森林里面放的时候,整个村子都听得一清二楚。

"真是个能人!不过,做一杆枪得花五卢布!我到哪里去弄这五卢布?"他在想,"冬天快到了,我得买皮袄、皮靴,我的这双皮靴是穿不到圣诞节的……虽然我挣到了十个卢布,可是要买两块布、裤子和衬衣……皮袄要五个……皮靴要三个,帽子也得买一顶……还得给神父一个卢布,请他给我死去的亲人做弥撒……真他妈的,这样一来,连一个子儿也留不下来了!"

他吐了口吐沫,开始在口袋里摸烟草末子,最后竟摸出了吃饭时被忘记的一点现钱。

"啊,我还有这么一点现金!"

他不想睡觉了,从远处小酒馆里传来一阵悠扬的音乐声,以及人们狂欢乱叫的回声。

"他们正在那儿跳舞、喝酒、抽烟!"他叹了口气说道,重又俯卧在草堆上。他望着被绳子拴住的马儿——它们已聚集到一堆儿,相互轻咬着对方的脖子。于是他想,等到了傍晚,他就到小酒馆去,给自己买点烟草,再看看那些吃喝玩乐的人。他时不时地拿出钱来瞧瞧,还常常抬头望望太阳。太阳走得很慢,仿佛星期天它也要休息似的。想去酒馆的愿望如此强烈,竟让他忍受不住啦。但他又不能马上就走。他辗转反侧,心中很是着急,因为这时候,安特克和汉卡正从谷仓后面出来,沿着田埂走向田野。

安特克走在前面,汉卡抱着男孩走在他身后。他们有时交谈几句,因而走得很慢,安特克常常弯下身去摸摸刚刚出土的嫩苗。

"都长出来了,密得像刷子上的鬃毛。"他喃喃说道,又用眼睛扫了一下这三垧他亲手播种的麦地——也是他用劳动从父亲那里换来的赏赐。

"长得很密,但没有父亲地里的苗那么茂盛——它们长得就像树林一样。"汉卡说着,看了看旁边的那块田地。

"那是地下的肥料多。"

"我们要是有三头母牛就好了,地里的肥料也就更多了!"

"我们还得有一匹自己的马……"

"再养些能卖钱的鸡鸭。可是,现在有什么办法呢?父亲连每一粒谷糠、每一块土豆都斤斤计较,他把一切都抓在手里。"

"他什么都不给。"

他们都突然都不说话了，因为这种伤害使他们的心里萌发出了愤怒、悲伤和反抗的情绪。

"八垧地是少不了的！"他大声脱口而出。

"也就是这样，不可能更多。因为还有尤什卡、铁匠老婆、格热拉和我们。"她一一数了下来。

"给铁匠老婆补偿一些钱，就可以留下房子和一大半地了。"

"你用什么去补偿她？"汉卡大声说道。一种强烈的无能为力感迫使她悲从中来，止不住泪流满脸，她又用眼睛望了望公公的那些田地——这些田地真是像金子一样珍贵，每一寸土地都能长出小麦、黑麦、燕麦和土豆来。多么好的土地，但都是别人的，不是他们自己的。

"别哭了，傻女人！反正这八垧土地迟早都是我们的。"

"哪怕只有一半也好，再加上这房子和这一块洋白菜地。"她指着左边的草场，那里有一大片洋白菜，长得翠绿翠绿的，他们边说边朝那边走去。

他们在草场边的一丛灌木下坐下。汉卡给开始哭叫的婴儿喂起奶来。安特克卷了一支烟，点上火，一口一口地吸了起来，一对怨恨的眼睛凝视着前方。

他那难于表述的痛苦，像炭火一样在他心中燃烧，但他从来都没有向妻子提起过。因为他无法告诉她，而她也不会理解的。

"像通常一样，女人是不会有什么好主意的，她们是想不出什么办法来的，她们生活在男人的阴影中。家务、孩子和亲戚，这就是她们的整个世界。每个女人都是如此，她也是一样。"他苦涩地想到这里，他的心就收缩得很紧。一只翱翔在天空的小鸟，都要比女人更美好——它没有日常的烦恼，不是飞就是唱歌。上帝给人以土地，就是要人去耕种，这样才能靠它生存。

"难道爸爸手里没有现钱吗？"汉卡问道。

"他当然有。"

"他给尤什卡买的一条珊瑚项链,价钱足够买一头母牛。他还常常给在军队里的格热拉寄钱。"

"他是寄钱了的!"他应和了一声,但却在想别的事情了。

"他这是在刻薄大家呀!你母亲留下的衣物都锁在箱子里,连看都不让人看一下,还有布料、围巾、帽子、念珠,等等……"她数起各种各样的东西来,也把心中的委屈、痛苦和希望都一一倾诉了出来。

安特克却沉默不语,直到忍受不住的汉卡摇了摇他的肩膀:"你是不是在睡觉?"

"没有,我在听呢。你就说下去吧,说出来心里就会好受一些。不过,若是你说完了,就告诉我一声。"

汉卡本来就爱哭,何况现在正说到伤心处,便大哭了起来,还责怪他跟她说话时把她当成个小姑娘,爱理不理的,根本不关心她和孩子。

安特克听到这里,便突然站立起来,责怪她道:

"够了,你就去给它们说吧!它们会听你的,会同情你的。"他把头转向那些在草场上空飞翔的乌鸦,随即把帽子往头上一戴,便迈开大步朝村里走去……

"安特克!安特克!"她伤心地在他后面喊叫,他却置之不理,自顾自地离开了。

汉卡把孩子包好,便一边呜咽着一边沿着田埂走回家去,心情十分沉重。安特克既不愿和她说说话,也不想多听她诉苦。他这个人活着就只知道干活、干活,甚至都不到邻居家去串门儿,也不爱和别人聊天。她的安特克,人倒不坏,很和善,但他老是待在家里,忙这忙那的,有时,躺在床上直到早上都不起来……有时一个星期都不和她说话、不看她一眼。别的女人还能到小酒馆里去寻欢作乐,或者去参加亲朋好友的婚礼。可是她的这个男人,终日心事重重,却老是在想呀想的……的确,他有许多事情够他考虑的……他的父亲为什么到现在都没有把田地交给他们管理?现在老头子正是到了该退休的时候。她常给她公公说,她会像亲生女儿那样善待他的……

她想和古巴说说话,便朝他走了过去,可是古巴却背靠着麦草堆,假装睡着了,尽管太阳直照在他的脸上。直到她消失在谷仓的转角处后,古巴才站了起来,他把自己身上的草屑掸掉之后,便取道果园缓步往小酒馆走去。

酒馆在村子的另一头,在神父住宅的后面、白杨大道的起始处。

酒馆里的人不多,时时会有音乐响起。但还没有人跳舞,时间还早,年轻人宁愿在果园里嬉戏玩耍、追逐打闹。墙边有一群姑娘和女人,她们坐在新砍下的黄色木头堆上。在那间大房子里,橡子都被熏得乌黑乌黑的,几乎空无一人。布满灰尘的窗玻璃,只能把西沉太阳的微弱红光照了进来——连破损的地板都难以照亮,角落处就更幽暗了。好像有人坐在桌旁,隐隐约约,看不大清楚。

那里只有雅姆布罗兹和一个兄弟会的人,他们拿着酒瓶,站在靠近窗口的地方交谈着,还频频干杯互祝健康。

低音提琴奏起轻轻的声音,仿佛是一只闯进屋内的大黄蜂发出的嗡嗡声。时而有小提琴突然发出的强烈响声,像是鸟儿在呼唤伴侣,还有锣鼓,也发出了震耳欲聋的响声。但不一会儿,一切乐器又归于沉寂了。

古巴直接走到柜台跟前,里面坐着酒馆老板杨介尔,他戴了一顶无边便帽。因为天气还很暖和,他只穿了件衬衣,还时不时地捋捋自己的白胡子,摇头晃脑地读着一本书,眼睛几乎贴近到书页上。

古巴犹豫不决,一步一步地走上前来,他数了数钱,摇了摇脑袋,又久久地停止不前,直到杨介尔看见了他——但酒馆老板并没有停止摇晃脑袋和祈祷,还把酒杯碰响了一次、两次。

"来半升,不要掺水的。"他终于开口道。

杨介尔默默地一边倒酒一边伸出左手来要钱。

"倒在酒杯里?"他边问边把钱扔进长有铜锈的盘子里。

"那当然!总不会倒在鞋里吧?!"

古巴挪到了柜台的另一端,喝完了第一杯,吐了口唾沫,朝整个酒馆环视了一番。他喝了第二杯,对着亮光看了看酒杯,见没酒了,便啵的一声把它放在柜台上。

"再给我来一杯,还要一包烟草!"古巴说道,显得胆子大了一些。因为伏特加让他全身都感到暖暖的,连骨头都有一种奇怪的力量。

"古巴,今天领到工钱了?"

"没有。现在又不是新年。"

"再来杯阿拉克酒,好吗?"

"不,我不喝了……"他数了数钱,伤心地望了望阿拉克酒瓶。

"我可以赊给你,难道我不认识你古巴?"

"不用,赊账的人会连饭都吃不上的。"他急忙答道。

尽管如此,杨介尔还是把一杯阿拉克酒送到他面前。

古巴推脱了一番,打算立即离开,可是酒香扑鼻,终于抵挡不住,便不管一切地喝下去了。

"你是在森林里挣来的钱吗?"杨介尔耐心地问道。

"不是。我网到了几只鸟,给神父送去了六只,他给了我一个兹罗提……"

"六只鸟才一个兹罗提!如果是我,我每只会给你十戈比。"

"可是,这是鹧鸪。你这合乎犹太教规吗?"古巴惊异地问道。

"古巴,这就不用你多想了。你每次送来的鸟儿越多越好,而且每只都会付给你十戈比现钱。我和你订下合同,怎么样?"

"杨介尔,你每只真会付给我十个戈比吗?"

"我说的话不是吹过的风。古巴,你那六只鹧鸪在我这里就能换来两杯伏特加、四杯阿拉克酒,还有青鱼、牛角面包和一包烟丝……古巴,你明白吗?"

"两杯伏特加,还有阿拉克酒、青鱼……我不是笨牛,我会考虑的……真的不错!两杯伏特加,还有阿拉克酒……烟丝……牛角面包……整条青鱼……"此时此刻,他被阿拉克酒弄得有点昏昏沉沉的了。

"古巴,你会送鸟过来吗?"

"两杯伏特加……还有青鱼……我一定会送来……唉,要是有一杆猎枪就好了……"他清醒了一些,回答道,然后他又继续念叨起来,"羊皮袄,就要五个卢布……再就是皮靴……三个卢布。不,这不行……一杆枪,铁匠要五卢布……这跟他向拉法尔要的枪钱一样……不……"他把心里想的都大声说了出来。

杨介尔用粉笔快速地计算了一下,凑近他耳边悄悄说道:"你能打鹿吗?"

"用拳头去打,我不会。用枪打,我会。"

"古巴,你会打枪?"

"杨介尔,你是个犹太人,这些事你是不会知道的,可是村子里的人全都知道。有一次我和主人一起去了森林,我这只脚就是这样给打瘸的。啊,是的……我会的……"

"我给你猎枪,给你火药,还有你所要的一切东西。不过,你打到的东西,都要交给我,一只鹿一个卢布……你听见没有?整整一个卢布!火药的费用,你付给十五戈比就行了,我会在打到的每头鹿上扣除。至于枪的损伤,你给我小半袋燕麦就行。"

"一个卢布一头鹿,我还要付火药费十五个戈比……整整一个卢布吗？你是怎么算出来的？"

杨介尔又详详细细地给他算了一遍。

"燕麦？从马嘴里掏出来，我可不干！"这一点他心里明白。

"为什么要克扣马的呢？波利那有的是，别的地方也有。不过……"他睁大眼睛，想把事情搞清楚。

"大家都是这么做的！古巴你想想，长工们从哪里弄到他们的钱呢？人人都需要烟草、一杯伏特加，还得在星期天跳跳舞……他们的钱是从哪里来的呢？"

"怎么啦……难道我是个贼？你这可鄙的家伙！"他突然火冒三丈，朝桌子挥去一拳，把桌子上的玻璃杯都震得跳将起来。

"古巴，你干什么！快把账付清，见你的鬼去吧！"

但是古巴既没有付钱，也没有走，因为他身上光光的一分钱也没有了，还欠着犹太人的债。他把脑袋耷拉在柜台上，竭力地算来算去。杨介尔态度也变得温和了，又给他倒了一杯纯阿拉克酒，什么话也没说……

这时候，来酒馆喝酒的人越来越多了，因为夜色很深，灯火都点亮了。音乐越来越响亮了，人声更加嘈杂，人们拥到柜台前买好酒后，便站在墙下，或者在房子的中间，三五成群地交谈、聊天、抱怨，或者相互碰杯——但很少有人一口喝干的。他们不是来酗酒的，而是要和邻居在一起见见面、聊聊天、听听小提琴或者大提琴的演奏，打听打听有什么新闻消息。今天是星期天，让自个儿轻松一下，满足一下好奇心，和自己的亲朋好友喝上一两杯，的确不算什么罪过。只要合乎礼仪，不亵渎神灵，神父也是不会禁止的。即使是牲口，在辛苦劳作之后，也需要高高兴兴地休息一下。坐在桌边的，是年老的农民和一些妇女，她们身穿红色的呢料衣裙，围着围巾，看起来就像盛开的锦葵花。人们开始大声说起话来，于是整个酒馆就像森林中的树木一样发出沙沙声,而嗒嗒的脚步声,也像打谷场上连枷打麦的响声。这时候小提琴欢快的声调又奏了起来:"谁来追赶我?追赶我……"

"我来……我来……我来。"大提琴应和着,铙钹发出巨大的啪啪声,小铃铛也响起一片悦耳的声音。

跳舞的人不是很多,但他们那热情有力的踏脚,把地板踩得嗒嗒地响声震天,以至于桌子不住地晃动、酒瓶叮咚叮咚碰响、酒杯倾倒。

不过,这不是什么盛大的喜庆日子,也不像是举行婚礼和订婚仪式的日子。他们之所以跳舞,只不过是开开心、活动活动双腿和筋骨而已。唯有那些深秋就要应征入伍的小青年,才会尽兴地跳舞、喝酒。这毫不奇怪,因为他们很快就要走出家门,投身于异国他乡,置身于陌生人中间。

乡长的弟弟叫闹得最凶,其次就是马尔钦·比亚韦克、托梅克·西科拉和帕韦尔·波利那,他是安特克的堂弟。安特克黄昏时才独自来到酒馆,今天他没有跳舞,而是同铁匠和另一个人坐在小房间里——这个人就是来自磨坊的弗克兰。他身材不高,体格结实,有着一头鬈发。他是村里最爱说笑的小伙子,爱开玩笑,喜欢讽刺别人,也是个喜欢追逐姑娘的浪子,所以他的脸上常常有被打和被抓的伤痕。不过,他今天已喝得酩酊大醉了,他站在柜台附近,和风琴师家的胖姑娘马格达在一起——她已有身孕六个月了。

神父在布道时已提及此事,并催促他快点结婚。但弗克兰却置之不理,因为他秋天就要入伍了,他要这个女人干什么……

此时,马格达正把他拉到一个角落的炉台旁边,呜呜咽咽地向他说着什么,但他依然和过去一样回答她:

"你这个傻瓜!不要再来纠缠我……我会付洗礼费的,要是我喜欢,我会给你一个卢布。"他已经喝得有点晕头转向了,便粗鲁地推开了她,直把她推得东倒西歪的——正好把她推到了站在炉边的古巴旁边。古巴躺在炉灰上睡着了,他的双脚朝房子中间伸展开,发出了轻轻的鼾声。弗克兰又去喝酒了,还拉着姑娘跳舞。但是,农民的女儿不理睬他,一个磨坊工算老几,和长工相差无几。普通女孩也不愿和他跳,因为他喝得醉醺醺的。他吐了口吐沫,便装着跳舞的样子,抓住雅姆布罗兹亲吻起来。农民们都要在他那里磨面粉,所以都愿意替他付账。

"喝吧,弗克兰,你要快点把我的面粉磨好,我老婆尽和我唠叨,说没有面粉做饼子了。"

"我家里的那口子也在埋怨我,说麦片快完了……"

"我家也等着麦片哩!"第三个人说道。

弗克兰一边喝着酒,一边应承着大家。他还大声地吹嘘道,一切都由他做主,连磨坊主都得听他的。若是不听从他的安排,他就会采用他的一套法术,使柜子里的面粉长毒虫、河水干枯、鱼儿死绝、池水变臭、面粉变质而烤不成饼干……

"若是你这样来对付我,我准会把你狗头上的毛拔光!"雅古斯丁卡对他大声叫道。只要哪里人多,哪里就少不了雅古斯丁卡。尽管她不买酒喝,身上也不带现钱,但总有一些左邻右舍,给她买一杯两杯的,因为大家都怕她的恶言毒语。

就连这个弗克兰,喝醉了,也不敢得罪她,只好沉默不言,因为她对磨坊里的种种弊端知道得一清二楚。

这个时候,她已经喝得差不多了,便合着音乐的节拍,一边蹬着脚,一边大声叫喊道:"快跳起来呀!叶夫卡,快过来,慢条斯理的,跳舞就像在睡觉似的!托梅克,跳快点!一杯酒就让你无精打采,杨介尔给了你什么酒?……不要担心,神父不知道。马丽霞,快去邀请这些壮丁跳舞呀,把这个亲友拉到我这里来!"

她就是这样继续折腾这些跳舞的人的,她对大家都怨气冲天,因为儿女都不管她,让她老了还要出去打工。可是大家都不理睬她,于是她也只好来到储藏室,里面坐有铁匠、安特克和其他几个年轻的农民。

油灯悬挂在黑色顶篷下,朦胧的灯光照在他们的头顶上。他们围坐在一张桌子旁,双手支撑在桌子上,而眼睛都盯住了铁匠。

铁匠躬身在桌面上,满脸红光,双手摊开,有时用拳头敲着桌子,低声说道:"我说的是实情,报纸上都登出来了,字大得像头牛似的……世界上没有一个国家像我们这样生活,没有。为什么会这样?因为,地主在欺压你,神父在欺压你,官吏也在欺压你。你能怎么样呢,你只有干活、挨饿,向他们低头鞠躬,否则他们就会揪你的耳朵。我们只有很少的土地,而且还保不住,过不了多久,连这点土地都没了。"

"可地主却占有比两个村子还要大的土地。"

"昨天听他们在法庭上说,还要重新分配土地……"

"谁的土地?"

"那还有谁,地主的!"

"好啊,你们把土地给了地主,现在又从他们那里拿了回来,你们是要管起别人的财产来了。"雅古斯丁卡闯了进来,俯身大笑着。

铁匠没有理睬这个女人的插话,继续说道:"人们自己管理自己……人人都能进学校学习,都能像地主那样住在庄院里。"

"这样的地方在哪里?"她问坐在最旁边的安特克。

"在温暖的国家里。"他插了一句。

"那里这么好,铁匠干吗不自己去呀!吹牛大王,像条狗似的乱叫、骗人,你们这些笨蛋竟会相信他的话!"她大声嚷道。

"我对你说,雅古斯丁卡,你乖乖走开吧!你从哪儿来就回到哪儿去吧……"

"我不走！酒馆是为我们大家开的。我和你一样付钱喝酒，你倒像老师那样教训人。你给犹太人效劳，你和官吏们拉关系，你远远地看见地主便向他们脱帽致敬！这样一个吹牛家伙，你们竟也信了他！我知道……"她话还没有说完，铁匠便拦腰抱起她，用脚踢开了房门，就把她扔进了大房间里——她便直挺挺地躺在了房间中央。

她没有骂人，便自己站了起来，还很高兴地说道："真健壮，像匹马似的，我真想我有这么个男人……"

人群爆发出一阵大笑，她独自朝门外走去，嘴里喃喃说着什么咒语。

酒馆里的人开始离开了，音乐停止了，人们纷纷朝家里走去，只有一小堆人还留在酒馆外面。晚上很暖和，也很明亮，明月高悬。只有那些新兵还在大喊大叫地痛饮。雅姆布罗兹喝得醉醺醺的，嘴里高叫着歌词，脚步不稳，东倒西歪地蹒跚前行。

以铁匠为首的那伙人，也离开了储藏室。

随后，在杨介尔开始把所有的灯光都熄灭时，那些应征的壮丁们也聚在一起，相互手挽着手，在大路上蹒跚而行，敞开喉咙唱起歌来，惹得狗群乱吠，也有个别人开门窥看。

唯有古巴还留在店里，躺在灰烬里睡得很死。杨介尔不得不把他推醒，可是他不愿起来，双脚乱踢，还挥动着拳头。

"滚开，你这犹太佬。我想怎么睡就怎么睡……我是个农户主，我有自个儿的主意，你不过是个坏蛋、臭狗屎！"

一桶冷水把他给浇醒了。他站了起来，稍微清醒了一些，他非常惊奇而又害怕地得知，他喝了一个卢布的酒，也就是他已欠下了一个卢布的债。

"怎么会呢？两杯四分之一的阿拉克酒……一条青鱼……再加两杯四分之一的阿拉克酒……一包烟丝……就要了一个卢布？你是怎么算

的……两杯……"他弄不清楚了。

杨介尔最终让他信服了,关于猎枪的事他们也达成了协议,犹太人答应给他从市场上买来,双方还用酒庆贺了一番。

只有燕麦一事,古巴坚绝不干。

"古巴的父亲不是小偷,他的儿子也不会是小偷!"

"你回去吧,好好睡一觉……我要去祷告了!"

"哼,你这个伪君子,还唆使别人去偷窃,自己还要去祷告……"他一边朝门口走去,一边唠叨着。他把整件事又回想了一遍,都不敢相信,自己会喝了整整一个卢布……不过,他现在还没有完全清醒过来,被冷空气一吹,酒意便涌了上来,头晕脑涨的。他东倒西歪地一路走了回去,时而撞在篱笆上,时而碰着堆在房子外面的木头,从而摔了一跤。"你他妈的,还在这里转来转去的!你这个坏蛋,挡什么道呀!"他伸出手去,想找个硬的东西做支撑,但不起作用……"你这个酒鬼,神父的警告全白费劲了,啊,神父!"想到这里,他自省起来,终于感到后悔莫及,心中甚悲。他站在那里,环视四周,弯下身去想找什么合手的东西……随即他又忘记了,抓住自己的那头乱发,厉声叫道——"你这个大酒鬼,你这个该诅咒的笨猪!我要把你揪到神父面前,让神父在全体民众面前斥责你是个酒鬼,骂你是条狗,揭露你喝了两次四分之一的阿拉克!……一下子喝光了一个卢布……你比牲畜还不如!你是……"

一阵悲痛袭上他的心头,他跌坐在大路中间,放声痛哭起来。

又明又圆的月亮浮游在黑暗的大地之上,稀疏的星星点缀在高空中,像银色的钉子般闪闪发亮。那一层稀薄的灰雾像面纱似的,笼罩在池水之上。秋夜的寂静深不可测,却被几个从酒馆回家的行人的歌声和狗吠声所打破。

在酒馆前面的大路上,雅姆布罗兹还在东倒西歪地行进着,一直

在不停地放声歌唱,直到他清醒为止:

  啊,我的马丽霞,马丽霞,
  你是在给谁酿造啤酒?
  你是在给谁酿造啤酒呀?
  我的亲爱的马丽霞……

第五章

秋天越来越深了。

苍白的日子懒散地走过空旷而又沉寂的田野,消失在森林里。白天越来越苍白,越来越寂静,就像是被行将熄灭的烛光照得朦朦胧胧的神像一样。

早晨却是一天比一天来得迟,仿佛被寒霜包住了似的,处在一种痛苦的寂静之中,又像潮水般从土地上消失。苍白的太阳仿佛失去了光芒,而从东方某地飞起来的乌鸦和寒鸦,围绕着这太阳的圆盘在飞翔。它们飞得很低,掠过田野,呱呱地叫着,发出凄惨的声音,久久不息。在它们身后,刮起了一阵寒风,吹落了低垂在大路两旁的杨树所剩下的树叶。这些树叶飘落下来,仿佛是已逝夏日的滴滴血泪,沉重地掉落在土地上。

每天早晨,村庄往往要醒得晚一些,觅食的牲口也走得缓慢一些,储藏室的门会被轻轻地打开,人们的声音会因田野的空旷沉静而显得更加沉闷。人们的生命脉搏跳得也更为缓慢。人们会突然出现在房舍外面和田野中间,他们会久久地凝望着朦朦胧胧的青灰色的远方……时时有长角的大脑袋从黄色牧场的枯草上抬了起来,或者在慢慢地反鸟,同时会抬眼望着遥远的……遥远的地方,偶尔会发出一声沉闷的叫声,响彻这空旷的原野。

早晨越来越雾气腾腾,越来越冷气逼人。飘浮在光秃的果园上空的炊烟越来越低了。飞到村里来的鸟儿更多了,它们想在谷仓和储藏室外面筑巢安家。乌鸦栖息在屋檐上或光秃的树枝上,或者贴着地面飞驰而过,时时发出嘎嘎的叫声,仿佛是在歌唱冬天来临的悲歌。

中午阳光普照……可是大地是那样荒凉那样寂静,就连树林里传来的沙沙声,远远听来都仿佛是轻声细语,而溪流的潺潺声,却像是痛苦的呜咽。不知从何而来的"秋老虎",会落在那些农舍的寒冷的浓荫里。

一种死亡的意味伴随在中午的寂静中。在空无人影的大道上、在树叶掉光的果园里,隐藏着一种深沉的悲哀,同时又包含着对一切事物的畏惧。

天空中布满了灰色云彩,越来越多,犹如夏天的黄昏。人们不得不离开田地收工回家,让黑暗开始笼罩大地。

耕作即将完工,有些人天都全黑了还在耕作最后的一畦地,他们回家时,还回头朝田地望去,期望明年的美好春天能早些来到。

傍晚到来的时候,常常会下起小雨来,时间不长,但很寒冷,有时会一直下到黄昏——漫长的秋日黄昏。这时候,农舍的窗户会像金色花朵一样闪耀,荒凉大路上的水洼便会有着玻璃似的光亮。而潮湿的冷风吹拂着农舍的墙壁,在果园的树木间发出低沉的哀鸣。

一只翅膀受伤的鹤不得不停了下来——人们常常看见它昂首走在草地上。它有时会来到波利那的麦秸堆旁,或者进到院子里,维特克爱喂它东西吃,逗它玩耍。

越来越多的乞丐光顾村庄,有些是普通的乞丐,他们背着长长的布袋,念着长长的祈祷文,从这家到那家,引来一群狗跟在后面吠叫。

还有一群非同寻常的乞丐，他们到过许多圣地，了解维尔诺的尖门，熟习琴斯托霍瓦和卡尔瓦里亚。他们很愿意在漫漫长夜中向人们讲述世界各地的故事和奇闻逸事。甚至还有的乞丐悄悄说起圣地来，他们大谈各个地方的种种奇迹，讲起他们所渡过的大海、他们所经历的惊险故事。人们怀着惊讶而又虔诚的心来听他们的讲述，不过，不止一人对会发生这样的事情持怀疑态度……但是他们还是爱听，总想从中听到什么新奇的东西，现在夜晚很长，睡到天亮还有很长的时间。

现在真是秋天了，而且是晚秋！

村子里既听不见歌声，也听不到喊叫声，就连小鸟的啁啾声也很难听到了。只有狂风在农舍屋顶上呼啸而过，只有冰冷秋雨打在窗户的玻璃上，还有就是每天打谷场上接连不断的连枷敲击声。

利普查村一片萧条，就像这四周的田野，一片灰白、毫无生机地躺在那里休息，只有一片寂静，就像这些光秃秃的树木在转动，在悲伤，在慢慢地等待着漫长冬天的到来。

真的是秋天来了，那就是孕育着寒冬的秋天来了。

令人欣慰的是，天气还没有变得很糟糕，道路也还没有软化成泥泞，这种天气可能会延续到集市开放的那天。每逢集市的日子，整个利普查村的人都会像参加节日那样赶去参加的。

集市会在圣科尔杜拉节（10月22日）举行，显得特别重要，因为这是圣诞节前的最后一次集市，人人都会做好最充分的准备。

集市前的那些日子里，村里的人都在考虑该拿什么去出售，是牲畜，还是谷物？要么就是家禽？既然冬天快来了，也要考虑添些衣服，置办些食品和其他日用杂物，为这些事情，有些家庭争吵得不可开交，甚至赌气翻脸。因为众所周知，大家都没有多少积蓄，而且现钱也是一天比一天难挣了。

也就在这个时候，还要去交国家的税款、地方附加税，以及其他的苛捐杂税。还要还借来的债务,雇工的工钱也该给了……因此,就连那些拥有半个村子土地的农民也在唉声叹气,不知道该怎么应付。他们不得不从马厩里把马牵出,或者把母牛拉到集市上,更穷一些的农民日子就更难过了。

于是就有人从牛棚里牵出一头母牛,用干草擦去两肋的粪便,晚上还用苜蓿或燕麦煮土豆把它喂得更胖一些。有的人家也照此办法,把一匹又老又瞎、完全不中用的瘦马摆弄得看上去像好马一样。

有的人家整天忙着打麦子,好上集市去卖。

波利那家的安排有所不同,古巴和老头子分管打麦子,尤什卡和汉卡一有空就去喂母猪,或者去喂那些被挑选出来要卖的鹅。因为怕下雨,便要安特克和维特克到树林里去收拾草料、做燃料用的枯枝和木材,有的要用来铺牛棚,有的要给农舍做一道防冷的围墙。

这样紧张的工作一直忙到集市前夕的三更半夜为止,直到麦子都装进了大口袋,装上了大车,拉进了谷仓,把第二天出发前的一切都安排好了,大家才在波利那的房间里坐下一起吃晚饭。

火炉中的枞树块烧得很旺,而且不断地发出毕剥声,他们慢嚼细吞、沉默不语——经过一天的劳累,大家都不愿开口说话了。直到大家都吃完了,女人们都在收拾锅碗瓢盆的时候,波利那往火炉旁边靠了靠,说道:"明天天亮之前就出发!"

"那当然,绝不能晚走。"安特克答道。他立即就去给马具上油,古巴也去给连枷削根木棒,维特克正在准备明天早餐吃的土豆,还时不时地去逗弄那条躺在他身边的、正在用牙齿捉虱子的瓦帕。

屋里寂然无声,只有炉中木柴发出的毕剥声,有时还能听到火炉旁边的蟋蟀的尖叫声,还有就是从房屋的另一边传来的泼水声和涮洗锅盘的碰撞声。

"古巴,你还打算在我这里长干下去吗?"

古巴手中的小刀掉落到了地上，他久久地望着炉火，波利那又提醒道："你听到了我对你说的话吗？古巴！"

"听到了，听到了！不过，我在想……说实在的，你一直对我都不错，没有亏待过我……但是……"他显得有些慌乱，就不再说下去了。

"尤什卡，快去拿烧酒来，再来一点下酒的东西，难道我们要像犹太佬那样，空着嘴来谈合同吗？"老头子说着，便把一张凳子挪到了炉火边，尤什卡立即摆上了一瓶烧酒、一盘香肠和一个面包。

"喝吧，古巴！有什么话要说的都说出来。"

"上帝保佑你，主人！我留下，我一定会留在这里的……不过……不过……"

"你是想增加一点工钱吧？"

"那当然好啊，你看，我的羊皮袄都旧了，皮靴也坏了，我还想要一件长外套……我这副模样倒像个乞丐，而不像普通人。就是去教堂也只能待在某个角落里。穿这样一身衣服，我怎能站在祭坛前面呢？"

"这个星期天，你就不顾自己的身份硬要挤到那些体面人物中去！"波利那严厉地打断他道。

"啊，是的……说得不错……不过……"古巴喃喃说道，一下子变得面红耳赤了。

"神父不是教导我们要尊敬长辈吗？喝吧，古巴，为了合作！你好好听我说，你自己也知道长工并不是农民。每个人都有自己的地位，那是天主给我们安排好了的。天主也给你安排了位置，因此，你应该好好地待在你的位置上，不要硬挤上去，爬在别人的头上。否则，你就是犯了莫大的罪过。神父也会给你讲这些道理的，世上的秩序就是这样。你明白我说的吗，古巴？"

"我不是牲口，我有自己的脑子。"

"那你就要注意不要爬到别人头上去了。"

"我……我不过是想离祭坛更近些……"

"天主能听见每一个角落的声音,你不用担心。你也用不着挤到那些头面人物群里去,这里的每个人都认识你!"

"你说得对,你说得有理……如果我是农民,我就应该擎起宝盖簇拥着神父前行,或者坐在凳子上捧着《圣经》高声吟唱……可是我是个长工,虽然我也是个农民的儿子,那我就应该站在教堂的入口处或者大门外面,像条狗似的。"古巴很沮丧地说道。

"世界就是这样安排好了的,你个人是无法改变的。"

"确实如此,我是改变不了的。"

"再喝一杯吧,古巴!你说说你想要多少工钱。"

古巴喝完了这杯酒,就有点晕头转向了。他觉得自己好像还在酒馆里,和管风琴师家的米哈乌,以及其他亲朋好友坐在一起,他们地位相等,性情相同,便可无拘无束地谈天论地。于是他便毫无拘束地解开了长袍的扣子,伸出了双腿,用拳头敲打着凳子,高声说道:"四个纸卢布,再加一个银卢布……那我就留下!"

"我看你不是喝醉了,就是疯了。"波利那喊叫道。可是古巴却一直沉浸在自己的思想和愿望中,没听见东家说了什么。此时,他的幻想没有受到压制,他的心灵仿佛在展翅飞翔,而且他的自信心越来越强,仿佛自己就是一个真正的农民。

"增加四个纸卢布、一个银卢布,我就留在你这里,若是不行,他妈的,我就去集市!我在市场上一定能找到雇我的人,哪怕给大地主家当个马车夫也行。大家都知道我,我是个勤劳的人,能干各种各样的活,无论是地里的农活,还是家里的各种杂活。许多农民都可以从我这里学到许多东西,比如放牲口……若是这样还不行,那我还可以去打鸟,我会把鸟送到神父或者杨介尔那里去……还有……"

"瞧瞧,古巴,你这个瘸子,像头公牛一样神气什么!"波利那厉声地说道。

古巴不再说话了，他从幻想中清醒了过来，但还坚持己见，绝不让步，还在坚定地讨价还价。不管波利那愿意不愿意，每次都得加他半个卢布或者一个兹罗提，最后的结果是，波利那许诺给他加三个卢布，外加两件衬衫以代替额外费用。

"嘀，嘀，你这个厉害的家伙！"波利那说道。他为谈妥合同而和古巴举杯饮酒。尽管他很生气，不得不付出这么多钱。不过，他也觉得，花这笔钱值得，古巴这个人很勤快，值得这么多钱，甚至还要更多。干起农活来，他一个顶两个，照管起牲口和耕具来，他比自己还要尽心尽力。虽然他是个瘸子，力气不是很大，但他十分熟悉农活，完全可以信任他，不管是他自己干活，还是监管佣工，他都能让你放心。

等到一两件次要的事情谈妥之后，他们就要分开了。古巴走到门口时，回过头来喃喃说道：

"同意三个卢布两件衬衣。只是……只是不要把小母马卖了……我亲眼看着它出生的，我还用羊皮袄盖过它，它才没有冻死。要是它受到虐待，特别是犹太人的鞭打，我可忍受不了。你不要把它卖了，它是金子，不是小母马……它是个多么温驯的孩子，这样的马就像人一样，和狗一样听话。请你别把它卖了……"

"我从来就没有想过要卖它！"

"我在酒馆里听别人说的，我担心……"

"狗杂种，这些家伙真是包打听！"

古巴高兴得真想去抱住主人的双腿，但他不敢。于是他戴上帽子，立即离开了，他得赶紧去睡觉，因为明天天不亮他就得赶集去。

第二天一大早，鸡还没有叫第二遍，到迪莫夫的大小道路上就已经是熙熙攘攘的了。

凡是活着的人,都从四面八方朝集市拥去了。

天亮之前下了一阵大雨,现在东方有点放晴,但天空中还是灰蒙蒙的。低矮的田地之上飘浮着一层灰雾,像是粗糙的幕布,大路上有的地方积水成了水洼,还有的地方泥土湿湿的成了泥泞。

他们天还没亮就从利普查出发了。

在教堂后面一直通向森林边上的那条白杨大道上,马车像是排成了一字长蛇阵似的,一辆接一辆,行驶缓慢。大车两边,红色裙子和白色长袍交相辉映。

如此拥挤,仿佛全村的人都出动了。

徒步前去赶集的,有穷一些的农民和妇女,有男青年和姑娘们。此外,还有打短工的人和用人,这次集市正是他们寻找新工作或调换雇主的大好机会。

这浩浩荡荡的人群中,有的人去买东西,有的人去卖东西,有的人只是去逛逛热闹的集市而已。有的用绳子牵着母牛或小牛犊;有的赶着一头带有一窝小猪的母猪——它们一路上乱跑乱叫,让人不得不去追赶和阻拦;有的赶着一群刚剪过毛的山羊;有的还跟着一群翅膀被束住的白鹅;有的骑着一匹劣马前行;还有的女人腰间藏着一只伸出脑袋的公鸡……大车和小车都装满了各种东西,车上的笼子里或是干草堆里常常会冒出猪头来,嚎叫不止,引得惊慌的鹅群也嘎嘎乱叫起来,那些跟在主人身边前去赶集的狗也狂吠不止。一路上热闹非凡,虽然道路宽广,但依然拥挤不堪,有的人干脆从旁边的地里绕行。

直到大白天,都能看见太阳了,波利那才从屋里出来。因为天不亮的时候,汉卡和尤什卡便赶着肥猪先走了,而安特克也押着装有十袋麦子和半桶红苜蓿的大车早走了。家里只留下了古巴和维特克,还有临时雇来做饭和挤奶的雅古斯丁卡。

很想去赶集的维特克，此时正在牛栏外面伤心地哭闹着。

"这傻瓜蛋又在闹什么？"波利那嘟哝了一句，画了个十字，徒步离开了。他心里估摸着，路上准会有人让他搭车的。他的这种愿望很快就实现了，刚过酒馆，风琴师便赶上来了——坐在一辆由两匹高头大马拉着的四轮马车上。

"哟，马捷伊，你也要步行去吗？"

"为了健康啊！赞美耶稣基督！"

"永生永世！上来和我们一起走吧，有地方给你坐的。"风琴师的妻子提议道。

"上帝保佑你！本想走着去的，但俗话说得好：坐车轻松。"他边回答，边跳上前排，背对着马匹坐下了。

他和风琴师夫妇握了握手，马车便前行了。

"小雅西也来了，怎么没有去上学？"波利那在问一个小伙子，他是和长工、车夫坐在一起的。

"我只是去赶集的。"这个风琴师的儿子高兴地答道。

"来吸一口，法国货……"风琴师把鼻烟壶递了过去，说道。

他们俩都闻了闻，双双舒服得打起喷嚏来。

"你们都还好吧？今天要去卖什么？"

"没有什么值钱的，运去了一些麦子，女人们带去了一头母猪。"

"东西不少呀！"风琴师的妻子大声说道。"雅西，把围巾围上，天有点冷了。"她对儿子说道。

"我不冷，一点也不冷！"他答道。可是最终他还是把那条红围巾围在了脖子上。

"可是，花费也很大啊，要应付这一切真难啊！"

"你不要抱怨了，马捷伊！你应该感谢上帝！你已经够富有的了。"

"那我也不能去啃土地，没有储备的现钱。"

"你不是都借出去了,欠你的人有多少?你的那些邻居都知道身边坐着的是什么人。"

波利那不想当着雇工们的面谈论这种事情,便转移话题,急忙俯身向前悄声问道:"雅西,你在学校里还要读多久?"

"读到复活节。"

"是回到家里,还是去当一名官员?"

"我的老爷子,他留在家里能干什么呢?家里只有十五垧地,能有什么出息哩……时势艰难,石头是挤不出什么油水来的。"她叹了口气,说道,"不错,洗礼倒是不少,可是我们又能得到多大的好处呢?"

"不过,葬礼也不少呀!"波利那讥讽地加了一句。

"葬礼又能带给我们多少收益?死的都是穷人。殷实的农民死了,倒是有点进账,但是一年之中也就那么几回。"

"还有,许愿做弥撒的越来越少了,而且还会像犹太人那样讨价还价的。"她又补充了一句。

"是啊,时道不好,大家都穷!"波利那补充说道。

"也是现在的人都不大重视给自己赎罪,也不重视拯救炼狱里的亡灵。神父不止一次对我说。"

"庄院方面的收益也是越来越少了。过去,每到收获节,就会献圣饼、唱圣歌、进行人口登记——总是直接往庄院跑——他们也慷慨大方地给我们麦子、金钱和面粉。可是现在,上帝保佑,他们变得小气了,给的如果是黑麦,那也是被老鼠咬过的。若是给一小袋燕麦,大部分都是空壳的。还是让我老婆告诉你,复活节人口登记时给的鸡蛋,大部分都是未受精的鸡蛋。如果不是有几垧土地,那就只有去要饭了。"他说完这番后又将鼻烟壶递给了波利那。

"真是的,真是的……"波利那点头附和道。但他并不相信,他很清楚,风琴师很有钱,有的存在银行里吃利息,有的向雇工们放高利贷。听到风琴师的这种诉苦,他也只好一笑置之,重又问起雅西的事来:"他是不是要去担任政府的职员?"

"什么,我的儿子会进行政部门?担任文书吗?为了他进学校,我们可没有少省吃节用过。不,不,我要他去进神学院,当神父……"

"去当神父?"

"是的。他当神父有什么不好?当了神父又会损害谁呢?"

"那当然不会损害谁。而且这是一种荣耀,常言说得好:'家有一神父,永远成富翁。'"他说得很慢,很尊重地扭头望着这个正在吆喝马匹的小伙子,"听说磨坊主的儿子斯达赫也想当神父。可是我又听说他在大学里学的是医科……"

"这样的混蛋还想当神父,你瞧瞧,我家的那个马格达已经怀孕六个月了,就是这家伙搞的……"

"据说是被一个磨坊工人搞的……"

"那是他母亲这样说的,为了掩盖自己儿子的耻辱。但愿上帝会惩罚这样一个浪荡子。能当个医生就够他好的了。"

"是呀,是呀,神父是很高尚的职司,他得到耶稣基督的赞美,也会给人们以欣慰。"波利那机灵地握了握她的手,他没有必要去和女人争辩,而是很耐心地倾听着她的高谈阔论。在这期间,风琴师一再挥动着他的帽子,大声地说着"永生永世"以回应路人们向他的问候。他们的马车跑得很快,雅西驾车的技术很娴熟,马车在货车、人群中穿行,绕过那些牲口和家禽,直到森林跟前,那边的路上就不那么拥挤了,路也更宽广了。

到了森林边上,他们便追上了多米尼科娃,她是和雅格娜、西蒙一起去赶集的,他们乘的是一辆牛车,车后还系着一头母牛。车上有好几只伸出白颈的雄鹅,嘎嘎乱叫着,活像一条条毒蛇。

他们相互说着"赞美上帝!",波利那甚至在超车的瞬间探身出外,大声说道:"你们来晚了!"

"来得及的。"雅格娜笑着回答。

马车超过了牛车,风琴师的儿子两次回过头去望着雅格娜,最后问道:"那是雅格娜·多米尼科娃吗?"

"是的,就是她!"波利那回答说。他的眼睛还盯着已落在后面很远的雅格娜。

"我都认不出来了,我已经有两年多没有看见过她了。"

"那时候她还在放牛,如今长成个苗条淑女,就像一头被苜蓿喂大的小母牛那样健壮。"他躬身朝外,还在盯着她看。

"真的很漂亮!"小伙子又加了一句。

"像所有婊子一样。"风琴师妻子轻蔑地说道。

"的确长得不错,像个漂亮的姑娘,几乎每个星期都有人提着伏特加去向她求婚。"

"她是绝不会嫁给他们的。老婆子认为,她至少应该嫁个地主家的管家那样的人,于是她把所有的农民都拒之门外了。"风琴师妻子冷言冷语地说道。

"她长得这样,即使一个据有全村土地的地主去娶她,那也是值得的……"

"你这样称赞她,马捷伊,那你自己去向她求婚好了!"她哈哈大笑起来,波利那却无言以答。

波利那的心里却在想:"你这个城里来的贱货,却在我面前装大人物。每次你买母鸡,都要掰开鸡屁股来看,看看它有没有下过蛋。你从我们农民手里搜刮去了大量钱财,现在却要来嘲笑他们的后代!你可别去招惹雅格娜!"他心情不好,眼睛直朝着多米尼科娃的牛车打望,两车相距越来越远。因为雅西把马赶得飞速奔驰,马蹄在烂泥的路上竟掀起一块块大泥巴来。

尽管这位风琴师太太还在东扯西拉地喋喋不休,波利那只是点点头,含糊地应付几声,便不再说一个字了。

他们刚到达小镇的石子路上,波利那便下了车,向他们道了谢。

"我们傍晚回家。如果你愿意,就搭我们的车回去。"她提议道。

"多谢你们啦,我自己也有马。别人会说,我想要当风琴师或风琴师的助手了……可是我连一句曲谱都不认识,而且也不善于去熄灭圣烛。"

他们走进了旁边的一条小街,波利那便直朝大街走去,一直走到集市。尽管这是个乡镇的集市,而且时间也还相当早,但这里已是人山人海了。所有的大街小巷、广场、胡同和庭院,都挤满了人、车辆和各种货物。这毫不奇怪,就像是一道道洪水,人们从四面八方都朝这里涌了过来,密集地冲击着这些狭窄的街道,似乎要把房子都冲垮,最后竟倾泻到修道院前的那座大广场上。街道上还有点泥泞,被成百成千的脚所践踏。泥泞达到脚踝,车轮经过时,泥水便向四面八方飞溅开来。

杂乱的喧嚣声时时刻刻都在增强,人们的吵闹声,就像森林里一样,有如大海在咆哮,冲击着墙壁,从这端涌向另一端。时不时地,还能听到母牛的哞叫声、给旋转木马伴奏的手摇琴声、乞丐忧伤的乞讨声,以及编篮手艺人尖锐的吆喝声。

这个集市很大,人们从四面八方拥来,把这里挤得水泄不通。在修道院前面的广场上,波利那不得不奋力挤来挤去,才在摊子中间挤出一条道来。

这里的东西琳琅满目,无法计数,简直难以想象,更无法用语言把它描述出来。

首先,修道院前面屹立着两排高大的帆布帐篷,里面是清一色的妇女用品:有挂在横杆上的布料和围巾,像罂粟花一样鲜红,刺激人们的眼睛。而在第二座帐篷里，卖的是同样的货物，却全是黄色的。在第三座帐篷中，却全是土豆色的……货物之多，有谁还能记得清楚呢？妇女和姑娘们站在那里，简直是密不透风，正如俗话所说，连根木杖都插不进去——她们有的在讨价还价，有的在挑选东西，还有的只是来看看，对这些货物欣赏不已。

再过去便是地摊区，那里摆满了念珠、镜子、装饰品、缎带和项链，以及绿的金的各种颜色的假花、帽子和只有天知道的其他什么东西。

在另外一块地方，出售带镀金和玻璃的相框的圣像。它们不是被挂在墙上就是摆放在地摊上，都显得光芒四射，令人禁不住要脱帽致敬和画起十字来。

波利那给尤什卡买了条丝巾，这是他春天就答应过她的。他把丝巾塞进皮袄后，便向位于修道院后面的毛猪市场挤了过去。

但是他走得很慢，一是拥挤不堪，二是值得看的东西太多了。

例如，卖帽子的老板在房屋的墙边靠上一架大梯子，梯子从上到下的各级都挂满了各式各样的帽子。

还有那些鞋匠，把木山羊架摆满了整个胡同，架子上摆着一排排的皮鞋。有的是要擦上油才能防止进水的灰色普通鞋，有的是锃亮的高档皮鞋，还有些是系有红鞋带的亮丽高跟女靴。

再过去是卖马具的摊子，那里挂满了马颈项圈和各种挽具。

接着是卖绳索和渔网的商人，以及卖筛子的小商贩。还有运来燕麦出售的小贩，以及各种车匠和皮匠的摊位。

在另一处地方，成衣匠们和毛草商人挂满了货物，散发出的气味，都快让鼻子忍受不了。不过那里的生意不错，因为冬天快到了。

随后是帆布帐篷下面摆着的一排排桌子，桌面上都铺有桌布。桌上摆有红香肠，比缆绳还要大，还有一块块黄油、熏肉、肥猪肉、火腿，一层一层地堆得很高。另外挂有整扇整扇的新鲜猪肉，血水还在往下滴，引得一群狗围了过来，非得驱赶，它们才肯离开。

就像是亲兄弟一样，紧挨着肉铺的，是卖面包的地方。那里铺着干草的地摊上、车子上、桌子上、篮子里，只要是能摆放的地方，都堆满了像车轮那样大的面包、黄色大饼，以及各种各样的小面包……

这里到底有多少赶集的人，有多少买卖的货物，谁还数得过来、记得清呢？

还有不少卖玩具的摊子，以及现烤现卖各种点心的摊子——他们把糕点做成心形、士兵像、各种动物的模样，以及你我都认不出来的奇形怪状。有的摊子专售年历、祈祷书、有关强盗和骑士冒险的故事书，以及识字课本。还有些摊位摆放着口哨、口琴和泥土做的能吹叫的鸟儿，以及其他各种乐器。出卖这些的犹太小贩，很爱吹来吹去的，吵得人们真是难受。口哨的尖叫声、锣鼓的咚咚声，还有提琴细长的奏鸣声，这些嘈杂的声音交织在一起，真让人头昏脑涨。

而在集市的中央，在大树的周围，箍桶匠、铅皮匠、陶瓷匠围成了一圈，摆放着无数盘子碟子、铁锅瓦罐，你想从那里走过去可不是一件易事。过了这些摊子就是木匠们的地盘。这里有油漆好了的大床、柜子，有沙发、椅子、桌子和书架，五颜六色的，让人眼花缭乱。

现在，无论是在大车上，还是在墙下，甚至在沟渠里，只要是有点空的地方，都坐满了卖东西的女人。她们有的带来一串串或装在篮子里的洋葱，有的带来自己做的手工和棉织品，有的拿来鸡蛋、奶酪、蘑菇和用麻布包着的黄油。此外，有的在卖土豆、拔光毛的母鸡，有的在卖一对鹅，有的在卖亚麻布，还有的在卖线团。大家都坐在自己货物的后面，愉快地相互交谈着，就像往常赶集时的情况一样。有买主来买东西时，她们就会表现出一副不急不慢的、平平静静的、斯斯文文的模样，就像有身份的农民一样——她们可不像那些犹太人一样大喊大叫、讨价还价,甚至相互叫喊、推搡,傻子似的。

在大车和摊位之间的那些空地方,就有从铁皮炉子的烟囱里冒出来的炊烟,那是在出售热茶和别的食物,比如煎香肠、煮洋白菜和烤土豆饼。

大批乞丐蜂拥而至,有瞎子、跛子、哑巴和缺胳膊少腿的人,就像是在过什么节日似的。他们有的用小提琴奏起了赞美歌,有的敲着碟子唱起了圣歌,有的从房屋的墙脚边、从大车中间、从泥泞的街巷里走了出来,怯生生地向人们讨要一分钱或者食物。

波利那观望着这一切,不时露出惊羡的神情,偶尔也和碰见的熟人们寒暄几句。他终于来到了修道院后边的猪市区,那里是一片很大的沙地广场,零散地立着几间平房。在修道院的墙脚边,从院内弯伸出来的还留有黄叶的大橡树的树荫下,聚集了众多的人和车子,和一大批待售的猪崽。

他立即就看见了站在人群边上的汉卡和尤什卡:"卖了吗,怎么样?"

"肉店老板来看过母猪,给的钱太少。"

"猪价高不高?"

"怎么会高呢?来了那么多的猪,可买的人却没有几个。"

"利普查村还来了什么人?"

"克温布带来几只猪崽,多米尼克家的西蒙也带来一只。"

"快点出手卖掉,我们好去逛逛市场。"

"我们在这里都待厌了。"

"母猪给多少钱?"

"三十个纸卢布。他们说猪喂得不好,骨头大,膘少。"

"他们真是胡说八道!它的膘足有四指厚……"他边说边去摸母猪的脊背和肚皮,"肚皮虽然不肥,但后腿很适合做火腿用。"他补充了一句，便将躺在湿沙地里的母猪拉了出来——它呜呜地乱叫起来。

"给三十五个纸卢布你们就卖。我现在去看看安特克，马上就回来。你们不想吃点什么吗？"

"我们吃过面包了。"

"我去给你们买点香肠来。但愿母猪能卖个好价钱。"

"爹爹，你春天答应我的头巾，别忘了给我买呀！"

波利那把手伸进怀里，却又停住了，好像想起了什么似的。他只是搓了搓手，边走边说道："我买，尤什卡，我会给你买的。"他立即走开了。因为他看见了大车之间雅格娜的那张脸，等他赶到那地方，她却不见踪影了，仿佛钻进了地里。于是他只好去找安特克。但这可不是件易事，因为从猪市区通到大市场的那条小街上，马车一辆接着一辆，有的是首尾相连，有的是横七竖八地挤在一起，要非常小心地使出吃奶的劲才能挤过去。

最后，他终于到达了目的地。只见安特克坐在麦袋上，马匹也正在吃着袋子里的麦子，一群犹太人的小鸡正朝袋子跑了过来，安特克便用鞭子驱赶着它们，同时没好气地回答着买主："我说过七个，就得七个。"

"六个半，多了不给。麦子发潮了。"

"发你个屁，给你脸蛋上来一拳，你就知道有没有发霉了……我的麦子像金子一样纯净。"

"也许吧，可是麦子受潮了，我要用斗来量，出价是六个卢布加五个兹罗提。"

"那可不行！我要用秤来称，我说过，七卢布。"

"我的农民老弟，脾气干什么这么大，买不买总是要谈谈价钱的。"

"那你就自个儿去讨价还价好了，只要你有这闲工夫！"安特克便不再理睬这些犹太人了，可是他们依然把袋子一个一个地打开，察看里面的麦子。

"安特克,我要到讼师那里去一下,立刻就回来。"

"什么?你要去控告地主吗?"

"你以为我吃了亏就算了?"

"这要花费不少的。这……还不如把护林员抓住,绑在林子里,狠狠地用棍子揍他一顿,打得他脊椎骨都吱吱响,那就不公平了?"

"护林员?他是该受罚,可地主也不能放过!"波利那坚决地说道。

"给我一个兹罗提。"

"干什么用?"

"想喝点吃点什么的……"

"你自己不是有钱吗?别老是盯着你老父亲的那点钱……"

安特克立即转过身去,心里很不高兴,便嘲弄地吹起了口哨。老头子虽然不情不愿,还是从口袋里掏出一个兹罗提,递给了他。

"这是花的血汗钱啊……"他这样想道,同时急忙朝一家酒馆挤了过去,现在已有许多人在这里吃东西了。讼师就住在院子的一间小屋里。

这时,讼师坐在窗前的桌子旁边,嘴里叼着一支雪茄。他只穿了一件衬衣,脸也不洗,头也不梳。有个女人正躺在墙角的垫子上,身上盖了件大衣。

"农民大哥,请坐!"他把椅子上的衣衫随手一扔,便把椅子推向波利那,请他坐下。波利那立即把整件事一五一十地告诉了他。

"你一定会赢得这场官司的,这就像祈祷词里最后一个词'阿门'一样。什么?一头母牛死了,小孩子被吓得病了!我们准会胜诉的。"他擦了擦双手,在桌子上寻找纸张。

"不过,小孩子并没有生病。"

"生病不生病,无关大局,他不是挨了一顿打吗……"

"挨打的不是他,是邻居家的一个孩子。"

"可惜，要是有这些就更好了。我的状子里会写上，母牛死了，孩子好像被人打了，要让地主赔偿这一切。"

"就这样。我不为别的，就是为了公正。"

"我马上动手给你写状子。弗拉尼娅，你这懒猪，快起来！"他大声叫道，还用力踢了一下那个女人，女人抬起了她的蓬乱的头。"快去把烧酒和吃的东西拿来……"

"你知道，古奇，我身上一文钱也没有，他们是不赊账的。"她嘟哝道。她从垫子上站了起来，打了个呵欠，伸了伸懒腰。她身材高大，脸盘很大，脸色发青，伤痕累累，一副酒鬼的样子。但她说话的声音却很细很小，像个婴儿似的。

他开始写起状子来，钢笔在纸上唰唰地响着。他吸了口雪茄，把烟朝波利那脸上喷去，因为波利那正在一旁瞧着他。他不时停下来，搓搓他那双瘦骨嶙峋的手，把长满粉刺的一张脸转向弗拉尼娅。他有一脸浓密的黑胡须，牙齿脱落，嘴唇发青。

他写好了状子，收取代笔费一卢布，外加印花费一卢布。他答应亲自把状子送到法院去，但要另给他三卢布。

波利那很干脆地同意了所需的费用，尽管他痛惜这笔钱财，但他深信，这笔钱一定会让地主出，而且他还能得到额外的补偿。

"这个世界上不能没有公正啊！我一定能赢！"他离开时大声说道。

"乡里打不赢就告到县里去，县里打不赢就告到地区法院去，再不行，就告到最高法院去。我们绝不放弃。"

"我是绝不会放弃的！"波利那坚决地大声道，"况且面对的是个大地主，他占有大量的森林和土地。"他一边这样想着，一边朝集市那边走去，当走到卖帽子的摊位的时候，碰见了雅格娜。

雅格娜头上戴着一顶浅蓝色帽子，正在摊位前挑选另一顶帽子。

"你来看看，马捷伊，这黄脸婆说，这顶帽子不错，她是不是在骗人?"

"很漂亮,是给安德烈买的吗?"

"是的。我已经给西蒙买了。"

"这顶是不是太小了?"

"他的脑袋和我的一般大。"

"那你就会有一个漂亮的牧童了。"

"真会这样吗?"她高兴地大声说道,将头上帽子推向一边。

"我想马上请你给我当帮工。"

"我的工钱可不会很低的……"她笑着回答。

"那要看什么人……你来,我就不会嫌高了。"

"不过,地里的活我不干。"

"我会替你干了的,雅格娜,我会干……"他悄悄地低声说道,他那双充满激情的眼睛盯着她看,让她慌里慌张地朝后退去,害得她没有讲价就把帽子钱付了。

"你们的牛卖了吗?"过了一会儿,等他的心平静下来,等他那像喝了伏特加而涌上头来的情欲被压下去之后,他才问道。

"有人替叶佐夫的神父买去的。母亲是和风琴师一起走的,他要找个长工。"

"那我们就去喝一杯甜酒,好吗……"

"那怎么行呢?"

"你会感冒的,雅格娜,喝点酒会让你暖暖身子……"

"我能上哪儿去跟你喝酒……"

"我把酒拿到这儿来,就在这里喝,雅格娜……"

"谢谢你的好意,可我要去找母亲了。"

"我会帮你去找,雅格娜。"他把声音压低说道。他走在前面,一双胳膊用力挤出一条道来,好让雅格娜能在人群中轻松地走过去。等姑娘来到布摊跟前时,她放慢了脚步,最后停了下来。琳琅满目的布料让她欣喜异常。

"看,这些布多么漂亮!我亲爱的上帝!"她站在缎带下面喃喃说道,这些缎带挂在横竿上面,被微风轻轻一吹,宛如一道道流动的光艳四射的彩虹。

"雅格娜,你看上了哪个,就买下好了……"他战胜了自己的吝啬,这才说道。

"嗨,那条黄色的花缎带,大概要一卢布吧,或者至少要十个兹罗提。"

"你不用想太多,买下就是了。"

雅格娜还是很惋惜地把缎带放下了,虽然她很伤心,但她还是朝第二个摊子走去了。波利那却还在那里停留了片刻。

现在她又停留在卖头巾、胸罩和内衣衣料的摊子前面了。

"我的老天爷,真是美极了!我的老天爷!"她着了魔似的说道。她不停地用那双发抖的手去摸那五颜六色的绸缎呢绒,以至于她双眼迷糊、心脏乱跳。这头巾戴在头上该是多美啊!红绸周边绣着绿色的花,金黄色的像盛圣饼器一样光洁,而深蓝色的则像雨后的晴空一样,还有那最高级的头巾,多姿多彩,光彩夺目,犹如落日霞光映照的水面那样纯净,比游丝还要轻盈!不,她实在忍受不住了,一定要围在头上去试一试!摆摊的犹太女人给她拿着镜子,让她好好瞧瞧。

她确实漂亮极了。头巾戴在她头上,犹如一轮朝霞渲染着她那淡黄色头发,而她那双深蓝色的眼睛闪耀出无比欢欣的光芒,竟在容光焕发的面容上投下了紫罗兰色。她开心地笑了。人们都驻足观望,她那样美丽、那样健康,青春焕发。

"她是不是一位乔装打扮的贵族小姐呀?"人们纷纷议论道。

雅格娜对着镜子凝视了很久,深深地叹了一口气,才把头巾取了下来。于是她开始讨论起价钱来——尽管她无法把它买下，只是为了能多看它一会儿，多享受一下这美丽头巾所带来的快感。

听到摊主说要五个卢布，她立即冷静了下来，连波利那也劝她不要买。

他们又在珠宝摊前停了下来。五颜六色的宝石摆满了各个摊位，各种项链应有尽有，它们发出的奇光异彩，竟使人目不暇接又无法移开眼睛。黄色的琥珀看起来酷似芳香的松香，而珊瑚珍珠却像鲜血形成的颗粒一样，白色珍珠大得像榛子一样，还有其他的金银饰品。

雅格娜试了好几条项链，想挑选出最美的一款。她终于看到了一串最精美的项链，便套在脖子上试了四次，转身对波利那问道："你看，怎么样？"

"真是好看，雅格娜。但对我说来，这些珊瑚项链并不新鲜，我柜子里就有八副这样的项链，珠子像豌豆一样——那是我妻子留下的。"他装作不在乎地说道。

"那又不是我的东西，和我有什么关系。"她扔下珠子，便返身离开了，脸上一副生气和悲伤的表情。

"雅格娜，我们去坐一会儿。"

"我现在该去找母亲了。"

"嘿，不用担心，她不会扔下你先走的。"

他们在一副车辕上坐了下来。

"这个集市真是不小。"过了一会儿，波利那朝集市环视了一番，说道。

"的确不小。"她一边说道，一边又朝她走过的摊子看了看，因为感到伤心，不免又叹了口气。

为了摆脱心中的不快，她便说道：

"对那些大地主说来，这集市真是不错。我看见了伏拉的地主太太和她的几位小姐,她们买的东西多得叫用人帮着提。这才是真正的集市!"

"谁若是老逛集市,谁的生活就维持不了多久。"

"这句俗话可不适用于地主。"

"只要犹太人借贷给他们,就不适用。"波利那用尖酸刻薄的口气说道。雅格娜默默望着他,不知如何回答。他躲开她的目光,低声问道:"有人替伏沃德克的儿子米哈乌向你求婚了,有这回事吗?"

"有。来过又走了。一个大傻瓜,竟敢派媒人来。"她大笑说道。

波利那迅即站了起来,从怀里掏出了头巾和一个用纸包着的小包。

"你拿好。我要去看看安特克了。"

"安特克也来赶集了?"她一听到这名字,眼睛就亮了。

"他在那边的小街上卖麦子。收下吧,雅格娜!都是给你的。"波利那看到她用怀疑的眼睛望着头巾,便补充说道。

"是给我的?真的给我!我的老天爷,多么漂亮啊!"她高兴得大声叫道,她打开了那个小包,小包里正是她刚才特别喜爱的那条缎带,"你不是在开玩笑吧?这么贵的东西,你为什么要送给我?这头巾也是真丝的……"

"拿去吧,雅格娜!我是专门给你买的。要是有人给你送酒来,你不要接收,不要急于求成。好,我得赶快走了。"

"这都是给我的,你说的是真话?"

"我干吗要骗你呢?"

"我真不敢相信。"她说道,来来回回地把头巾和缎带打开了好多次。

"再见,雅格娜!"

"上帝保佑你,马捷伊!"

波利那走了。雅格娜又一次把头巾和缎带打开来看了看,然后把它们包在一起。她想去追他,把东西还给他,因为他不是她的亲人,也不是什么远方亲戚,她不能从陌生人那里接收礼物……但是他早已不见人影了。

于是她不紧不慢地开始寻找母亲。她心情不错,不时会小心翼翼地摸摸怀里的小包,两颊绯红,微笑时一嘴白牙闪闪发亮。

"雅古霞?行行好吧……可怜的孩子,你们一家人都是真正的教徒……我会为你们祈祷……雅古霞……"

雅格娜听到这声音才清醒过来。她循着声音望过去,想看看是谁在叫她,是从哪里发出来的声音。这时,她才看到阿加塔坐在修道院墙边的一捆麦草上,身前地里的泥泞漫到了脚跟。

阿加塔站起来,在找一分的钱币。她十分高兴遇见了同村人,便打听起利普查村的情形来:"地里的土豆都刨完了吗?"

"全都收好了!"

"你知不知道克温布家的情况怎么样?"

"他们把你赶出去要饭,你还惦念着他们。"

"他们并没有赶我,是我自个儿离开的,因为必须这样做……我不能让他们空留我吃和睡呀,我惦记他们,是因为他们是我的亲戚……"

"你现在怎么样?"

"我呀,我现在从这个教堂走到另一个教堂,从这个村子走到另一个村子,从这个集市到另一个集市,到处逛吧。遇到好心的人,便会给我一个过夜的地方,给我一块面包吃,有时候还会给我几个小钱,作为我给他们祈祷的酬劳。这世上还是好人多,他们是不会让任何一个穷人饿死的,不,不会……你知不知道,克温布一家人的身体都还健康吗?"她有点胆怯地问道。

"都顶好的,你呢?"

"我可不怎么好了:胸口老是有点痛,一遇到感冒便吐血。我活不长了,活不长了……若是我能挨到春天,那我一定会回到村里去,能在自己人中间死去最好。这是我对天主的唯一请求。"她张开双手,抬起她那悲伤的脸孔,热忱地祈祷起来,眼泪便从她那双布满红丝的眼睛里流了出来。

"请你为我父亲祈祷祈祷!"雅格娜塞给她几个小钱,低声说道。

"我现在正在为炼狱里的亡灵祈祷,我常常为我认识的人祈祷,我也恳请上帝保佑活着或死去的人……雅格娜,有没有人给你送去伏特加?"

"有送过。"

"一个也没有看上?"

"一个也没有。再见了,春天一定要来看我们呀……"她说得很快,接着便朝母亲走去了。她看见母亲就在不远的前方,正和风琴师在一起。

波利那正朝安特克那边走去,但他走得很慢,一是因为人多太挤,二是他脑海里老是摆脱不掉雅格娜。他还没有到达目的地,便遇见了铁匠。他们相互打了一声招呼,便并排地朝前走去,两人都不说话。直到最后,铁匠才气势汹汹地开口说道:"咳,是不是该了结我们的事情了?"

波利那也火冒三丈地说道:"了结什么?你应该在利普查单独和我谈。"

"可是我已经等了四年了。"

"今天对不起了,那你再等四十年好了,直到我死。"

"有人劝我告到法院去……但是……"

"好啊,你去告呀。我告诉你讼师的住处,我刚给了他一个卢布,让他给我写状子。"

"不过,我想,我们还是会相互谅解的……"他狡猾地说。

"对呀。战争得不到的,和平就能得到。"

"你考虑得真周全。"

"我和你之间既不需要战争,也用不着维持和平。"

"那我就去告诉我老婆,岳父大人是很热爱公正的。"

"人人都热爱公正,只要他对自己公正就行……我可不需要,因为我从不负人。"波利那语气生硬,铁匠不得不软了下来,若是硬顶上去,就会像以往那样什么也得不到。于是铁匠改变策略,好像什么事也没有发生似的,十分平静地说道:"我们去喝一杯吧!你请客……"

"好,我请客,我请我最好的女婿,你就是喝一斤都可以。"语气十分刺耳。但他们还是进了拐角的一家酒馆,碰上了正在酒馆里的雅姆布罗兹——他没有喝酒,只闷闷不乐地坐在角落里。

"我觉得我的身子不舒服,看来就要变天了。"他说道。

他们接连喝了两三杯,但都没有说话,相互生着闷气。

"你们好像是在喝丧酒。"雅姆布罗兹说。他对他们没有请自己喝酒很是不满,因为他从早上到现在一口东西都没吃过。

"我们有什么话好说呢?岳父今天卖了这么多东西,我们都该好好考虑,应该把这些钱交给谁去生息呢……"

"马捷伊,我对你说,马捷伊!耶稣……"

"马捷伊,马捷伊是你能叫的?!看看他,一副穷酸相!告诉你,猪倌只能和猪去称兄道弟的。"他生气地说。

铁匠已经喝了两杯烈酒,很想争辩一番,便压低声音说:"老爸,你就说句话,是给还是不给?"

"我告诉过你,我不会把财产带进坟墓去的,但只要我还活着,便一分土地都不会放手。我不想靠你们来养活,我还想在这个世界上多快活几年呢!"

"那你就给现金好啦。"

"我都说过了,难道你没有听见?"

"他现在正在物色第三个老婆,才不会去理孩子们的事呢。"雅姆布罗兹低声说道。

"不错,这是肯定的!"

"如果我想,我就会结婚。你要反对吗?"

"我不反对,也不阻止,但是……"

"只要我想结婚,我就会派人去求婚,说不定明天就会派去……"

"那您就派去好了,我不会反对!只要把那头蓝白花牛下的牛犊子给我就行,我也会尽力帮您的。你是个明白人,好好想想,谁对你最好。我不止一次和我老婆聊过,你需要有个女人来管理家务。"

"米哈乌,这话是你说的?"

"就像我忏悔时说的话一样。我说过,村子里谁需要,我就会给谁出主意。难道我不知道什么对你有好处吗?"

"你说起谎来就像个茨冈人那样。那你明天就来把小牛犊牵走。凡是求于我的,我都会给;要是以权利来要挟我,你得到的就会是一根断木棍,或者比它更坏的东西。"

他们又喝起酒来,不过这次是铁匠付钱,他还把雅姆布罗兹请来一起喝。雅姆布罗兹欣然坐下,而且高兴地讲起了故事和笑话,引得众人大笑不已。

翁婿在一起不久便分开了,去忙自己的事情。离开时和和气气,但都不信任,他们相互都太了解了,就像两匹光秃秃的马一样,就像透过玻璃能把对方看透那样。

只有雅姆布罗兹还留在酒馆里,他还想碰见亲朋好友和邻居,期待他们能主动邀请他再喝一杯半杯的,因为一条饿狗连苍蝇也会捉来吃的,况且他特爱这口。可他自己却又买不起,他只是个教堂用人,而不是农民。

到了集市收摊的时候了。

中午时分，太阳露出了光芒，但时间很短，就像镜子晃动时所发出的光亮，马上就又躲入了云层之中。黄昏之前的大地便是一片昏暗，乌云阵阵降落，低到屋顶之上，毛毛细雨就像透过筛子那样飘落下来。人们纷纷四散，急忙赶在大雨和黑夜来临之前回家。

商贩们赶紧拆掉帐篷，捆好物品，装上马车。雨越下越密，而且变得寒冷了。

天越来越昏暗，空气越来越潮湿。

小镇又变得空荡而寂静了。

一些乞丐还靠在墙边，喃喃地祈祷。酒馆里依然有一些酒鬼在喧闹和争论。

波利那一家人离开小镇动身回家的时候已是黄昏时分。他们卖掉了运来的全部东西，买回了需要的各种物品，也欢欢喜喜地逛了一趟集市。安特克奋力催赶着马匹，车子在泥泞的道路上飞驰前行，因为他们都感到寒冷，又喝了不少酒。老头子虽然吝啬，平时连一文小钱都要斤斤计较，今天却慷慨地用好言好语和丰富的酒食款待了他们一番，这令大家都感到奇怪。

等他们到达森林时，天完全黑了，黑得什么也看不见了，雨越下越大，一路上只能听见车轮的嘎吱响、醉汉的唱叫声和人们在泥泞中跋涉前行的脚步声。

在白杨大道的中央——道路两旁的白杨树发出飒飒声响，似乎被冻得发抖了似的——那个已喝得醉醺醺的雅姆布罗兹正东倒西歪地跟跄走着。他时而撞在树上，时而倒在泥泞中，但立即又爬了起来，依然像往常一样，扯开嗓子大声唱起歌来。

夜色深沉，黑得连马的尾巴都看不清楚，村里的灯光就像狼的眼睛那样一闪一闪的。

第六章

雨下得越来越大了。

从离开集市开始,天地便渐渐被雨水蒙上了灰暗的色彩,这幅图景中,只有森林和村庄显露出苍白的轮廓,仿佛是在朦胧背景上绣上去的。

秋天的大雨直泻而下,连绵不断,让人感到冷气逼人。

大雨犹如灰白色的鞭子,不停地鞭挞着大地,浸透到泥土深处,让每一株树木、每一棵青草都在全身颤抖,仿佛痛苦无比。

滂沱的大雨、浓黑的乌云笼罩着整个大地,时而显现出一片片黑压压的田地,湿漉漉的、又软又松,时而从田畦中流淌出条条水流,时而露出一棵棵漆黑的树木。光秃秃的树枝也浸透了雨水,不停地弯曲摇晃,抖落掉最后的残枝败叶,仿佛在拼命挣扎,就像一只猎狗在徒劳地挣脱套圈那样。

人迹稀少的道路变成了泥泞不堪的水洼。

短暂的、悲哀的、没有阳光的白天就这样带着丝丝雨水缓慢地过去了,黑夜随之降临,雨声单调,绵延不断,寒冷而又沉闷。

一种令人不安的寂静笼罩着大地。田野沉默,村庄无言,树林无声。

村庄漆黑，和大地、篱笆化成一色，和那些枝叶摇曳、低低呻吟的、光秃的果园融为一体了。

雨水的灰幕掩盖了大地，吞没了一切颜色，消灭了各种光亮，又把天和地都投进了黑暗中，似乎世上的一切都像梦幻一样模糊不清。从耕耘过的田地里，从变得嘶哑的树林里，从毫无生机的荒野中，涌现出一种悲哀的气氛，它像深厚的乌云飘浮在整个大地之上，浮游在沉郁的十字路上。在伸出双臂的十字架下、在荒凉的大道上，路边光秃秃的树木似乎被冻得发抖，似乎在痛苦地呜咽。它以迷离的眼睛注视着鸟已飞走的空巢、倒塌的农舍，游荡在坟场中那些被人遗忘的坟茔上、腐朽的十字架上，飘浮在整个世界之上，包括那些光裸的耕耘过的田地和衰败的村庄。它用空泛的僵死的眼神去凝视农舍、牛栏和果园，让人听见牲畜的惊慌叫声、树木被吹压的呻吟声，以及人们发出的强烈的忧愁叹息声——那是因想念太阳而不断发出的叹息声。

雨不停地下，仿佛有人用一块玻璃盖住了整个世界，使利普查村笼罩在稠密的浓雾中。人们只能偶尔看到黑沉沉的茅草屋顶、湿淋淋的石头围墙，以及阵阵炊烟从烟囱上面飘向果园。

村里一片寂静，只有谷仓传来打谷的声音，但打谷的人很少，因为全村的人几乎都去收拾洋白菜了。

泥泞松软的道路上一片荒凉，农舍四周也见不到人影。如果偶尔在雾霭中出现了个把人，他也会像鬼魂那样立即消失。只能听见泥泞中木底鞋的踩水声，偶尔也能听到载有洋白菜的车子从泥炭田缓缓驶来的车轮声，以及抢食从车上掉下的菜叶的鹅群被驱散的声音。

池水在束缚它的狭窄堤岸内挣扎着不断上涨，已经涌到了通往波利那家那条小路的低洼地方，甚至到了篱笆墙下，在农舍墙前的水面上掀起了阵阵泡沫。

全村的人都忙着收割洋白菜，并把它运回家去。储藏室、走廊和房间内，到处都摆满了洋白菜。有的人家甚至在屋檐下，都堆放着碧绿的洋白菜。而在房屋前面，家家都在雨中摆放着许多大木桶。

大家都忙着收割和运回，因为雨还在不停地下着，道路很快就会变成烂泥潭，无法运输和行走。

这一天，他们正在多米尼科娃家的地里收割洋白菜。从一早起，雅格娜便和西蒙一起来到了洋白菜地里，只有安德烈留在家里修理屋顶，因为有几处漏雨了。

可是到了傍晚，幽暗开始笼罩整个大地的时候，多米尼科娃一次又一次地走出门外，朝磨坊那个方向张望，倾听着他们的车子有没有回来。

位于磨坊低洼处的那片菜地里，依然还是一片繁忙的景象。浓雾覆盖着整个牧场，只有几处充满蓝色积水的大水沟闪闪发亮，而栽着洋白菜的较高的狭长土埂上，则发出青绿色或者一种铁锈的暗红色。在这些色彩之中，可以看见穿着猩红裙子的女人的身影在晃来晃去，她们是在堆放刚刚收割下来的洋白菜。

而在雨雾掩盖的远处，紧挨着从灌木丛中奔流而过的小河的地方，则堆放着许多深灰色的泥煤堆。运送洋白菜的车子也停在了那里，因为泥土已成稀巴烂，车子无法进到菜地里，人们只好把一袋一袋的洋白菜像背行李袋似的背到车上去。

有些地里的洋白菜已经收割完了，人们便准备回家，相互招呼的声音在雾中响起，越来越响，从这块田传到另一块田。

雅格娜刚做完自己的工作，已累得精疲力竭了。她腹中饥饿，而且浑身都湿透了，甚至连穿的木底鞋都进水了——因为暗灰色的泥土都超过了脚跟，她不得不常常把鞋脱下来倒水。

"西蒙,你的动作快些呀,我的手脚都麻木了,不能动了。"她伤心地叫道。她看到哥哥无法把一袋洋白菜背起来,于是一步蹿上前去,把包夺了过来,扔到自己背上,便朝车子走了过去。"像你这样的大个儿,腰骨软得竟像个刚生完孩子的女人一样!"她轻蔑地说道,同时把洋白菜倒在垫有麦草的车里面。

西蒙深感羞愧,嘟哝了两句,摸了摸鼻子,把马套上了。

"快一点,西蒙,天都要黑了!"她催促着他,同时把一袋袋洋白菜背到了车上。

黑夜真的降临了,天越来越黑,雨越下越大,倾泻在烂泥地上、流水沟里,发出播撒谷粒般的响声。

"尤什卡,你们今天干完了吗?"她朝波利那的女儿喊叫道。尤什卡是和汉卡、古巴一起来收割洋白菜的。

"是的,我们也完了,该回家了。雨下得这样大,连我的衬衫都湿透了。你们也要回去了吗?"

"是的。天黑得都看不清路了,剩下的只好等明天了。你们的洋白菜长得真不错呀!"她大声说道,弯下腰去,看了看堆放在雨中的洋白菜。

"你们的也不赖呀!还有你们的大头菜,那可是最大的啊……"

"那可是一种新品种,是神父从华沙买回来的。"

"雅格娜!"雨雾中又传来了尤什卡的声音,"你知不知道,明天尤瑟夫的儿子瓦列克要去向马丽霞·波乔特科娃求婚啦!"

"就那么个小不点,她够年龄了吗?我看到她去年还在放牛呢?"

"对男人来说她够年龄了。而且她还有那么多地,小伙子都急于要和她结婚哩!"

"尤什卡,你也一样,过不多久,就会有人来向你提亲的。"

"除非你老爹娶了新老婆。"雅古斯丁卡从第三块地里大声说道。

"你的脑袋中是怎么想的,今年春天他才将她的母亲下葬呢。"汉卡惊讶地说道。

"这对男人来说又有什么关系。每个男人都像猪那样,哪怕吃得饱饱的,也总想要把嘴拱到别的猪槽里去……嘿,嘿,这个女人尸骨未寒,不,甚至还没有断气,丈夫就去追别的女人了——男人都是狗。希科拉是怎么做的?第一个老婆刚入土三周,就和第二个女人结婚了。"

"的确如此,不过那时候她留下了五个孩子呀!"

"你说的不错,可是谁又会相信,他结婚是为了孩子。他是为了自己,他想要女人和他上床。"

"我们绝不会让父亲这么做的!绝不会!"尤什卡说道。

"你年纪轻又很傻……父亲的土地,就只有听凭父亲的意志!"

"也得考虑子女呀,子女也有他们的权利。"汉卡说道。

"与其挡住别人的车子,还不如自己跳水的好。"雅古斯丁卡嘟哝了两句便停住不说了,因为尤什卡在生气地呼叫维特克——他溜到河边去了。雅格娜没有参与这场谈话——她一边搬着洋白菜,一边暗自发笑,想起了集市上发生的事情。等到车子装满了,西蒙就赶着大车驶上了大道。

"上帝与你们同在!"她向邻居们大声说道。

"上帝也与你们同在!我们马上也要走了……雅格娜,到我们家来剥菜叶子,你能来吗?"

"只要说一声,我一定会来。尤什卡,我会去的……"

"星期天。小伙子们要在克温布家开音乐会,你知道吗?"

"知道,尤什卡,知道。"

"你遇见了安特克,就告诉他,我们正等着他,叫他赶快过来。"汉卡请求她道。

"好的，好的。"

她急急忙忙跑上前去追赶车子，因为西蒙已走出一站远了，只听见他在催赶马儿。车子陷入软绵绵的泥地里，泥土超过了车轴，他们俩不得不使劲儿帮马儿驶过这段烂泥路。

俩人都不说话，西蒙牵着马，小心翼翼地不让车翻了，因为这段路上尽是坑坑洼洼。雅格娜在后面用肩膀顶着车子，一直在考虑到波利那家去剥菜叶时该穿什么衣服。

天黑得快，连马都看不清楚了。雨好像停下来了，不过雾又浓又湿，连呼吸都困难。风呼呼地在他们头上响着，正吹打着他们已经走上的堤埂上的树木。

这段上坡路又陡又滑，非常难走。马每走一步都要停下来休息一下，他们尽力扶住，车子才不至于滑走。

"车装得太满了，一匹马拉不动！"堤埂上传来这个声音。

"是你吗，安特克？"

"是我！"

"那你赶紧去吧，汉卡在等你哩！你先帮我们一下，好吗……"

"等我下来了才能帮你，天黑得什么也看不见。"

他们很快上了坡。推车的人力气特大，连马都蹦跳起来，直到坡顶才停了下来。

"上帝保佑你，你的力气真大，真壮实。"她朝他伸出手去。

他们忽然都不说话了，车子移动了，他们并排走着，不知该说些什么，显得很尴尬。

"你会回来吧。"她悄声问道。

"我送你到磨坊那里，雅格娜，那里的积水成了一个大水坑。"

"天黑得吓人，你说是不是？"她大声说道。

"你怕吗，雅格娜？"他悄声说道，两个人的身体靠得更近了。

"我干吗要怕呢？"

他们又不再说话了。他们肩并肩，身体紧挨着朝前走去。

"你的眼睛一亮一亮的，就像狼的一样，真奇怪。"

"你星期天会去克温布家听音乐吗？"

"那要看妈妈答应不答应……"

"去吧，雅格娜，一定要去呀！"

"你要我去吗？"她直视着他的眼睛，嗲声嗲气地问道。

"那当然呀！我是特意为了你从沃拉请来小提琴手的，也是为了你我才求克温布腾出房子来的，这一切都是为了你呀，雅格娜！"他小声说道。

他的脸朝她的脸靠了过去，呼吸急促。她只好把脸挪后了一些，全身激动得发抖。

"你走吧……他们在等你……有人会看见我们的……你走吧……"

"你去不去？"

"我去，我去……"她重复了一句，回头朝他望了过去。但他已消失在雨雾之中，只能听见他走在泥泞路上的脚步声。

她的身上突然起了一阵剧烈的寒战，可是又有一股强烈的热风从她的心里和脑海上掠过。她不知道发生了什么事。她眼冒金星，呼吸急促，上气不接下气，也无法使那颗剧烈跳动的心平静下来。她无意识地伸出双手，做出拥抱的姿态，又觉得自己像散了架似的，全身酸痛。她几乎想要大喊大叫起来……她朝前走去，用力推了车子一把，车子发出轧轧声响，晃动了几下，有几棵洋白菜掉进了泥里。可是浮现在眼前的，却是他的脸和那双炯炯发亮的眼睛，它们是那么迷人……那么热情……

"他不是个男人，是条龙……像他这样的人全世界找不出第二个……"她暗忖道。

磨坊水车的响声才使雅格娜清醒过来——他们正从它旁边走过。河水冲击着水轮发出哗啦啦的响声，由于水闸被冲开，水位又高，河水便奔腾而下，发出巨响，掀起长长的一条白色泡沫，犹如一条白链子在广阔的河面上闪闪发亮。

磨坊主的家就屹立在大路旁边，透过已经掀起的窗帘，可以窥见桌子上那盏已被点亮的洋油灯。

"他们果真像神父或者地主家那样，也有了一盏洋油灯。"

"他们不是富翁是什么？他们家的地比波利那家的地还要多，还放钱出去生利息。在给我们磨面粉的时候，他们还处处克扣我们，难道不是这样吗？"西蒙应声说道。

"他们过着地主般的生活，过得很滋润，在房间里踱来踱去的，在沙发上懒洋洋地躺着。他们坐得舒服，吃得美味，还有人给他们干活。"雅格娜这样想道，但她并不羡慕，也不去听西蒙说些什么。西蒙平常很少说话，今天却喋喋不休地发表着他的看法。

他们终于回家了。家里既明亮又暖和，炉火烧得旺旺的。安德烈正在削土豆皮，母亲在准备晚饭。炉火旁边，坐着一位白发苍苍的老人。

"都干完了吗，雅格娜？"

"差不多都干完了，洋白菜只剩下三垄地了。"

她走进内间去换衣服，随后便回到大房间来准备就餐。在摆放餐具时，她好奇地观察着那个老人——老人静坐着，一声不吭，凝视着炉火，念珠一颗颗地在指间滑动，嘴唇微动着。当大家都坐下来吃饭时，老妈妈也给他加了一把汤勺，邀请他共进晚餐。

"上帝与你们同在！我要走了。我还会来看你们的，也许我在利普查村待的时间要久些。"

他在房间中央跪下了，朝圣像拜了几拜，画了个十字便走了。

"他是什么人?"雅格娜好奇地问道。

"一个虔诚的巡礼者,从耶稣墓那里来的……我很早就认识他,他到这里来不止一次了,带来过许多圣物……三年前就来过……"

她话还没说完,雅姆布罗兹就进来了,他赞美了一声上帝便在火炉前边坐了下来。

"天气这么冷,雨又下得这么大,就连我的木腿都很难挪动了。"

"天这样黑,地又这样泥泞,你还要东走西跑的,干吗不待在家里好好祈祷一番呀……"多米尼科娃嘟哝道。

"家里就我一个人,闷得很,想出来看看姑娘们。雅格娜,我第一个来看的就是你。"

"你要找的那个姑娘应该是死神。"

"她早把我忘了,她宁愿和年轻人寻欢作乐!"

"你这是什么意思?"多米尼科娃问道。

"神父刚把圣餐送到河对岸的巴尔特克家去了……"

"嘿,我在集市上看见他还是好好的。"

"他女婿用木棍狠狠地打了他一顿,把他的肝脏都打破了。"

"什么时候?为什么会这样?"

"除了土地,还会有别的什么?他们为这事吵了半年,今天中午便来算总账了。"

"对于这些杀人犯,天主是绝不会饶恕的!"雅格娜说道。

"一定会惩处他们的。雅格娜,你不用担心,一定会的……"母亲回答道,她抬起双眼望着圣像。

"可是,人死不能复活啊!"雅姆布罗兹低声说了一句。

"请坐下来,有什么吃什么,不用客气。"

"吃饭我是不客气的,一盘都能吃下,而且还要盘子大的。"他开玩笑地说道。

"你满脑子都是玩笑。"

"我独身一人，只好自寻其乐，何必去担心什么呢？"他在凳子上坐下。

桌上摆放着盘子，他们吃得很慢，而且都不出声。安德烈专注于添满大家的盘子，只有雅姆布罗兹时不时地说些笑话，而且是他自己先笑了起来。

"神父在家吗？"等到快吃完时，多米尼科娃才开口问道。

"这样的坏天气，他还能去哪儿？只有像犹太人那样，坐在家里看书啦！"

"聪明人就是聪明人……"

"他是个好人，世界上最好的人！"雅格娜补充了一句。

"是的，的确如此……既关心自己又不损害别人，信徒送来的东西，他都接受……"

"你可不能这样说话呀。"

他们吃完了晚饭，都站了起来。雅格娜和她母亲来到火炉旁，摆弄她们的麻线，儿子们则像往常那样去收拾餐具，把盘子洗净，摆放整齐。儿子们从小就受到母亲的严厉管教，要干姑娘们的活，这样一来，雅格娜白嫩的双手就不会变得粗糙了。

雅姆布罗兹抽起了烟斗，吹旺炉火，加入木柴，时时朝女人那边望去。他正在考虑，该如何向她们谈起这件事情来。

"我想，已经有人来向你提亲了吧？"

"不止一两个。"

"这毫不奇怪。雅格娜长得像画中人那样漂亮，连神父都说，就是在城里也找不出比她更漂亮的姑娘来。"

雅格娜乐得脸都红了。

"他是这样说的吗？愿上帝保佑他身体健康。我早就在攒钱，要去做一场还愿弥撒。我明天就把钱送去。"

"有个人想向你提亲,但他有点不好意思……"他轻声说道。

"是个长工吗?"多米尼科娃问道。她把纺锤转动得很快,以至它掉落到地板上。

"一个村里的富人,正统的有地农民,但他是个鳏夫。"

"我不会去带别人的孩子的……"

"不用担心,雅格娜,不要你去带孩子了,他们都已长大成人了。"

"干吗她要嫁个老头子……她还年轻,等到年轻人来向她求婚也不迟。"

"年轻人有的是,并不少。小伙子身体健康,爱抽纸烟,在酒馆里跳舞,喝着烧酒,眼睛老是盯着那些有田有地有点现金的姑娘,争着向她们献殷勤……可是都是些懒汉,每天要睡到中午才起来,下午才会用独轮车运肥料、用锄头种地……"

"我绝不会让雅格娜嫁给这样的穷光蛋。"

"人们说你是我们村里最聪明的人,这说对了。"

"可是,老头子是不会讨年轻姑娘欢心的……"

"这样的欢心在年轻人那里也不见得会有。"

"你年纪这样大了,说话要有分寸……"她严肃地回应道。

接着是长久的沉默。

"他很受人们的尊敬,他不贪图别人的财产。"

"不,不,这种婚事只会引起家庭的不和。"

"他会写下文书的!"雅姆布罗兹十分认真地说道,他把烟斗往椅背上敲了敲。

"雅格娜的嫁妆也不少。"老母亲过了一会儿才回答说,口气有些迟疑。

"他给的要比得到的多,而且是多得多。"

"你乱说什么呀?"

"我说的是真话,不是空穴来风,也不是信口胡说,我是替某个人来探口风的……"

他们又默不作声了。老婆子久久地整理着麻线团——她把手指沾湿,用左手的大拇指和食指,把长长的麻丝抽了出来,又用右手转动着纺锤,让它像陀螺那样在地上转动着,发出咝咝的声音。

"怎么样? 能派人来求婚吗?"

"你说的是谁?"

"你不会不认识,他就住在那边!"雅姆布罗兹朝窗外闪着灯光的方向指了指,隔着池塘的那边正好是波利那的家。

"他家的孩子都长大了,他们是不会赞成的,而且他们都享有财产的继承权。"

"他有权支配他的财产……而且他是个好男人,身体结实,又能干又虔诚。我亲眼见他把一大麻袋麦子扛在肩上,足有一百公斤重。世界上所有的一切,除了鸟奶之外,你家雅格娜都会应有尽有的。你们家的安德烈快要应征入伍了,波利那和本地的官员都熟识,知道该托什么人,对你们家会有帮助的……"

"雅格娜,你有什么想法?"

"我无所谓,你要我嫁他我就嫁他。主意由你定,我自己定不了……"她低声说道。

她把额头靠在纺车上,眼睛望着炉火,倾听着木柴燃烧时发出的吱吱声。嫁给谁都无所谓,无意间,她突然想起了安特克。

"就这样了?"雅姆布罗兹从凳子上站了起来。

"就让他派人来好啦……这是订婚,还不是结婚……"她慢吞吞地说道。

雅姆布罗兹画了个十字便离开了,直向波利那家走去。

雅格娜一动不动地坐在那里，一声不吭。

"雅格娜，我的宝贝女儿……怎么样呀？"

"没什么……所有这一切对我都是一样的……只要你吩咐，我就嫁给他。你要是不同意，我就留在你身边，和你在一起，我过得很舒坦。"

老婆子一面纺着麻线，一面低声说道：

"我是为了你，让你以后过得最好……他的年纪确实大了些，但是身体还很结实强壮，为人也顶好。他不像别的农民那样亏待你，他会很尊重你的，让你成为他家的女主人和管家。等他写文书的时候，我要他把分给你的田地和我们家的田地连成一起，就是靠近山边的那块黑麦地。哪怕他只给六垧地也好……你想想，雅格娜，能添六垧地呀……雅格娜，你一定要嫁给这样的农民，你一定要出嫁……免得那些嚼舌妇说闲话来诽谤你……要把那头猪杀掉……也许不用杀……"说到这里她闭口不语了，心里又在想别的事情了。她看到雅格娜根本没有在听她说话，而是机械地纺着线，仿佛并不关心自己的命运，也不去想她的婚姻。

她待在母亲身边，难道不快活吗？她随心所欲，爱做什么就做什么，从来没有人对她说过一句难听的话。什么田地、文书、财产，她根本不放在心上，丈夫什么的，她也毫不在意。难道追求她的小伙子还少吗？只要她想，她就能在一夜之间让所有的小伙子都来求婚。不过，她现在的心思就像母亲纺的麻线一样，只绕着纺锤一个方向转，那就是按照母亲的意志嫁给波利那。是的，她对波利那的喜欢胜过对其他人的……因为他给她买过缎带和头巾。不过，像安特克或者其他人，如果他们能像波利那那样有钱，那他们也会给她买这些东西的。他们每个人都不错……唉，她怎么来选择呢？还是让母亲去挑选吧，母亲是个很精明的人……

她又朝窗外望去，枯萎的花丛被大风吹得拍打起窗玻璃来。不过，她渐渐地忘记了它们，忘记了一切，甚至忘记了她自己，陷入了一种麻木的状态，宛如这片神圣的大地被死寂的秋夜所包围的那样。现在，雅格娜的灵魂也像这神圣的大地一样，处在无人认识的、朦胧杂乱的深渊中。她的心灵宽厚，但她不知道自己的浩大，也不知道自己的强而有力，因为她没有自己的意志、自己的人生目的、自己的渴望。她是死气沉沉的，又是永远不朽的，就像这片大地会被每一阵大风掠过、摇曳、拥抱，被带到任何地方去一样。她也像这片大地那样，到了春天，受到阳光的照射，便会万物更新、生机勃勃。到了那时候，她便会唤醒生命的欲望，会被渴望和爱情烈火燃烧。她的灵魂就会重生，因为必须如此。她会生活、歌唱、统治、创造，然后把它们都消灭，因为只能如此。要生存，而且必须生存，理该如此。神圣的大地是这样，雅格娜的灵魂也是如此——就跟这片大地一样。

她就这样默默地坐了很久，只有那双眼睛像春天中午平静的水那样闪耀，像星星那样发亮。她突然清醒过来了——有人推开前厅的大门。

尤什卡上气不接下气地跑了进来，在炉火前坐下，把她木底鞋里的水倒掉，说道："雅格娜，明儿我们家剥菜叶，你来吗？"

"一定来！"

"我们会在大厅里干这个工作的，现在雅姆布罗兹正在我父亲那里，我是偷偷跑出来告诉你的。到时候来的人有乌里霞、玛里霞、维特克和波乔特克家的姑娘们，别的姑娘们和小伙子们也都会来……彼得还答应带小提琴来……"

"他是谁？"

"他是住在村长家后面的米哈乌家的，挖土豆那个时候从军队里回来的。他现在说起话来怪怪的，很难听懂。"

两个人闲聊了一会儿,尤什卡就回家去了。

房间里重又陷入了沉默。

雨点常常拍打着窗玻璃,就像有人把沙子撒在它上面似的。大风呼啸着,在果园里摇晃着,或者从烟囱里倒灌进来,把炭灰吹得四处飞扬,使整个房间都烟雾弥漫,但纺锤依然在地板上不停地转动。

漫长的黑夜就这样缓慢地逝去,多米尼科娃终于用轻轻的发抖的声音唱起歌来:

希望我们今天所做的一切事情……

雅格娜和她的兄弟们也用尖嗓子伴唱起来,他们的歌声竟把栖息在过道里的家禽惊吓得咯咯叫了起来。

第七章

翌日，天气依然和前一天一样，天地昏沉，阴雨不断。

时不时有人从屋子里走出来，久久而焦急地望着阴沉沉的天空，看看什么地方会有天气明朗的迹象。然而目力所及，只有灰蒙蒙的云层低得盖住了树木，让人看不清楚。雨水继续不停地下着，过了中午就转成倾盆大雨，仿佛有人把天空捅了个大口子，雨水落在房顶上哗哗作响。

村民们都困守在自己的茅屋里，感到很憋闷。有这么一两个人，不顾泥泞和下雨，跑到邻居家去诉苦，说什么现在的这个时代，连地主家的狗都赶不走，还有的抱怨草料还留在树林里，别的人也在说生火的木柴没有搬回家。全村的人家，几乎家家都还有洋白菜留在地里，今天都无法去收割了。池塘里的水一夜之间便涨了很多，到了白天不得不把堤埂掘开，让池水流到河里去。而河水也在泛滥，淹没了草场。所有种洋白菜的田地，都像一座座露出脊背的孤岛，屹立在混浊的泡沫翻涌的洪水漩涡里。

多米尼科娃家的洋白菜也没有全收回来，还有一些留在了地里。

打从清早起，雅格娜的心情便不好，她从房间的这头走到另一头，透过玻璃看着被水冲倒的大丽花丛、被雨水氤氲的景色,伤心地叹了口气:"唉,我要闷死了!"

她焦急地等待夜幕的降临,好让她到波利那家去剥洋白菜。然而时间却过那么慢,就像一个老乞丐在泥泞地里行走一样,那么沉闷,那么忧愁,真是叫人难以忍受。她十分烦躁,坐立不安,开始责怪起自己的兄弟,乱摔手中的东西,头也痛了起来。她不得不用麦片和酸醋调成糊状,糊在头上,头痛才得以消除。尽管如此,她依然感到浑身不舒服,手上的东西也掉到了地上。她望着窗外的池塘,波涛翻滚,恰如一只展翅的大鸟,努力扇动着,想奋勇腾空而起,但池水涌到了路上,白沫四散,呼啸奔腾,使它的双脚深陷泥土之中,想飞又飞不起来。池水后面就是波利那的房子,他家的屋顶因年代较久而变成了绿色,其凉台因为换上了木板顶棚而变成了米黄色,现在她完全看不清楚了。

这天早晨,多米尼科娃不在家里,她被村里另一头的一位临产产妇叫去了,因为她谙熟草药,能医治多种疾病。

雅格娜感到格外烦躁,她想出门去找人聊天,刚把头巾戴在头上,但一看到门外一片泥水,大雨还倾泻不止,便打消了出门的想法。到最后,她感到实在无聊至极,真想大哭一顿,于是她便去把箱子打开,翻出她所有节日穿的那些漂亮衣服来,一一摆放在床上……整个房间顿时被那些衣裙、头巾映衬得五彩缤纷。但今天却没有一样能激起她的兴趣,她用慵懒的眼神,扫了扫这些衣物,从箱底拿出了波利那送给她的缎带和头巾,并把它们戴起来,在镜子前面打量了一番。

"不错,今天晚上我就用它们来打扮自己!"她这样想道,可是她立即又取了下来,因为这时有人穿过篱笆墙朝屋子走了过来。

来的这人叫马特乌什……当他进屋时,雅格娜惊讶得叫了起来。就是因为这个人,村里才流传着有关雅格娜的种种闲言恶语,说她晚上多次和马特乌什在果园里幽会，而且常常还在别的什么地方鬼混。他是个年纪较大的单身汉，已经三十好几了，他不想结婚，家里有妹妹管着。根据雅古斯丁卡的说法，那些小姑娘和别人的老婆更合他的胃口。他块头很大，强壮得像橡树，孔武有力，而且自信，还变得刚愎自用，村里的人几乎无人不怕他。可他又多才多艺——会吹笛子，会造马车，会盖房子，会砌炉灶，天下的事没有他不会做的，而且还做得十分出色。他的双手从不闲着，挣的钱也不算少，但总是立即花掉——不是喝酒，就是把钱借给别人……别人给他取了个外号叫"鸽子"，尽管从他的火爆性格和面容来看，他更具鹰隼的特点。

"赞美基督！"

"永生永世……马特乌什！"

"是我……雅格娜！我……"

他握着她的手，灼热地望着她的眼睛，以至她脸现羞红，不停地望着门口。

"你在外面都快半年了。"她结结巴巴地说道。

"仔细算来，整整六个月零二十三天……"他一直握住她的双手不放。

"我点灯去。"她大声说道，因为房内很暗，她也想挣脱他的双手。

"你该向我问候啊，雅格娜！"他低声请求。他想伸出手去抱住她，但她迅速地溜开了，跑到炉边去点灯，她担心母亲会看见她和马特乌什待在黑暗中，或者被别人看见。可是她还没有走到炉边，便被马特乌什一把抱住了，他把她紧紧地抱在胸前，猛烈地吻起来。

她就像只被恶龙抓住的鸟儿，无论怎么挣扎，也无法挣脱它的掌控。他那么用力抱住她，抱得她的肋骨都快折断了。他的吻又是那样猛烈、那么疯狂，吻得她几乎要虚脱了。她的眼睛像是蒙上了一层薄雾，连呼吸都变得困难了。

"放开我……马特乌什……放开我！妈妈……"

"就一会儿。雅格娜，再来一次！我都要疯了……"他把雅格娜直吻得虚弱无力，不得不瘫倒在他手臂之中。他听到前厅传来了脚步声，才把她放了，快步去点亮火炉上面的油灯。他一边卷着纸烟，一边用喜悦的目光紧紧盯着姑娘的眼睛，但是她还没有完全恢复过来，背靠着墙，不住地喘气。

安德烈走了进来，把炉里的火吹得旺旺的，还把烧水的壶放上，随后便在房间里走来走去。于是他们俩就很少说话了，但都在用强烈得想要吃掉对方的眼神互相望着。

过了一会儿，多米尼科娃进来了，很显然她的心情不好，刚进门就把西蒙痛骂了一顿。看到马特乌什时，只恶狠狠地瞪了他一眼，对他的问候也充耳不闻，便直朝卧室走去换衣服。

"你快走吧！妈妈出来后会骂你一顿的……"雅格娜恳求他道。

"你要出来见我，好吗？"

"你是刚回来？"多米尼科娃出来后，仿佛是刚看见似的说道。

"是的，妈妈！"他说得很温和，想去吻她的手。

"母狗才是你的母亲，不是我！"她摔开他的手，气冲冲地说道，"你干吗来了？我曾对你说过，这里不欢迎你来……"

"我是来见雅格娜的，不是来见你的。"马特乌什的口气也不善，带有挑衅的意味。

"我警告你，你离雅格娜远一点！你听见了没有？若不是因为你，她也不会受到全村人的恶意中伤，这是最后一次，再也不能让我看见你！"她火冒三丈地嚷道。

"你干吗像乌鸦那样大喊大叫，全村的人都能听见？"

"就要让他们听见，让他们跑来好啦，让他们看到你就像牛蒡黏上狗尾巴那样黏着雅格娜，看我怎么用烧火棍把你赶走！"

"你若不是个女人,单凭这番话我就会打断你的肋骨。"

"那你就试试,你这土匪!你就试试看,你这条恶狗!"她边说边拿起那根烧火棍来。

争吵到此结束。马特乌什愤愤不平地朝地上吐了口吐沫,砰的一声踹开了房门便跑出去了。他怎么能和女人斗呢?否则,他不就成了全村的笑柄啦!

老婆子见他走了,便将一肚子怒气都撒在女儿身上,把她痛骂了一番,把满肚子的恶气都发泄了出来。雅格娜一声不吭地坐在那里,吓得胆战心惊,可是母亲的谩骂越来越难听,令她再也忍受不下去,便伏在床上大哭了起来,泪水汩汩地流了出来,也把一肚子的冤屈倒出来了……这是她的过错吗?她并没有请马特乌什来家里,是他自己跑来的……母亲提及的春天发生的那件事……那次他和她在栅门前相遇……她被他炽热的目光看得头晕目眩,她又怎么能挣脱这个强大蛟龙的紧抱呢?从那以后,她又怎么能摆脱他呢?她根本无法避开他。她总是这样:只要有个男人紧盯住她看,或者用力抱住她,她就会挺不住,就会全身战栗不已、失去反抗的力气,她就什么都不知道了……难道这一切都该由她来承担罪过吗?

她泪流满脸,哽咽着,把心中的积怨都慢慢诉说了出来……母亲心软了,她走到女儿的身边,温柔地擦去雅格娜脸上和眼里的泪水,慈爱地抚摸着她的鬓发,安慰她道:

"好啦!好啦!雅格娜,别哭了,你看你的眼睛都和兔子的眼睛一样红了,过一会儿你怎么去波利那家呀?"

"是到了该去的时候吗?"过了一会儿,她的心情稍微平静下来,问道。

"是的,是时候了,快去换衣服,打扮得漂漂亮亮的。那里会有很多人的,波利那也会很注意你的。"

雅格娜立即站了起来，准备去换衣服。

"我去给你煮点牛奶……"

"我什么也不想喝，妈妈。"

"西蒙，你这个懒鬼，还在烤火，喂牛的食槽都空了！"她把火气都撒到西蒙的身上，西蒙生怕挨打，立即跑掉了。

老婆子一面帮女儿打扮一面低声说道："我知道，铁匠和波利那和解了。我碰见他，他正从老头儿那儿牵回一头小母牛……顶可惜的，至少值十多个纸卢布……不过，这样也好，他们和好了。铁匠可不是个省油的灯，他还懂得法律……"多米尼科娃退后几步，慈爱地打量着自己的女儿，"小偷科兹沃夫从狱里放出来了。要把所有的门窗都锁好，现在我们得小心点。"

"我该走了！"

"去吧！好好玩到半夜，和男人们在一起！"

雅格娜出门了。在路上她还听到母亲在骂安德烈，说他没有把猪赶进猪圈，没有把鸡赶下树来。

波利那家里已经来了不少的人了。

炉火熊熊，宽敞的房间灯火通明，连相框上的玻璃都映照得一闪一闪的。黝黑的横梁上用细线挂着许多由彩色圣饼做的圆球，似乎也在不停地摇曳。在房间中央，堆着一堆洋白菜，那些姑娘和中年女人们围坐成一个大半圆形，脸朝火炉，肩挨肩地在一起剥去洋白菜外层的老叶子，并把整理好的洋白菜码放在窗下的大毡布上。

雅格娜在炉火上烘了烘手，脱掉木底鞋，立即就在最末端坐了下来，紧挨着雅古斯丁卡，开始干起活来。

房间里热闹非凡，又来了许多女人和男人。有几个男人和古巴一起，把储藏室里的洋白菜搬运到房间里来，大多数男人只是在那里抽烟，聚在一起说笑，或者冲着姑娘们逗乐。

因为波利那还没有回来,只有十多岁的尤什卡便成了这里剥菜叶和开玩笑的指挥,而汉卡照例像飞蛾一样到处窜来窜去。

"这房间红得就像一大片盛开的罂粟花似的!"安特克大声说道。他把几只木桶滚到过道里,又将洋白菜的切碎机放在火炉前面稍偏一点的地方。

"嘿,她们打扮得就像参加婚礼似的。"一个年长的妇女说道。

"雅格娜就像洗过牛奶浴一样白嫩。"雅古斯丁卡不无恶意地说道。

"请你不要说我!"雅格娜满脸羞红,压低声音说道。

"姑娘们,你们,又该高兴了,马特乌什在外面游荡了很久,又回来了。于是又会有音乐、跳舞和果园约会了。"老婆子继续说道。

"一个夏天他都不在。"

"他在伏拉盖了一座庄院。"

"成了大师傅了,都能盖高楼大厦了。"一个男人说道。

"他对付姑娘们真有办法,九个月就能搞出一个孩子来……"

"雅古斯丁卡,你总是说人家的坏话!"一个姑娘抗议道。

"你还是少管闲事,要不我就要说你了。"

"你们知道,那个老流浪汉又到我们这里来了。"

"今天他就要来我家里。"尤什卡大声道。

"他三年没有来这儿了。"

"是啊,他是去了耶稣墓那里了!"

"嘿,这是谣传,谁看见他在那里?他像茨冈人一样在说谎,只有笨蛋才会相信。这跟铁匠和我们讲外国事情一样,那是他从报纸上读来的……"

"不要乱说,雅古斯丁卡,神父亲口对我母亲说过,他是去过耶稣墓的。"

"啊,真的,大家都知道,多米尼科娃还有另一个家,那就是神父的府邸。神父什么时候肚子不舒服，多米尼科娃都知道得一清二楚。"

雅格娜没有说话，却有一种奇怪的愿望：真想捅老婆子一刀子，因为她的话引起了全屋人的哄堂大笑。只有格热戈什的老婆乌里霞在问克温布的老婆："他是从哪里来的？"

"是哪里来的？从很远很远的地方，他到底是从什么地方来的，谁也不知道。"她弯下身去，拿起一棵洋白菜，一面剥去它的老叶子，一面又快又大声地说着话，好让别人都能听见："每到第三年的冬天，他就会来利普查村，住在波利那家里。他要大家叫他罗赫，可以肯定的是，他并不是真叫罗赫。他是不是乞丐，谁也不清楚。但他很虔诚，是个好人。只不过他头上就缺一道圣光，不然他就会跟画里的圣人一样了。他颈上挂着一串念珠，那是来自耶稣墓那里的……他常把一些圣像分送给孩子们……还把我们国家的国王相片分送给少数几个孩子。他还带来一些祈祷书和有关世界各种各样故事的书，他还给我们的瓦列克读过这样的书，我和我家里的那个也都听过，就是听不懂，全都忘记了……他真的很虔诚，一跪就是半天。无论是在十字架下，还是在田野里，他都能跪下来祈祷，只有做弥撒时他才去教堂。神父邀请他到家里去住，他却回答说：'我要和人民在一起，我的位置不在舒适的房间里。'大家都知道，他不是农民，尽管他说话和我们一样。他很有学问，他用流利的德语和犹太人说话。而在德扎兹戈娃太太的庄院里，有一位来温泉养病的小姐，他还能用一种外国语言和她交谈。除了一杯牛奶和一片面包，他从不多要别人的东西。他还教我们的孩子们……大家还说……"说到这里，她的话突然被大家的哄堂大笑打断了。

大家是在笑古巴，他正好抱着一堆洋白菜进来，被人使了个绊子，便四肢着地倒在了地上，洋白菜撒得满房间都是。他努力想站起来，可是等他刚站起身子，被人一推，又倒在地上了。

幸亏尤什卡护着他，把他扶了起来，这件事真把古巴激怒了，他大骂不止。

此时的话题又转到别的事情上了。

大家说话的声音很轻，但说话声依旧像蜂巢中要起飞的蜜蜂那样嗡嗡响个不停，欢声笑语，讽刺幽默不断。他们眼睛炯炯有神，说话越来越大胆，工作得越来越快。刀在菜头上削得嘎嘎作响，一棵棵洋白菜就像炮弹似的落在毡布上，越堆越高。安特克把一个大木桶移到火炉边，挥动着切菜刀往木桶里切菜进去。他把外衣都脱了，只穿一件衬衣和一条短裤。他满脸通红，头发散乱，汗流浃背，但又谈笑风生，显得英勇十足。雅格娜常常窥视他那像画像一样的美妙身姿，但窥看的人不止她一个，他也有时停下来，用欢快的眼神对她看上一眼，她便脸红了，不好意思地垂下了眼睛。她的这种神态，除了雅古斯丁卡外，谁也没有注意到，她也装作没有看到，可是在她心里却在思忖着，怎样把这一情况在村子里散布开来。

"听说马尔奇哈生孩子了，你知道吗？"

"这不算什么新闻，她每年都会生孩子的。"

"这女人就像头野牛，不生孩子就会死。"雅古斯丁卡本想再说下去，但别的女人阻止了她，她说："你们用不着害怕，现在的姑娘们知道的东西，比我要说的多得多。如今的孩子可和从前的大不一样了，要是你现在对一个放鹅的孩子说，婴儿是鹳鸟送来的，那他准会当面笑你。"

"你放牧时的所作所为，大家都记得很清楚。"年老的瓦夫卓诺娃严肃地说道，"虽然我没有亲眼看见，但你在牧场上的传闻，我是忘不了的。"

"既然你忘不了，那你就记着好了！"雅古斯丁卡气鼓鼓地嚷道。

"那时我已经嫁人了，是嫁给马特乌什……啊，不，是米哈乌……

137

瓦夫卓是我的第三个丈夫……"她嘟哝道,她对这些事的准确时间记不大清楚了。

这时候,马特乌什的妹妹纳斯特卡上气不接下气地跑了进来,大声喊道:"你们真待得住!出事了,你们知道吗?"

大家的眼睛都望着她,她也朝四周望了一眼。大家问她出了什么事。

"磨坊里的马给人偷走了!"

"什么时候?"

"念三遍祈祷文之前,是杨介尔刚刚告诉马特乌什的!"

"杨介尔总是很快就知道了,也许事情发生前他就知道了。"

"这样大的马都被偷走了!"

"是从马厩里偷走的。雇工去磨坊取饲料了,等他回来一看,马厩空了,马鞍也不见了,狗也被毒死了,嘿!"

"冬天快来了,许多奇怪的事情都会发生。"

"因为对那些窃贼没有任何的惩罚。相反地,还有许多优惠,只把他们关进牢里,还给他们吃的,牢里暖暖和和的,还能从同行那里学到许多技巧,等到出狱后,他们倒成了更娴熟的窃贼,因为他们学到了很多本事。"

"如果有人偷了我的马,被我抓住了,我会就地像对待疯狗那样把他打死!"一个雇工高声说道。

"每个人都会这样做的,只有傻瓜才会去寻求什么公道。无论是谁,只要他有能力,他就会自己惩处盗贼。"

"要是把这样的窃贼抓住,大家一哄而上把他打死了,这些人是不会受到处罚的,因为法不责众。"

"我记得,我们这里就发生过这样的事情……那时候我已经嫁了第二个丈夫……啊,不,让我再想想,那时候,马特乌什还活着……"

瓦夫卓太太说道。

她的话被打断了，因为波利那走进了屋里。

"大家聊得真热闹呀，池塘对面都能听见。"他心情很好，脱下帽子后，便一一向大家打招呼。他满脸通红，像红菜头似的，可能是喝多了。他一反往常的习惯，脱掉了外衣的纽扣，话多了，声音也很响亮。他本想坐在雅格娜旁边，可是在众目睽睽之下，他这样做是不行的，因为他们的婚事还没有定下来。他只能远远地望着她……她今天如此美丽，打扮得如此漂亮，还特意围上了他送给她的头巾。

过了一会儿，维特克和古巴抬来了大板凳，放在火炉前。尤什卡用一块干净的桌布把它蒙上，开始摆上吃喝用的盘子和用具。

波利那从储藏室拿出一个大酒瓶，里面装有满满一瓶的烧酒，他走到每个人的身边，给他们斟酒，和他们干杯。

但姑娘们却装模作样地朝后退去，有个雇工便大声说："哪有猫不喜欢牛奶的？她们不过是在假装斯文罢了，还是请她们喝吧！"

"你以为大家都像你，成天泡在杨介尔的酒馆里，真没出息！"

她们不再躲闪，纷纷举起杯来。她们喝酒的时候转过脸去，用一只手遮住，喝到最后，便把剩下的几滴酒倒在地上，还做起鬼脸来，称赞道："这酒真厉害！"最后把酒杯交回给了波利那。

只有雅格娜一人没有喝，无论波利那怎样请她，劝她，她都不喝。

"我从来没有尝过伏特加的味道，也不想尝。"

敬过酒后，波利那便邀请大家入座："亲爱的朋友们，请大家坐下，我们准备了一点吃的，就请大家尝尝吧！"

出于礼貌，他们客气了一番，然后坐了下来慢慢用餐，大家还边吃边交谈着。

菜盘上空热气腾腾，烟雾袅袅，像云一样把整个菜肴都盖住了。

139

菜肴十分美味可口，令大家称赞不已。有土豆煮肉汤、肉煮麦片、洋白菜煮豌豆，主人们热情地招待大家，波利那不仅嘴上客套，而且殷勤得几近在强迫别人吃喝。

维特克把干燥的木柴加到火炉里，木柴发出欢快的爆裂声。古巴又把一堆洋白菜搬了进来，堆成了一堆，还贪婪地闻着桌上菜肴的香味，叹着气："我都能吃下半头牛和两盘燕麦片……可是这些家伙都像饿马那样大吃大嚼，到最后恐怕连根骨头都留不下了。"古巴心里嘀咕着，把腰带束紧，因为他的肚子已饿得咕咕叫了。

晚餐很快就结束了，大家纷纷站了起来向主人表示感谢："愿上帝保佑你健康！"

接着，出现了一阵骚动：有的人走出门外透透空气，活动活动手脚。有的人在仰望天空，看看有没有放晴。雇工们都站在门廊里，和姑娘们调情。

古巴正端着一盘饭菜，坐在门槛上，狼吞虎咽地大吃起来，对于一旁老狗瓦帕的哀求，他根本没有留意。瓦帕觉得此处毫无希望，便朝走廊那边客人带来的狗群中走去，这些狗正在啃尤什卡扔给它们的骨头。

正当大伙儿休息完了回来干活的时候，罗赫突然出现了，他站在门口向大家问候："赞美耶稣基督！"

"永生永世！"大家齐声回答。

"要等盘子里还有吃的时候来才好……可是你来晚了，不过还是有你吃的。"波利那边说边把一张小桌子给他推到了火炉前。

"尤什卡，给我点牛奶和面包就够了。"

"还留有一些肉哩！"汉卡小声地说道。

"啊，不用了，我是从不吃肉的。"

一开始大家都不说话，都以友好而好奇的眼神望着他，等到他坐下吃饭时，大家又开始说笑了。

只有雅格娜默不作声。她一直惊讶地望着这个流浪汉，她很好奇，就是这样一个和别人并无不同的老人，怎么能到过耶稣墓，跑遍半个世界，见过那么多的奇迹？

"他所认识的那个世界是什么样子的呢？要怎么走才能到达那里呢？可是我的周围只有村庄、田地、森林。再往前走，也还是村庄、田地和森林，也许得走好几百里路，或者要走一千多里路。"她就这么想着，沉浸在这个问题之中，她很想去问问，但怎么向他开口呢？也许他还会笑话她的。

刚从军队里退伍回来的拉法尔的儿子，拿来了一把小提琴，调好了琴弦后便开始拉起各种曲子来。

房子里立即安静了下来，只能听到雨打玻璃的沙沙声和屋外的狗吠声。他不停地拉着，一曲接着一曲，曲调越来越新颖。弓和弦在他娴熟的操弄下，旋律仿佛是自己涌现了出来似的。开始，他专为罗赫拉起了宗教歌曲，老人一直目不转睛地望着他。接着，便是世俗歌曲，各种各样，比如《雅西去打仗》这样的歌曲，这是姑娘们常常在地里唱的。他把这首歌演奏得无比凄惨，让听的人都感到不寒而栗，使有些人——比如对音乐特别敏感的雅格娜——一听到这种曲调，便止不住泪泪流下泪水。

"别拉了，雅格娜都被你拉哭了！"纳斯特卡喊叫道。

"不，没关系……反正我一听到音乐，便止不住要流泪。"雅格娜用围巾蒙住脸，轻声说道。

她想止住泪水，却无法做到。她的泪水来自她内心深处的一种难以名状的渴望，到底渴望什么，她自己也说不出来。

但是，小伙子并没有停止演奏，不过现在拉的尽是欢快的玛祖卡舞曲和奥别列克舞曲。姑娘们坐不住了，她们不停地抖动着自己的膝

141

盖,摆动着自己的双肩;小伙子们伴随着音乐,蹬着脚,唱着歌。整个房间里喊叫声和欢笑声融成一片,连窗玻璃都被震得跳动起来。

突然间,过道里传来一声凄厉的狗吠声,房间里顿时变得鸦雀无声。

"出什么事了?"

罗赫忽地冲了出去,险些把切菜机都掀倒了。

"没什么大不了的事情,有个孩子把狗夹在门缝里了,狗就这么叫了起来。"安特克朝过道望了一眼,大声说道。

"这一定是维特克干的。"波利那说道。

"不会的,维特克绝不会去欺负一条狗的!"尤什卡热情地为维特克辩护。

罗赫回来了,很是气愤,他把狗放开了,此时已能听到篱笆那边的狗吠声。

"狗也是上帝的创造物,它像人一样,会感受到虐待的痛苦的。天主耶稣也养了一条狗,绝不让任何人欺负它!"他激动地说道。

"天主耶稣也会像普通人那样养狗吗?"雅古斯丁卡怀疑地问道。

"是真的,它就叫布雷克。"

"唉……嗬……竟有这样的事!"大家都惊讶不已。

罗赫沉默了一会儿,才抬起头来,他额上的头发剪得短短的,背后却是留得长长的白头发。他的眼球仿佛被泪水洗涤过似的,一动不动地凝视着炉火。随后,他拨动着手中的念珠,开口娓娓道来:

那是在很久以前,当天主耶稣还在这人世间行走、执掌着世界权力之时,便发生了我要向你们讲述的这件事情。

有一次,耶稣要去姆斯托夫参加一个宗教节日,那里没有可走的大路,只有穿过荒凉沙原的小径。炙热的太阳照射在沙土上,周围没有一处可供遮阴的地方，天气热得就像暴风雨即将来临一样……

天主耶稣耐心地朝前走去，到森林还有一段长路要走，可是他的双脚却因长途跋涉而有些麻木了。他又渴得要命，不得不在小丘上坐下来休息，尽管那里热得更厉害，只长有一些绣球，其阴影连小鸟都遮不住。

天主一坐下来，就感到呼吸困难，因为恶魔像只凶猛的老鹰扑向小鸟那样扑向了他。它用蹄子搅起黄沙，像牲口一样打滚儿，掀起的尘土遮天蔽日——黑暗淹没了整个天地。

尽管天主耶稣呼吸困难，无法活动，但他依然站了起来，继续前进。那恶魔想使他迷路，不让他参加当地的拯救罪人的节日盛会。对于恶魔的丑恶行径，天主都加以嘲笑，嗤之以鼻……

天主耶稣走啊……走啊……一直走到了森林……

他坐在树荫下休息，喝了点水，吃了点袋里的食物。随后他折了根树枝当拐杖，画了个十字，便走进了森林。

森林古老而稠密，到处是沼泽水洼，里面杂草丛生、灌木密布，连飞鸟都飞不过去，很显然，恶魔就住在这森林深处。天主进入了森林，恶魔便开始摇动树木，狂呼乱叫，大风也前来助纣为虐，使他能借助风力。恶魔折断树枝，吹倒橡树，把树干一劈为二，像疯子一样奔走呼号。

天全黑了，黑得伸手不见五指。而在天主的周围，这里是大声呼号，那边是噼啪声响，前面是群魔乱舞，后面是鬼哭狼嚎。恶魔凶相毕露，圆睁双眼，想要伸出恶爪去抓天主，但它不敢那样做，因为天主有圣体护身。

因为天主要赶去参加宗教盛会，对于这些妖魔鬼怪的阻挠深感厌恶，便冲着它们画起了十字，这些妖魔鬼怪便立即销声匿迹了。

它们只留下了一条野狗,而在那个时候,狗还没有成为人类的朋友。

这条野狗没有逃走,而是紧跟在天主的身后,它朝他吠叫,咬他的脚后跟,拉他的长袍后摆,抓他的袋子,想吃它里面的肉食。但是天主耶稣是仁慈的,他不愿伤害任何的创造物,只是用木棍把它赶开了,并不会去打它。他对狗说道:

"笨家伙,你饿了,这是给你吃的肉!"他从袋子里掏出一块肉扔给了它。

可是这野狗不仅不感激,反而朝他龇牙咧嘴,大声吠叫,蹿上前来,咬住了他的长袜子,把它撕破了。

"我给你吃的了,并没有伤害你,你却撕破了我的袜子,对我狂吠乱叫。你真笨,我的小狗,你竟不认识你的天主,还做出这样的事来。因此,从今以后,你就要成为人类的仆役,离开了人类你就会无法生活!"天主说这话时说得很响,野狗便乖乖地坐下了,然后,野狗夹起了尾巴,转身离开了。

天主便去参加宗教节日了。

参加节日盛会的人,不可胜数,有如森林中的树木或草场上的青草。

教堂里面却空无一人,人们都在酒馆里狂欢滥饮。修道院前面有一个大市场,人们在酗酒,寻欢作乐,干出了一些冒犯天主的罪过,就像我们现在经常发生的一样。

天主做完晚祷之后走出了教堂,他看到这里的人们似乎受到了某种惊吓,乱成一团,有如被大风吹起的麦子。他们东奔西跑,有的挥舞着鞭子,有的拔起篱笆上的木桩,有的在寻找石头,妇女们在乱喊乱叫,慌忙地躲在篱笆墙后面或者爬进车里,孩子们也哭叫不停。

大家都在喊:"一条疯狗!一条疯狗!"

这条狗蹿过慌乱的人给它让出的一条通道,直朝天主耶稣冲了过去,还伸着舌头。

我们的天主并不怕它……他认出它就是树林中的那条狗,他脱下他的那件道袍,对狗说话,这条狗便立即停住不跑了。

"到我这儿来,布雷克。你在我身边要比在树林里更安全。"

他把道袍盖在了狗身上,把双手按在狗背上,说道:"你们不要杀它,它同样是上帝的创造物,它很可怜,经常是饥不果腹,遭到追杀,没有人收留它做它的主人。"

但是,农民们还是在大声嚷嚷,有的还用木棍敲着地面,七嘴八舌地说道:"这是条野狗,一条疯狗,它叼走了我们不少的羊和鹅,还不断地进行破坏,它也不尊重人,还胡乱咬人。谁若是不拿木棍,谁就不敢出门,安全就得不到保障,所以,非把它杀掉不可!"

他们想强行把这条狗从天主道袍下面拉走,并把它弄死。

但是,天主耶稣发火了,怒道:"谁都不许动它!你们这些酒鬼、恶棍!你们怕狗,难道就不怕上帝吗?"

天主用威严的口吻说出这些话,农民们吓得退让回去,于是天主又继续说道:"你们这些恶棍,原本是来参加节日盛会的,却跑到酒馆里去狂喝滥饮,你们这是在亵渎上帝,而且还毫不悔过,你们是罪孽深重的人,是互相残害的人。你们是窃贼,是不信神的人,你们一定会受到上帝的惩罚!"

天主一说完,便拿起木棍准备离开……

这时候,大家认出了他是谁了,便纷纷跪在他的面前,大家都痛哭流泪地哀求他道:

"主啊,你就留下吧,和我们在一起!天主耶稣啊,请你留下吧!我们会像这条狗一样,永远忠实于你!我们是酒鬼,是不信神的人,我们是有罪的人……你可以打我们,惩罚我们,但是你还是要留下来!"他们哭着,恳求着,吻着他的双手,抱着他的双膝。他们的诚恳,把天主的心都软化了。他留下来和他们一起做祷告,听他们忏悔,赦免他们的罪过,对他们进行宣谕,并向大家祝福。

等到最后他要离开的时候,他又说道:

"狗曾伤害过你们,那就让它终生为你们效劳,做你们的奴仆,为你看护羊群和鹅群。如果你们之中有人睡着了,它就是你们财产的守护者,同时也是你们的朋友!不过,你们也不要虐待它,要好好对待它。"

天主走出了一段路,回头一看,狗还坐在原地不动,就在他刚才为它辩护的那个地方。

"布雷克,你是和我一起走,还是留在这里继续干你的蠢事呢?"

狗站了起来,便一直跟在天主的后面,它是如此安静,如此警觉和如此忠心耿耿,就像一个最好的仆人一样。

从此以后,耶稣和狗便在一起行走江湖了。他们穿林海,渡湖水,走遍世界。

有时,他们遇到了饥荒,狗便会捉来一只小鸟,或者一只小鹅,抑或是一只小羊,以供他们充饥。

每逢天主耶稣劳累休息之时,狗便负起了守卫之职,为他驱赶坏人和猛兽,不让他受到伤害。

当可恶的犹太人和残酷的法利赛人要处死天主的时候,这条忠心的狗布雷克便向他们猛扑过去,撕咬他们,用利牙来保护天主。

在天主受苦受难的那棵树下,他对布雷克说:"你救不了我,但是他们会受到良心的折磨。……"

当天主耶稣被挂在十字架上,布雷克便一直坐在旁边狂吠不停。

第二天,当所有的人都走掉了,包括圣徒们都不在了,只有布雷克还留在那里。

布雷克几次三番地去舔耶稣被钉子钉穿的双脚洞孔,还不停地哀号吠叫……

到了第三天,耶稣从昏迷中苏醒过来,他看到十字架下已空无一人,只有布雷克在悲哀地吠叫,在舔他的双脚。

于是我们的天主,我们最神圣的耶稣基督,在他最后的时刻,还慈爱地望着布雷克,用他最后一口气说道:"和我一起走吧,布雷克!"

狗就在这时候咽下了最后一口气,随着耶稣一起离世了。

阿门!

"亲爱的人们,事情的经过就和我说过的一模一样!"罗赫高兴地说道。他一说完便画了个十字,朝另一个方向走去,汉卡在那边的房间里给他安排好了睡觉的地方,因为他确实很累。

大房间里一片寂静,大家都沉浸在这个神奇的故事里。雅格娜、尤什卡和纳斯特卡等几位姑娘,还偷偷把眼泪抹掉,因为天主的命运、布雷克的遭遇,把她们感动得流下了眼泪。在这个世界上,一条野狗竟表现得比人类还要好,对耶稣更加忠诚,这让他们深感惭愧,也让大家反思了许多问题。于是,他们开始小声地,对上帝的这一安排发表了各种不同的意见。

一直在全神贯注听的雅古斯丁卡，突然抬起头来，带着冷笑的口气说道：

"胡扯，胡扯！就像男人在摘李子，一个两个那样无聊，我来给你们讲一个更动听的故事，讲一个人是怎么样有了犍牛的：

> 上帝创造了一头公牛，
> 于是就有了公牛。
> 农民拿起了一把利刃，
> 把它下面的东西割掉，
> 便创造出了一头犍牛，
> 于是就有了犍牛！

"我讲的这个故事，和罗赫讲的一样真实。"她开始大笑起来。

大家都被她逗乐了，于是整个房间都充满了笑声欢语、打趣儿逗乐和各种各样的小故事。

"雅古斯丁卡真是无事不通呀！"

"她嫁了三个老公，学会的可多啦……"

"是的，第一个老公早晨用鞭子教她，第二个老公用皮鞭教她，第三个常常在晚上用木棍教她！"拉法尔大声嚷道。

"我也许还要嫁第四个老公哩，但绝不会嫁给你，你那样又傻又笨，像犹太人一样吝啬，哪里配得上我。"

"就像天主的狗一样，女人也离不开鞭打……雅古斯丁卡这样恶毒……"有个男人插口说。

"你这个笨蛋，小心被别人看见你把你老爹的麦子偷偷拿到杨介尔的酒馆去。寡妇的事你少掺和，不是你能应付得了的！"雅古斯丁卡气鼓鼓地骂道。大家都一声不吭了，因为大家都怕她一发怒就会把他们的老底都揭开来,而她也确实知道许多事情。

这个老太婆生性固执,从不畏惧,她说出的话常常会让男人起鸡皮疙瘩,毛发倒竖。她甚至连神父和教会都不放在眼里。神父不止一次地告诫过她,要她不要惹是生非,可是毫无效果,她反而在村里公开宣称:

"没有神父,我们人人都能和上帝直接相通。他要是行为端正,就该管好他的女管家,她已经是第三次怀孕了,不知将来又会把孩子丢到哪里去。"

雅古斯丁卡就是这么个人。

就在大家都要散去的时候,村长和乡长进来了,他们来通知农民们,明天去修理磨坊旁边那条被大雨冲坏了的大路。

乡长是先进来的,他一进来便伸开双手,大声说道:"你这个老家伙把村里最漂亮的姑娘们都叫来啦!"

的确如此。来的都是地地道道农民的女儿,家里都有一定的田产……

波利那可以说是村里的首富,只要他一声招呼,村里的女佣、长工和穷人都会一拥而至。

乡长和波利那密谈了一会儿,他们的声音很轻,说了些什么大家都未听见。乡长和姑娘们说了几句玩笑话,便立即出去了,因为他还要去通知其他村子明天修路的事情。夜已深了,大家开始和主人告别。洋白菜也收拾得差不多了。

波利那向每一个人道谢、告别,还替年纪大的女人开门,说些好话……

雅古斯丁卡告别时大声说道:"感谢你的盛情款待,上帝会祝福你的。不过,还不能说很完美……"

"是吗?"

"你缺少一个女主人,马捷伊,没有女主人家里怎么能有条有理呢?"

"那有什么办法呢,我的朋友?上帝的安排,我的妻子死了……"

"村里的姑娘还少吗!每逢星期四,大家都翘首以望,等着你向哪个姑娘去求婚呢?"她狡猾地望着波利那的眼睛,想探探他的口风,但是波利那只是笑了笑,摸了摸脑袋,视线却不由自主地落在雅格娜身上,她正朝大门走来。

安特克也正等着她出来,他赶忙穿好衣服,便先出去了。

雅格娜只有一个人回家,因为其他的人都住在磨坊的那一头。

"雅格娜!"安特克突然从篱笆的阴影处闪将出来,低声叫道。

她站住了,听出是安特克的声音,顿时心情激动万分。

"我送你回去,雅格娜!"他环视了一下,夜很黑,天上没有星星,狂风呼啸,从树顶上掠过。

他紧紧搂着她的腰,相互依偎得很紧,一同消失在黑暗之中。

第八章

第二天，有关波利那和雅格娜订婚的消息便传遍整个利普查村了。

乡长是媒人，而乡长曾严厉嘱咐他的妻子，在他回来之前绝不许透露丝毫消息。她一直等到了傍晚，后来她借机到邻居家去借盐，临走的时候，她没有坚守住，便把她的好朋友拉到一旁，低声说："我告诉你，波利那已派人去向雅格娜求婚了！不过，你不要告诉别人，我老公再三叮嘱我的。"

"绝不会的，我怎么会去散布这样的消息呢？都这么大年纪了，还要去娶第三个老婆……他的儿女会怎么说呢？这是什么世道呀？什么世道？"邻居有点吃惊地回应道。

乡长夫人前脚刚走，这个女人便立即披了件衣服，急忙穿过果园来到了克温布家，借口向他家借把刷子来刷东西。

"你们听到了没有？波利那要和雅格娜结婚了，不过现在才派人去提亲。"

"不会吧！你是在说奇谈吧！怎么可能呢？孩子都成人啦，他本人的岁数也不小了。"

"的确不小……不过他们也不会拒绝他的……不会拒绝这样一个富

翁,一个真正的农民!"

"可是这个雅格娜,大家都知道,她不守本分,和男人乱搞,而且还不止一个……现在居然要当本村首富的主妇,这个世界上还有什么公道吗?而且,村里还没有结婚的姑娘有的是,比如我的妹妹们。"

"还有我的寡嫂……还有科普热夫家的女儿们!以及别的姑娘们!难道她们就不是地道的农民的女儿,就不优秀、正派吗?你说是不是?"

"她一定会高兴死了,她会像孔雀那样翘起尾巴、招摇过市哩!"

"这会受到天谴的……铁匠和其他孩子都不会容忍她这个后母的,肯定不会!"

"他们管不着!土地是老头子的,他就能按照自己的意志做事,爱怎么做就怎么做。"

"根据法律,确是如此。但是按照道义来说,孩子们也有份儿。"

"嘿,我的老朋友,所谓道义,那也是谁的权力大谁就说了算!"

她们就这样议论着,抱怨和咒骂着这个人世,以及这个世道上的一切事情,随后她们便分开了,消息便不胫而走,传遍全村了。

要干的活不多,也不十分紧张,而且雨水不断、道路泥泞,于是人们都待在家里。他们都在议论这桩婚事,整个村子的人都充满了好奇心,对其结局都很感兴趣,而结论却各不相同。因为大家都知道,波利那十分固执,他一旦拿定了主意就绝不会改变,就连神父也劝说不动。他们也知道安特克的秉性,不会退让。

甚至那些在磨坊后面修路的人,也因为谈论这件事情而停下了手中的工作。

大家议论纷纷,人人各执一词,最后由聪明而受人尊敬的老克温布做出严正的判断:"你们注意,全村的风气会因此事而变坏。"

"家里多了一张嘴吃饭,安特克是绝不会答应的!"有人说。

"你真傻,多供养一个人,这是小事,财产的分配才是大事,现在要由五个人来继承分配了!"

"那一定会签下婚姻财产授予的文书。"

"多米尼科娃也不笨,她会把一切都安排得好好的。"

"她是个母亲,即便是条母狗,也会保护它的小狗的。"克温布说道。

"她坐在教堂里,就像犹太人一样吝惜钱财。"

"不要随便去责怪别人,会烂舌头的。"

整个下午,村里的人都在谈论这件事情。这毫不奇怪,因为波利那家族是村里世代相传的正宗农民,其祖宗都是有田有地的农民。马捷伊虽然没有担任什么官职,却是一族之长,拥有世世代代传承下来的祖先的土地,成了村里的首富。他精明能干,有智慧,有魄力,又拥有财产。不管你愿意不愿意,大家都得尊重他,听从他的意见。

关于订婚这件事,他的子女都还不知道,连铁匠都不敢告诉。大家知道,这消息会引起他们的极大愤怒,甚至会把传递消息的人痛打一顿。

这个时候,波利那的家里却是静悄悄的,甚至比往日还要安静。因为从早上起,雨就停了,天空也晴朗了,吃过早饭后,安特克便和古巴以及女人们一起到森林中去拾些干燥的柴火,看看能否收集到一些松针。

波利那独自留在了家里。从清晨开始,他就心情不好,烦躁得要命,一直在找机会来发泄心中的不快和不安。他把维特克狠揍了一顿,责怪后者没有在母牛身底下换上干草,致使母牛躺在牛粪上过了整整一夜。他和安特克吵了一架,还骂了汉卡一顿,因为她的孩子在屋外的泥泞地里玩耍,弄得全身脏兮兮的。他甚至怪罪尤什卡的动作太慢,马匹正等着她呢。

当家里只剩下波利那和雅古斯丁卡的时候，他竟不知道自己该干什么好了。雅古斯丁卡昨晚就留在这里过夜，因为要她照料牲口。波利那一直在回忆雅姆布罗兹所说的多米尼科娃接待他的情况，以及雅格娜说的一些话，尽管雅姆布罗兹和他关系不错，但他不敢完全相信这个老头子，怕他一杯酒下肚便编出一篇谎话来。他在房间里走来走去，时时走到窗前去眺望大路，或者站在台阶上，不安地朝雅格娜家那边看来看去。他焦虑地等待着黄昏的到来，就像乞丐等待施舍一样。

若不是雅古斯丁卡的眼睛老是盯着他不放，波利那早就跑到乡长家去上百次了，他是想催促乡长早些去提亲。雅古斯丁卡的这双眼睛半睁半闭，露出了讥讽和嘲笑的目光。

"这个女巫，眼神就像锥子一样刺人！"他暗忖道。

雅古斯丁卡在房间和过道里走来走去，腋下夹着一根线锤，查看着各种东西。她把纺车摇得呜呜响地转动着，继而又拿起线团，去查看鹅、猪和牛栏，瓦帕跟在她后面，一副懒洋洋无精打采的样子。她很清楚是什么在困扰着波利那，但却一句话也不和他说，反而催促他到墙边去打木桩，好给房子的外墙增厚保暖。

她多次在他面前站住不走，最后才开口说道："你今天干起活来一副无精打采的样子。"

"干不下去，真他妈的，干不了啊。"

"要出事了，我的耶稣，要出事了！"她心里想道，"老头子要娶老婆，那是对的，对极了。如果他不结婚，他的儿女也会照顾他，就像我的儿女照顾我这样。我把十垧地全给了他们，结果却落到这个地步！"她愤怒地吐了口吐沫，"现在，我不得不住在别人的房子里，靠打工来生活。"

老头子终于坚持不下去了，把斧子一摔，大喊一声："去你娘的！"

"你有什么烦心的事吧?"

"是啊,是!"

雅古斯丁卡在墙边坐了下来,抽出一根长线,缠绕在纺锤上,随后不无胆怯地低声说:"其实你用不着担心、害怕。"

"你知道什么?"

"你不用担心。多米尼科娃很精明,雅格娜也有她自个儿的想法。"

"这是你说的!"波利那高兴地叫道,立即坐在她的旁边。

"我看得出来,我有眼睛。"

他们沉默良久,都在等待对方先开口。

"婚礼那天,你得请我啊。我会给你们唱一首婚庆歌,会叫你十个月之后再举行洗礼。"她开始是以调侃的口气说这话的,但一看到对方愁容满脸,便一本正经地说道,"你做得对,马捷伊,你做得好。若是我那个一死,我就去找个男人,今天也就不会去当用人了,绝不会的……我真傻,我太相信我的子女了,以为他们会赡养我的,我把全部田产都转给了他们,可是现在呢?"

"我一分地也不给!"他坚决地说道。

"是啊,你这样说,证明你很有头脑!我就不得不为这件事打官司,从这个法院打到另一个法院,我手上的几个钱都被这官司花光了,却没有买到什么公平!到老了还得去打工,去当用人。星期天我到他们家去,只不过想再一次看看那处老房子,看看我亲手种树的果园,我的儿媳妇竟不给我好脸色,说我是去窥探她!我亲爱的耶稣,我被气得都要倒下了!我去窥探!我是去看我自己的地产!我跑去见神父,想求他在讲台上对这种恶行进行公开的训斥,可是神父却对我说:'主会补偿你所受到的屈辱!'是啊,是啊,对于一个一无所有的人来说,天主的圣恩也是求不来的。可是我更需要的是能耕种自己的土地,住在温暖的房间里,盖上羽绒被子,能吃得好,生活得快乐……"

她一直在对世上的各种事情大发牢骚,而且言辞越来越偏激。因为黄昏即将来临,波利那便把雅古斯丁卡扔下,自己匆匆赶去乡长家了。

"你该出发了吧?"

"等两分钟,西蒙马上就要到了。"

西蒙一到,他们就一起朝酒馆走去,他们要在那里喝一杯,再买上一瓶求婚用的白酒。先到的雅姆布罗兹和他们会合后,也喝上了,但是他们不能喝得太多太久,心急的波利那不停地催促他们快走。

"我就在这里等你们,如果她们喝了回敬酒,你们就把她们都带到这儿来,要快点带过来!"他在他们身后大声叫道。

他们在大路中间快步前行,以致泥水四溅。黄昏越发浓重了,大地被灰色的雾网所笼罩,整个村庄都消失在灰雾之中,只是在有些地方,农舍里的灯光在黑暗中闪耀,只能听到从各个院落里传来的狗吠声,晚饭时的情景均是如此。

"伙伴们!"过了一会儿,乡长叫道。

"什么事?"

"我想,波利那一定会举行一场热闹的婚礼。"

"也许会吧!"对方不爱说话,只是应付了一句。

"一定会的。乡长对你们说的,你们就要相信。我可以向你们保证……我一定要把他们撮合成一对,哈哈!"

"要是母马看不上公马,母马就会难对付。"

"那就不是我们的事情了。"

"这样一来……他的子女一定会咒骂我们的。"

"你们放心,乡长向你们保证。"

他们进入了多米尼科娃的农舍。

房间里已是灯火通明,干净整洁,显然是在期待他们的到来。

前来提亲的人进门就说"赞美上帝",并一一和大家打过招呼,便在靠近火炉的小桌旁坐下,开始天南地北地聊了起来。

"天气冷了,好像霜冻快来了。"乡长一边烤着手一边说道。

"因为这不是春天,就是有霜冻也不会觉得奇怪!"

"你们的洋白菜都收完了吗?"

"地里还留下一点点,现在也没法去收。"多米尼科娃平静地回答道,眼睛盯着正在窗前理着一团麻线的雅格娜。她今天真是漂亮极了,壮年的乡长也不由用贪婪的眼神多望了她几眼,最后他说道:"道路泥泞难走,夜风又冷又潮……我和西蒙顺道来到你家歇歇,承蒙你们友好相迎,好言相待,或许我们能促成一桩好事,大娘……"

"在这个世界上总有一些事可以达成的,只是需要找到……"

"大娘,你说得对。不过,无须我们去寻找,你家里就有最好的。"

"是吗?那我们就来商量商量吧!"她高兴地大声道。

"现在我们就来谈谈,比如说,你们家那头小母牛的价值如何。"

"啊,啊,那可是贵得很呢!随便用根绳子是拉不走的!"

"我们带来的是根坚实的绳子,即使是龙也拉不断……大娘,说说,聘礼多少?"说着,便从口袋里拿出了一瓶白酒。

"多少聘礼,真不好说。她年轻,才刚过十九个春天,性情好,又勤劳,她还可以在母亲身边待上一两年呢……"

"留在你身边是不会下崽的……"

"要是别的姑娘留在母亲身边,说不定就能生孩子的。"西蒙轻声说道。

乡长哈哈大笑起来。多米尼科娃的眼里立即露出凶光,回答道:"你们就去找别的姑娘好了,我家的女儿可以再等一等!"

"也许她可以等,但我们却找不到比她更漂亮更优秀的姑娘来了!"

"你们说说怎么好?!"

"跟你说话的人是个乡长，要相信我说的话！"他拿出一个酒杯来，用外套的下摆擦了擦，给杯子斟满白酒后郑重地说，"请你好好听着，多米尼科娃，我说的话很重要。我是个当官的，我的话不像那些小鸟一样，叽叽喳喳叫一阵便飞得不见踪影了。西蒙也一样，大家都知道他不是什么流浪汉，而是个有田有地的农民，是孩子们的父亲，还是个村长……你好好想想，到你家来的是些什么样的人，他们又是为了什么事才来的！"

"我知道，彼得，我在认真考虑呢！"

"你是个聪明的女人，这里你很清楚，雅格娜迟早都要有自己的家，这是天主耶稣规定了的。父母养育子女，并不是为了自己，而是为了公众社会。啊，大娘，这是实情，一点不错！你爱着她，你护着她，可是你还得把她嫁人，让男人把她弄走……人生就是这样安排的，无法改变。大娘，让我们来喝了这杯酒，好不好？"

"我做不了这个主，我不能强迫她。雅格娜，你愿意喝这杯酒吗？"

"我……我不知道……"她支吾地说道，把一张通红的脸转向窗外。"她是个听话的姑娘，就像温顺的小牛吸吮母牛的奶一样。"

村长西蒙严肃地加了一句："大娘，主意由你拿！"

"这杯酒愿意喝下！不过你们还没有说出提亲的人是谁。"她回答说。按照规矩，她先得知道，来求亲的人是谁。

"还会有谁？就是波利那自己！"乡长举起了酒杯，大声说道。

"唉呀呀！他太老了，而且又是个鳏夫！"她照例要反对一下。

"什么，他太老了，你这是在亵渎上帝，你说他老，前不久法院还审他那私生子的案子呢！"

"当然，那孩子和他无关。"

"怎么样？村里首屈一指的农民配得上最美的姑娘！喝吧！大娘。"

"喝我倒是愿意喝，就是他是个鳏夫，而且年纪又这么大了，说不定哪一天他过世了，后果就不堪设想了，他的子女定会把雅格娜轰出来的。"

"马捷伊说过，一定会立一个授予财产的文书。"村长西蒙插话道。

"一定要在婚礼之前就立好。"

媒人们沉默了一会儿。乡长又倒满了一杯酒，端着酒杯走向雅格娜。

"喝吧，雅格娜，喝吧！给你提亲的这个男人，强壮得像棵橡树一样。你成了他的太太，成了他家业的掌管人，也就成了全村响当当的人物。雅格娜，来，干一杯，用不着害羞……"

她迟疑不决，满脸羞红，反身过去，面对着墙，最后她用围巾遮住脸，浅浅地饮了一口，便将酒洒到地上了。

随后，酒杯便在大家手中传了一个来回，雅格娜母亲也端出了面包、盐和香肠。

随后，他们又接连喝了好几杯酒，以至于眼睛发亮、舌头没了遮拦。雅格娜躲进了她的闺房，连她自己也不清楚为什么会哭，透过墙壁都能听到她的抽泣声。

她母亲本想跑进去，却被乡长拦下了。

"小牛离开母牛时总是要掉眼泪的……这是最常有的事情。她不是嫁到外地，也不是嫁到外村，就在本村，你们可以经常见面。她不会遭到虐待，这话是乡长我对你说的，你应该相信。"

"我知道……不过我总是想有个外孙来安慰我这个老太婆……"

"你不用担心，来年秋收还没有开始，你就有了第一个外孙了。"

"未来的事情，只有天主耶稣知道，不是我们这样的罪人所能知道的。来，再喝几杯……说真的，我的心里很沉重，就像参加葬礼似的……"

"这不奇怪，她是你唯一的女儿，你为她感到难过这很正常。好了，快点把酒喝完。现在，大家都请到酒馆去，你们知道，我带来的白酒已经喝完了，但未来的新郎却在酒馆里等得很焦急呢！"

"我们是要在酒馆里举行订婚仪式吗？"

"按照我们祖宗的传统，都是这样做的，这是我乡长说过了的。"

雅格娜和她母亲立即换上了节日的盛装，大家便一同出来了。乡长注意到她的两个弟弟脸上露出失落的情绪，都在不安地望着他们的母亲，便开口说道："噢，难道要让小伙子们留在家里吗？今天是他们姐姐订婚的大喜日子，他们也应该乐乐才对。"

"也不能把这个家交给老天爷去照看。"

"那就把阿加塔从克温布家叫过来看家好啦。"

"阿加塔出去要饭了，我们会在路上找到别人的。安德烈和西蒙，快去穿上你们的外袍！难道你们就穿着这身破旧的衣服去参加姐姐的订婚仪式？不过你们两人当中有一个不能喝醉，而且还要记住，要给母牛喂食料，要把喂猪的土豆捣烂，你们可要记住。"

"记住了，妈妈，记住了！"兄弟二人惊慌地答道。他们虽然长得像田埂上的小梨树一样高大，但却很怕母亲，因为她将他们管得很严，有时还会打骂，他们不能不听从母亲的号令。

他们便一起到酒馆去了。

夜色深沉昏黑，就像往常多雨的秋夜一样。风在头顶上呼啸，把树顶上的枝叶吹得摇曳不停，都快打到篱笆了。池塘的水也被掀起高大的波浪，泄出堤外，有时还打在行人的脸上。

酒馆里一片昏暗的景象。窗子上有块玻璃破裂了，寒风阵阵吹来，把用绳子吊在柜台上面的小灯吹得摇来摇去的，恰像一朵金花。

波利那急忙跑上前来欢迎他们，并和他们热烈拥抱亲吻。他心里十分高兴，看出雅格娜已是他的人了。

"天主怕你寂寞，给你送女人来了，好了，你就不会孤独了。阿门！"雅姆布罗兹喃喃说道，因为他已经喝了一个多小时的酒，无论是说话还是走路都不太灵活、不太正常了。

犹太人马上在柜台上面摆出了一瓶白酒一瓶甜酒，还端来了一盘青鱼、一盘带红花的面饼，还有一些用罂粟籽做的精致点心。

"你们好好吃呀、喝呀，我亲爱的兄弟姐妹们，虔诚的教徒们！"雅姆布罗兹充当起主人来了，大声邀请大家道，"我也曾有过一个女人，现在我完全忘记了是在什么地方……也许是法国……啊，不，是在意大利……不，也不是在意大利……然而现在，我已孤身一人。我给你们说，我们的祖先总是大声疾呼：集合！"

波利那打断了他的话，大声招呼道："请快喝呀，朋友们！彼得，你带个头，开始吧！"他还买了一个兹罗提的牛奶糖，塞到雅格娜的手里："拿着吧，雅格娜，你尝尝，挺甜的！"

雅格娜推辞着，装出不要的样子："这糖太贵了……"

"不用担心，我买得起。你自己都会看到，为了你，就是鸟奶我都能给你搞来，你绝不会受到什么委屈的！"他搂住她的腰，硬要她喝酒吃东西。雅格娜却表现得无动于衷，冷淡平静，仿佛今天不是她的订婚日子。她唯一想的是：老头子在集市上答应我的那个珊瑚项链，会不会在婚礼前给我。

他们开始痛饮起来，一杯接着一杯，而且交叉地喝着白酒和甜酒，大家都争着说话，甚至连多米尼科娃都喝得醉醺醺的，信口开河地说出了许多事情，就连乡长也对这个女人的聪明智慧感到惊讶。

两个儿子也喝得酩酊大醉，因为雅姆布罗兹和乡长都一再地向他们劝酒："喝吧，小伙子们，这可是你们姐姐的大喜日子，哪有不喝的道理……"

"我们知道，我们喝！"他们齐声答道，还想去吻雅姆布罗兹的手。就在这时候，多米尼科娃把波利那拉到了窗前，立即和他谈判："雅格娜是你的了,马捷伊,是你的了!"

"上帝会赐福给你的,我的老娘,感谢你把女儿给了我。"他抱住她的颈脖吻了吻。

"你答应要签一份婚姻财产的文书,是不是?"

"用不着写什么文书!凡是我所有的一切全都是她的……"

"有必要,这样她才能面对你前妻的子女,才能挡住他们的咒骂!"

"我向你们保证,只要是我的,就全归雅格娜所有。"

"你说得好极了。不过你年纪也不小了,我们不是神仙,是凡夫俗子,因此你们不会去选死神,但死神却会今天选人、明天选羊,一视同仁。"

"我还身强体壮,再活二十年不成问题,你不用担心!"

"勇敢的人也会被野狼吃掉的。"

"我很高兴,你把你所要的都说出来了。你是否想要我把靠近卡索夫的三垧地写给雅格娜?"

"饿狗连苍蝇都咬,可是我们并不是饿狗。雅格娜的父亲就给她留下了五垧地和一垧森林……你也要立下文书,将你在路边种土豆的六垧地写给雅格娜。"

"那可是我最好的田地!"

"难道雅格娜不是村里百里挑一的最好的姑娘!"

"的确,她是个数一数二的姑娘,否则我也不会派媒人去提亲。可是,我的上帝,六垧地啊,那可是一大片田地啊,足够建一个农场了,我怎么给孩子们说呢?"要把最好的六垧地送出去,令他左右为难,深感心痛。

"亲爱的朋友,你是个聪明人,你自然能想到,签这个文书,只不过是给雅格娜的未来一个保障,这些土地在你活着的时候,就不可能有人从你手里夺走。而雅格娜父亲遗留给她的那片田地不也就成了你的？等到了春天，我就去把测量员请来，你就可在那块量好的土地上播种了。你看看这样的安排你一点亏也不吃，你会很乐意把那六垧地写给她的。"

"好的，我一定写。"

"什么时候？"

"你要是愿意，那就明天好了！不，还是星期六吧，等我们贴出结婚告示了，就直接进城去签文书。说到底，一只山羊只死一次，就一次完事！"

"雅格娜，过来！女儿啊，到这里来！"母亲在叫唤女儿，这时候，乡长一边把雅格娜推向柜台，一边和她说些令她哈哈大笑的话。

"雅格娜，马捷伊要把大路旁的六垧地写给你！"母亲说。

"衷心感谢！"雅格娜轻声说道，并向他伸出手去。

"让我们为这位可爱的雅格娜干一杯！"

大家都干杯了。马捷伊搂住雅格娜的腰，要把她带到别的一群客人那里去，可是她溜走了，跑到和雅姆布罗兹一起喝酒的她的兄弟那里去了。

酒馆里的嘈杂声越来越大。前来酒馆的人越来越多，有的听到传言想到酒馆来看个究竟，有的就是来蹭酒喝的，甚至还有个盲乞丐在导盲犬的导引下进入了酒馆，他找了个显眼的地方坐了下来。老乞丐一会儿听大家说话，一会又大声祈祷，直到大家都听见了。多米尼科娃亲自给他送上一些白酒和食物，还给了他几个小钱。

大家继续在狂欢畅饮，人人都在高声谈论。他们相互称兄道弟，热烈拥抱亲吻，这是每次痛饮之后出现的常态。

唯一保持清醒和平静的是这位犹太人店老板，他窜来窜去，不断为顾客们拿来白酒和啤酒，还在大门上用粉笔记下每人的账目。

波利那兴高采烈，又喝又吃，也邀请别人吃喝，他的话从来也没有今天多。他不停地转到雅格娜身边,把好的点心拿给她吃,趁机摸摸她那美丽的脸庞,用手臂挽着她的腰身,把她带入黑暗的角落里。

多米尼科娃一看该回家了,便喊儿子和她一起离开。

可是西蒙已经喝得酩酊大醉,当母亲叫他时,他把皮带勒紧了些,用拳头敲打着桌子,高声嚷道:

"我是农民,他妈的!谁要走谁就走好了,我还想喝,我要留下……犹太佬,拿烧酒来!"

"不要闹!不要闹!西蒙,小心妈揍你!"安德烈拉着哥哥的长袍,哽咽着劝道,他也喝得一塌糊涂了。

"回家,孩子们,快回家去!"多米尼科娃厉色喊道。

"我是农民,我想留下,我不走,我还要喝酒!我受够了老妈的管制,再也不能忍受了……再劝我,我就赶你出去!他妈的……"

多米尼科娃大妈朝西蒙的胸前狠狠打了一拳,打得他东倒西歪的,他这才清醒过来。安德烈给他戴上了帽子,就把他领到了大路上。然而,西蒙受冷空气一吹,酒劲儿反而上来了,他朝前走了几步,便歪倒在篱笆上,又是呻吟又是叫喊:

"我是农民!他妈的……田产是我的……我爱做什么就做什么……我要喝酒,犹太佬,拿烧酒来!你不让我喝,我就把你撵走!"

"西蒙!西蒙!看在上天的分上,快起来走!妈妈就要出来了!"安德烈泪流满面地呜咽道。

转瞬间,多米尼科娃便和雅格娜出来了。她把西蒙从篱笆下面拉了起来,他只挣扎了几下便跟着他们朝前走了。

两个女人一走,其他的人也纷纷离开了。最后只剩下波利那和他的媒人,还有雅姆布罗兹和老乞丐,他们还在一起喝酒。

雅姆布罗兹开始发起酒疯来,他站在房间中央,时而大声哼唱,时而高声叫喊:

"他黑得像铁锅一样……他瞄准了我……他打中了我什么地方呢？我用刺刀刺进了他的身体，我把刺刀在他体内转动了几下，我就听到他肚子里直咕咕响……第一个……我们停住了……队长来到了！队长独自一人！他说：'孩子们……立正……立正！'"他用巨大的声音高喊着。随着口令声他站得笔直，随即又慢慢后退，他的那条木腿在地上拖动着。"彼得，为我干杯吧！我是个孤儿。"他在墙边喃喃地说道。

他没有把话说完便跑出了酒馆，他们依然能听到他那嘶哑的哼唱的声音……

就在这时候，磨坊老板进来了，他身材魁梧，脸色红润，眼睛细小，满头白发，一身城里人打扮。

"喝吧，农友们！喝吧！噢，噢，……乡长，村长，波利那，是在喝结婚喜酒？"

"不，不是！来和我们喝一杯，磨坊主先生！来喝一杯吧！"波利那提议道。

他们又依次碰了杯。

"你们三位正好在一起，我便告诉你们一个不好的消息，会让你立即清醒过来。"

大家都用迷离的眼神望着他。

"不到一个小时之前，大地主把狼谷的林中开垦地卖掉了！"

"这恶棍，坏蛋！竟把我们的林中开垦地卖掉了！"波利那怒吼道，他气愤地把一瓶酒往地上用力一摔！

"他卖了！地主有权利，大家也都有权利，法律在那里！"喝得醉醺醺的西蒙喃喃说道。

"这不可能。我作为乡长对你们说，这消息不确切，你们要相信我。"

"他就是卖了，我们也绝不会让别人拿走这块地，凭上帝发誓，绝不给!"波利那用拳头敲打着桌子,怒吼道。

磨坊主走了。波利那他们还久久地待在酒馆里,商量着怎样去报复地主。

第九章

和雅格娜订婚之后又过了数日。

雨停了,路干了,也变得更硬了些,雨水顺着犁沟流走了,有些低谷处的浑浊水洼闪闪发亮,就像噙满泪水的眼睛一样。

万灵节来到了,阴沉沉的,没有阳光,平静沉寂,就连风也吹不动光秃的树干和树枝,那些树低垂在大地上。天地之间是一片悲戚的深沉的寂静。

利普查村教堂的钟声从一早起就悠悠不断地响了起来,哀愁而忧郁的钟声回荡在荒凉寂静的田野上,以悲痛伤感的响声号召人们聚集在这个阴沉灰暗的日子里。这一天被浓雾所包围——浓雾一直弥漫到遥远的地平线上,形成茫茫的混沌一片,朦朦胧胧,虚幻难测。

东方冉冉升起的曙光显得苍白而又红光闪闪,就像正在冷却的紫铜。一群乌鸦和寒鸦从灰白的云雾后面飞了过来。它们飞得很高很高,高到人们的肉眼无法认清它们的体形,耳朵也听不真切它们那粗野、忧郁的叫声——这叫声听上去犹如秋夜的呻吟。

教堂的钟声依然在不停地响着。

这哀愁深沉的响声穿过那浓密而又雾霭重重的空气,在田野上发出哀鸣,在村子里悲叹,在森林中痛苦回荡,弥漫在整个天地之间。于是,人们、田野和乡村都结为一个巨大的心脏,随着这凄凉的挽歌而跳动。

鸟儿越聚越多,但令人惊讶而恐惧的是,这些鸟越聚越多,但却飞得越来越低,仿佛整个天空撒了一层煤烟屑子似的。翅膀的鼓噪声和鸟群的啼叫声现在是越来越强、越来越大、越来越响,仿佛是即将到来的暴风雨……它们在村庄上空旋转,就像被大风吹起的枯叶,旋转着掠过被耕耘过的田野,降落在森林之中,悬挂在光秃的杨树之上,侵占着教堂四周的菩提树、墓地里的树木、农舍屋脊的兽马,甚至篱笆墙上……直至被不断的钟声吓得飞往森林的深处,那尖锐刺耳的啼叫声一直追随在它们的后面。

"这个冬天要更冷了!"人们这样议论着。

"鸟儿都往森林里飞去,看来快要下雪了。"

在农舍前面盘旋的鸟儿如此之多,这是人们以往很少遇见过的。大家久久望着它们,心怀惊恐,生怕有厄运发生。他们在额头上画着十字,以防灾祸降临,随后便换上衣服,动身前往教堂。忧郁的钟声继续在响个不停,邻村的村民们纷纷前来教堂祈祷,透过朦胧的雾霭可以看见行走在各条路上的人的影子。

一种令人难受的凄惨浸透了每个人的灵魂,而每个人的心里都充满着一种难以言状的静默—— 一种对死者悼念的静默,以及对那些躺在墓地里的人们的怀念,他们都埋在杨树之下,其墓上的黑十字架都已歪斜。

"我的耶稣啊!我敬爱的耶稣!"他们叹息着,抬起他们有如土地一样灰白的脸孔,双眼不再害怕地望着那神秘之处,他们平静自如地走向祭坛献上供物,并为死者祈祷。

整个村庄仿佛都沉浸在一种深重而悲伤的寂静之中,偶从教堂门口传来的老乞丐的哼唱声才打破这里的寂静。

波利那家里要比平时更寂静，实际上里面却蕴含着一种可怕的、即将爆发的争斗。

孩子们已经全知道了。

昨天，星期天，波利那和雅格娜第一次公布了他们的结婚预告。

星期六，他们两个去了城里，波利那在公证人那里，写下了把六垧地过户给雅格娜的文书……他回来很晚，脸上被抓得伤痕累累，因为他喝得醉醺醺的，在车里就对雅格娜有非礼的举动，结果却受到她的拳头和尖利指甲的回报。

波利那回到家里后，和谁都没有说话，便一头栽倒在床上睡去了，连皮靴和羊皮外套都没有脱掉。第二天早上，尤什卡抱怨他把羽毛被褥都弄上了污泥。

"你闭嘴，尤什卡，不要说了！这样的事即使不喝酒的人也会做。"他心情愉快地说完，便立即前往雅格娜那里去了，一直待到晚上才回家。家里的人都白白地等着他吃午饭和晚饭。

今天他起得很晚，天亮很久以后他才起来。他穿上最漂亮的长袍，还吩咐维特克给他的长筒靴擦上油，垫上新的麦秸。他还让古巴给他刮了脸，他自己束了束腰带，戴上帽子，便一直透过窗子望着晾台那边，汉卡正在那里喂孩子，他不想和她见面。一直看到她进屋里去了，他才偷偷溜出了篱笆墙，这一天就再也见不到他的人影了……

尤什卡一天都在哭泣，她在房间里来回走动，像只关在笼子里的小鸟。安特克越来越痛苦，他吃不下睡不好，什么事也干不了，他精神恍惚，情绪低落，连他自个儿都不知道发生了什么事。他脸色发暗，眼睛睁得大大的，像玻璃似的闪闪发亮，像是眼底充满了泪水而又哭不出来。他不得不咬紧牙关，否则就要大叫大骂了！他在房屋周围，在大门口、在大路上走来走去，走回来的时候，便在门外的长凳上坐了下来，这一坐便是好几个小时。他目光呆滞地望着前面，沉浸在越来越强、越来越揪心的痛苦中。

家里一片凄凉，不断响起哭声，仿佛是死人之家所发出的呻吟声、叹息声。牛栏和猪圈的门都敞开着，牛和猪在果园里走来走去，有时还透过窗户朝屋里张望，谁也不愿去赶走它们。只有老狗瓦帕吠叫着，想把它们赶回去，但它无能为力，没有成功。

在牛栏里的矮凳上，古巴正在擦他的猎枪，维特克正以敬畏之心观看着他的动作，还一面观察着窗外，看是否有外人闯了进来。

"噢呀，我的耶稣，枪真响！我还以为是地主或者守林人放的枪哩！"

"啊，是的！我很久都没有打枪了，我这次装了很多的火药，因此它响起来就跟大炮一样……"

"你是一到晚上就出去吗？"

"是的。我来到地主家的靠近森林的那块地里，山羊喜欢到那里去吃青苗，天很黑，我待在那里很久……天快亮的时候，来了头雄鹿，我隐藏得很好，它离我只有五步远……我没有打枪，因为它太大了，大得像头公牛，我可扛不动它……于是我放过了它……过了不一会儿，来了几只牝鹿，我选了一头最好的，瞄准放了一枪。枪声特响，我装了很多火药，枪的反冲力很大，我的肩膀上都给它冲痛了……牝鹿倒下了，可是它的脚还在乱动……还大声叫了起来，于是我走上前去，把它的喉管割断了，我怕它的叫声会给守林人听见……"

"你是把鹿藏在树林里了？"听得十分着迷的小伙子问道。

"放在哪里你不必多问，你若是把这件事给别人透露一点风声，看我不把你撕成碎片！"

"你不让我说我就不说。我能对尤什卡说吗？"

"不能！你要是告诉她了，马上就会传遍全村。给你十个格罗什，你去买点东西好了。"

"就是不给钱我也不会说。不过，我的好古巴，你下次一定要带我去！"

"吃早饭啦！"尤什卡站在房前大声叫他们。

"只要你守口如瓶，我就一定会带你去的。"

"请你让我放一次枪，就一次。好古巴！"

"傻小子，你不知道，这是要用火药的。你以为别人会白给你火药吗？"

"我有钱，古巴，我有钱！还是在集市那天，主人给了我两个兹罗提，我本想留着它做法事用的。"

"好的，好的，我一定会教你的。"他摸了摸维特克的脑袋，轻声说道。他被孩子的请求打动了。

吃了早饭不一会儿，他们就动身到教堂去了。古巴一瘸一拐地努力向前，维特克没有靴子，赤着脚，有点自惭形秽，便故意走在后面。

"光着脚能到圣器室吗？"他轻轻地问道。

"你真傻！天主在乎的是一个人的祈祷而不是他穿没穿皮靴！"

"你说得不错，的确如此……不过要是能穿上靴子那就更庄重些了。"他低声说道。

"你一定能买得起皮靴的，一定会……"

"我会买得起的。等到我长大成了一个长工，我就去华沙，到马行去找一份看马的工作……城里的人全都是穿皮靴的，是不是这样，古巴？"

"是的是的！你还记得华沙的事吗？"

"当然记得。那年科兹沃娃把我带到这里来的时候我已经五岁了，所以记得很清楚……那是个冷天，我们赤着脚走到了车站，看见那么多亮的灯光，让我睁不开眼睛……我记得……有很多连在一起的房子，它们像教堂一样高大……"

"瞎说!"古巴冷笑道。

"我记得很清楚，古巴。屋顶很高，我都瞧不见……还有那么多的车子……窗子一直伸到地面上，整面墙上都是玻璃……到处都有钟声不断响起。"

"这毫不奇怪，华沙的教堂那么多。"

"那当然! 不然，哪会有那么多钟声?"

他们沉默不语了，因为他们已经走到了教堂的墓地，开始在熙熙攘攘的人群中挤来挤去，教堂四周都站满了教堂里面容纳不下的那些教徒。

教堂正门外，道路两旁的乞丐排得整整齐齐，形成了一条小巷，他们各有其乞讨的方式：有的呼天喊地，有的大喊大叫，有的细声细语，有的喃喃祈祷，有的拉着小提琴，有的尖声唱起歌曲，还有的吹起笛子，拉起手风琴，形成了一片震耳欲聋的喧嚣之声。

圣器室里也是挤满了人，有的人被压在桌子上把身子都挤痛了。风琴师和他上过学的儿子雅西，正在桌子旁边记下那些接受供物的亡人的名字。

古巴拼命朝前挤了过去，向风琴师报了一大串亡灵的名字，后者一一记了下来。每个亡灵需交六个格罗什，或者如果没有现金，就交三个鸡蛋。

维特克走在后面，他的光脚给人踩得很痛，但他尽力挤了进去，有时用胳膊肘，有时往人缝里钻，他手里还握着钱——当人们把他推到风琴师面前时，他竟不知所措，说不出话来了。哎呀，他的身边全都是村里的农民和他们的老婆……连磨坊主的老婆也在这里，她戴上帽子活像个地主婆，还有铁匠和乡长以及他们的老婆……大家都盯着他看……有的在听，有的在报他们要追悼的亡灵名字……有的一报就是十个名字……有的报了二十几个……整个家族，从父亲、祖父到先祖，一大串。可是他呢？他能报出什么名字来呢？他的父亲是谁？他的母亲是谁？他都说不上来。那么，他该给谁进献呢？啊！我的耶稣！我的小耶稣！他的嘴巴张得很大，眼睛像是蒙上一层翳状。他一动不动地站在那里，就像个傻子，心痛如绞，几乎透不过气来。他快要像死人那样倒下去，然而他没有倒下，而是被众人推挤到一个角落的圣水盆边。为了不使自己倒下，他便把小脑袋靠在洋铁盆上，他的泪水大滴大滴地流了下来，像是一串串悲伤的念珠。他想把泪水止住，却徒劳无益。他四肢无力，连咬紧牙关的力气都没有。他全身瘫软，自己都很难站直。他就在人们看不到的一个角落里，坐在地下放声痛哭，他要把他孤儿的苦难泪水都哭掉。

"妈妈，妈妈！"他感到胸膛被什么堵住了，他的心也好像被撕碎了……他想不明白，为什么别的孩子都有父有母的，唯独他父母双亡，成了一个孤儿，一个孤儿……

"耶稣，我的耶稣！"他像一只被网住的小鸟那样哀叫道。直到古巴找到他，对他喊道：

"维特克，你献上了你的追悼供物吗？"

"没有！"他回答道。他突然站起，擦干眼泪，便又向桌子挤了过去。是的，他要报出名字来……他没有父母了，这是他的事情，和别人又有什么关系呢，他要想出名字来……他抬起了头，擦了擦眼睛，用坚定的口气报出了尤瑟夫、马里安娜和安托尼这几个他最快想到的名字。

他付了钱，拿回零头，便和古巴一起进入教堂去做祷告，去听神父念着那些亲爱的亡灵的名字……

教堂中央立着一个灵柩台，上面放着一副棺材，灵柩台四周点亮了一圈蜡烛，神父站在祭坛上念出了一大串亡灵的名字。每当他停顿时，教众们便大声念起祷文来，为净界的亡灵免除苦难。

维特克跪在古巴的身边，古巴拿出他的念珠数了起来，背诵着神父所指定的"健康"和"我信"的全部祷文。维特克也相继背诵着这些祷文，然而不多一会儿，他就被单调的声音弄得昏昏欲睡，教堂里面的闷热，再加上刚才的哭泣把他弄得精疲力竭，竟使他靠在古巴的身上睡着了。

下午，波利那家的所有人员都齐集到墓地的小礼拜堂内，以纪念一年一度的万圣节。

来到这里的有安特克夫妇和孩子、铁匠一家人、尤什卡和雅古斯丁卡，以及跟在后面的跛子古巴和维特克。他们都是竭诚来做晚祷的。

天近黄昏，暮色降临，白天正在消失，就像沉入一个可怕的黑暗深渊。风发出凄厉的吼声，把腐叶中的臭气刮得四散开来。

村里很平静，这种平静来自万圣节的那种肃穆悲伤的气氛。人们都默默地走在路上，只有鞋子踩在路上的嗒嗒声，大路两旁的杨树摇曳不停，树枝发出沙沙的哀声，乞丐们的演奏和哼唱声在空中回荡，而后便消失得无声无息了。

在坟场门前，甚至在墓地里面，沿着围墙都放有一排排木桶，木桶旁边就站着许多乞丐。

人们都是沿着杨树那条大路来到坟场的，夜幕已降临大地，暮色苍茫。幽暗中有灯光闪烁，那是有些人提着的用黄油做的乡下油灯所发出的黄色亮光。每个前来扫墓的人来到墓前都要从口袋里拿出面包干酪、一块咸肉或者一节香肠，有的还拿来一团线，或者整理好的一把麻。有的竟是一串蘑菇。他们非常虔诚地将这些物品放在敞开盖子的木桶里，这些供物是给神父、风琴师和看门人雅姆布罗兹的，剩下的给那些乞丐。没有实物可给的人，就在乞丐的手里放几个小钱，并悄悄告诉他们亡灵的名字，好让他们为其祈祷。

人们的祈祷声、诵经声、呼唤亡灵名字的念叨声，组成了一个大合唱，响彻坟场，打破了这里的寂静。人们纷纷朝前走去，分散在各个坟墓之间。人们所提的油灯，就像萤火虫似的，立即在幽暗的树林和草地上闪闪发亮。

于是，在普遍的沉寂之中能听见充满敬畏之情的低沉祈祷，有时从坟墓之间传来悲恸的哭泣声，有时还从弯路上的十字架旁冒出一声绝望的吼声，有如雷鸣那样响彻天空，或者还能听到从树林中传来的儿童的微弱哭声，如同羽翼未满的幼鸟的啼鸣。

间隙间，墓地上会被一种凄凉阴郁的寂静所笼罩，只有树木发出凄凉的沙沙声，而人们的哭泣声，对人间不幸的抱怨声、呼喊声，已经飘升到天堂去了。

人们静静地在坟墓之间行走，用恐惧的目光望着朦胧而又深不可测的远方。

"每个人都会死去的！"他们用一种自嘲的口气说道。他们继续朝前走去，随后便坐在祖先的坟头上，念起了祷文，有的默默地坐着，沉浸在幻想里，对生和死都无动于衷，甚至对痛苦都麻木不仁。他们像树木一样，听天由命地在疾风中摇曳，他们的灵魂因感受到痛苦而颤抖……

"我的耶稣！仁慈的天主啊！圣母马利亚啊！"这是从他们饱受摧残的灵魂中所发出的哀号。他们抬脸向上，但脸孔已麻木，没有任何的表情，就像这块土地一样。他们用茫然的眼神望着那些十字架，那些睡眼惺忪而又不停摇动的树木。他们跪倒在耶稣的脚下，倾诉出心中的恐惧，爆发出无奈而又听天由命的悲哭。

古巴和维特克一起往前走去，天黑以后，古巴便独自一人走向深处的老坟区——那里埋葬的都是些早已被遗忘的人，因人迹罕至，荒凉而又沉寂，坟墓破损，土地荒芜。躺在这里的人早已被人忘记，他们的生平事迹早已随着他们生活的时间和年代，随着过去的一切历史，被忘记得一干二净了。那里只有凶鸟发出的尖锐啼叫声，还有鸟群抖动翅膀的响声，它们有时还站在腐朽的十字架上，那儿埋葬着整个家族、整个村庄、整个一代的人们。如今这里再也不会有人来祈祷、哭泣和点蜡烛了。只有风吹动树枝，把最后的残叶抛向夜空，随即消失不见。那里传来某种声音，但又不是人声，那里的阴影也不成阴影。被风吹打的光秃树枝，如同瞎了眼睛的鸟儿一样在哭泣、在哀求怜悯。

古巴从口袋里掏出几块特意留着的面包后跪了下来，把面包撕成小块，撒在坟墓之上。

"吃吧，基督徒们！我常常会在晚上想起你们的。吃吧，生前受苦受难的人啊，吃吧！吃吧！"古巴神情严肃地说道。

"他们会拿去吃吗？"维特克惊恐地道。

"当然会。但神父是不会给他们吃的……人们把食物放在木桶里，这些可怜的亡灵却什么也享受不到……都让神父和乞丐们的猪吃了，这些正在赎罪的亡灵却要忍饥挨饿。"

"他们会来吗？"

"你不用担心！……所有在炼狱中受苦的亡灵都会来的……所有的。天主耶稣准许他们在这一天回到人世间来，好让他们来看望他们的亲人……"

"看望他们的亲人？"维特克胆战心惊地问道。

"别害怕，小傻瓜！……今天所有的恶魔都是不让出来的。所有的供品、祷告和烛光都把恶魔给赶跑了……今天，天主耶稣还会亲临人间，来考察其信教的农民，以便从中挑选出优秀的灵魂……我这是从母亲和老人们那里知道的。"

"啊，天主耶稣今天会到我们人间来！"维特克环视着四周，轻声说道。

"不过，只有圣徒们才能见到！还有就是那些冤大苦深的人才能见到……"

"你看，你看，那边有灯光，那边有人！"维特克指着靠围墙的那一排坟墓，惊慌地叫了起来。

"那边埋的都是起义时被杀害的人……是的，那里埋着我从前的雇主……还有我的母亲……"

他们穿过树林，在乱冢前跪下，这些乱冢已经败落得和旁边的地面一样平，连一点痕迹都看不出来了。既没有作为标志的十字架，也没有遮阴的树木，什么也没有，只有空荡的沙地和一两支毛蕊花的枯茎，还有就是空寂、遗忘和死亡……

雅姆布罗兹、雅古斯丁卡以及老克温布一起跪在这些坟墓前边。两盏放在沙地上的灯，被晚风吹得忽明忽暗、摇曳不定，同时也令他们的祈祷声飘散在这些倒塌的坟墓上空，消失在茫茫黑夜中。

"是的……我的母亲就埋在那里……我看见了……"古巴在喃喃低语，与其是在说给维特克听，还不如说是在说给他自己听。维特克感到浑身发抖，便紧紧贴在他的身边。"我妈妈叫马格达列娜……父亲有自己的田地，但他却愿在大地主家当马车夫，不过他只给老地主驾车出行的……后来，我父亲死了……田地也被叔叔拿去了，我就成了大地主家的养猪娃……是的，我母亲叫马格达列娜，父亲叫彼得，姓索哈，因此我也姓索哈。后来东家让我去照料马，于是我和父亲一样成了马车夫。我还跟着东家和别的地主们一起，常常出去打猎……我的枪法不错，少东家便给了我一支猎枪……母亲和地主太太住在庄院里……我过得不错……地主们参加起义的时候，也把我带去了……打了一年的仗，我打死的俄国狗可不止一个。年轻的少爷肚子上挨了一枪，肠子都流出来了。他是我的少东家，又是个好人，于是我就背起他逃走了……后来我们逃到了一个暖和的地方，少爷派我去给老爷送一封信，我就去送了……我又饿又累，像条狗一样……后来我被打伤了腿，伤口老是不好，因为我老是在赶路，在露天下过夜……雪又下得很大，天气冷得要命……啊，我历尽千辛万苦，总算到家了……可是我找来找去，都找不见地主的宅院……耶稣，马利亚！我好像被人打了一棍似的……庄院没有了……谷仓没有了……就连篱笆墙也不见踪影了……所有的一切，都被烧成了灰烬……地主老爷和他的夫人，我的母亲和女佣约瑟夫卡，统统被杀死了，全都躺在院子里……啊，圣母马利亚！"他低声呻吟道。泪水就像豌豆那样大粒大粒地从脸颊上流落下来，他也不去擦它。他伤心地哭泣起来，那一夜的可怖景象就像昨天一样活灵活现在他面前。维特克也因为哭累了而沉沉入睡了。

夜色越来越浓，猛烈的夜风把长长的树枝吹得不住地抽打着坟墓，其白色树干有如披上一层孝衣，在深沉的黑暗中闪现。人们正在散去……灯火相继熄灭……乞丐们也停止了歌唱。现在墓地里万籁俱寂，偶尔能听到风吹的呼呼声和奇怪的声音。墓地里似乎充满了可怕的怪影和一群幽灵……形状怪异的树枝……低沉的呻吟声，成了痉挛而颤动的海洋，黑暗中无形物体不停摆动、惊恐万丈地闪烁、无声地哀怨，以及充塞着令人心寒的而又混乱的秘密……一大群乌鸦从教堂那边惊起，哇哇地叫着朝田野飞去，引得利普查村的狗全都发出悲切的吠叫声，久久未能停息……

今天虽是万圣节，但利普查村却是静悄悄的。大路上空无人迹，酒馆也已关闭。只有几家农舍透过雾蒙蒙的玻璃有灯光在照耀，也能听到神圣的赞美歌声轻轻地传了过来，还有人在为亡灵大声朗诵经文。

人们惶恐不安地站在房前，惶恐不安地听着树木的沙沙声，心神不定地站在窗前张望——是否有个亡灵受到神灵的驱使,同时也出于自己的愿望,在这一天出现在人世间?是否会有亡灵在十字路口痛哭?是否会有亡灵朝窗子里伤心地窥视?

有的农妇会按照古老的习俗,在农舍外面的围墙上摆放一些吃剩的饭菜供饿鬼们吃用,她们虔诚地画着十字,嘴里念念有词:

"依旧处在赎罪炼狱中的信教的亡灵们,你们就好好享用吧!"

万圣节的夜晚,就在这种寂静和悲哀、怀念和恐惧中过去了。

罗赫坐在安特克夫妇的房间里,这个到过圣地的朝圣者,正在虔诚地朗读和讲述圣徒故事。

这里来了不少人,有雅姆布罗兹、雅古斯丁卡、克温布,有古巴和维特克、尤什卡和纳斯特卡。只有老波利那不在,他直到深夜都一直待在雅格娜家里。

屋子里很安静,只能听见烟囱后面的蟋蟀的叫声、火炉里面的木柴的噼啪声。

大家都坐在火炉的周围,只有安特克一人坐在窗前。罗赫不时用手杖去拨动炉火,同时还低声说道:

"死亡并不可怕,是的,并不可怕!因为……

"如同鸟儿在冬天会飞往暖和的地方,我们劳累一生的灵魂也会飞向耶稣。

"如同树木到了冬天都是光秃秃的,然而到了春天,天主就会让它披上翠绿的枝叶和开放芬芳的鲜花。而人的灵魂飞向天主之后便会得到欢乐、幸福、春天和永恒的幸福。

"如同太阳会照耀这个能生长万物而又疲倦劳累的大地,我们的主同样会关注每一个灵魂,使他忘记冬天,忘记痛苦,忘记死亡本身……

"嘿!在这个世界上,除了烦恼、悲伤、哭泣外,便别无其他了!

"而罪恶的繁殖生长,却像森林中的荆棘一样迅速。

"所有这一切,都是虚无的,都是徒劳无益的……就像火绒那样……就像微风在水面上掀起的泡沫,都会随生随灭。"

第十章

"我在布道时对每个人都是这样说的,你们应像这些狗一样,要站得近一点,只是……"说到这里,神父闭口了,因为一阵狂风把他要说的话都倒灌进喉咙里了,使他顿时咳嗽不止。安特克跟在他后面,一句话也不说,只是看了看黑暗中的树木。

风越刮越猛,有力地吹打着路面,抽打着杨树,把树木压弯到地上,还发出呼呼的可怕响声。

"我已经给你说过了,"神父接着说道,"我亲自把母马牵到池塘里去喝水……我放开了它,它就不见了……它是匹瞎马,说不定会迷失在某个小树林里,甚至还可能折断一条腿……"他叨叨不休地说着,还细心地寻找,不放过任何一棵树、任何一块田地。

"它一直都是行动自由的。"

"它对这条通往池塘的路非常熟悉。无论谁往桶里倒水,它都会转过身来,自动走回神父的住地……白天会把它拴住……傍晚时,不知是马格达还是瓦列克却把它放开了……瓦列克!"他大声喊道。他看见杨树中间有个人影闪过。

"我在池塘的这一边看见过瓦列克,不过那是在黄昏以前。"

181

"他一定出去找它了,也许晚了一点……这马有二十岁了,一直陪伴在我身边,为我效劳……像人一样和我有了感情……我的上帝,但愿它不会发生什么意外!"

"不会有什么事的!"安特克说道。他原本是来向神父诉苦,并请他出出主意的,可是神父却狠狠地数落了他一番,还逼着他一起去寻找丢失的那匹瞎母马。寻找那匹可怜的老马固然重要,难道人的问题不应该摆在第一位吗?

"你应该记住,你不能诅咒他,他是你的亲生父亲!你听见了吗?"

"我记得很清楚!"安特克赌气地答道。

"你如果咒骂你的父亲,那就是最大的罪孽,是对天主的亵渎。你若是一怒之下举手殴打你的父亲,那就是冒犯了上帝的戒律,你是有理智的人,应该懂得这点的。"

"我要的是公正合理,而不是其他。"

"可是你在寻求报复,是不是?"

安特克不知如何回答。

"我还要告诉你,温顺的小牛能得到更大的幸福!"

"大家都在对我说要顺从……可是顺从这两个字对我说来已是如鲠在喉。即使遭到打骂,即使受到不公正的对待,做儿女的都得忍受、顺从,就是因为他是亲生的父亲。我的上帝!如果这就是人世间的安排,那我宁可唾弃它而跑到别处去,永不回来。"

"那你就滚吧,谁阻碍你了?"神父怒气冲冲地大声道。

"也许我会离开的,如今我在这里又能干什么呢?"他眼里含着泪水轻声说道。

"你简直是身在福中不知福!别的人一无所有,都还能安下心来,在这里劳动生活,还对上帝感恩戴德得不得了。你还是定下心来好好干活去吧,可不要像女人似的抱怨不断。你身强体壮,人又能干,还有自己的产业……"

"才只有三垧地！"安特克带着讥笑说道。

"你还有妻子和儿子，这点你可要记住。"

"我当然会记住。"他喃喃说道。

他们来到了酒馆门前，酒馆里依然灯火通明，人们的谈笑声都传到了路上。

"怎么？又是在大吃大喝？"

"这是一批壮丁，夏天被应召入伍的，他们在一起欢聚一番。这个星期天他们就要被派到遥远的地方去了，所以他们在寻找安慰。"

"酒馆几乎都挤满了！"神父站在杨树下，从那里透过窗户能看清里面的人都挤得满满的，便大声说道。

"他们今天聚在一起，商量怎样应对地主把森林的伐木权卖给犹太人这件事……"

"他并没有全部卖掉，不是还留下了不少？"

"除非得到我们的同意，否则别想卖掉一棵树。"

"你在说什么呀？"神父急切地问道。

"我们不允许，就是这么回事！我父亲要去打官司，但克温布和拥护他的那帮人，都不愿打官司。他们绝不允许伐树，如果需要全村的人出来抗议，他们就一定会全出来抗议的，而且人人都会拿起斧头、叉子来维护他们的利益。"

"啊，耶稣马利亚！这样一来，说不定就会发生殴斗和其他不幸的事！"

"那当然，少不了几个地主的脑袋会被斧头砍下，这样才合乎正义！"

"安特克，你是不是气得发疯了？你可不要乱说一气，我的亲爱的！"

但是安特克不想听他说话了，便转向路旁，消失在茫茫黑夜中。神父急忙朝自己的住处走去，因为他听到车轮的响声和母马的低嘶声。

安特克则朝村子的下段走去，经过池塘另一边的磨坊，绕开雅格娜的家。

雅格娜如同一根刺那样深深扎在他的心坎里，而且还是根恶刺，既无法拔去也逃避不开。

明亮的灯光从雅格娜家照射出来，屋子里一片热闹欢腾的景象……安特克站住了，他要再看一眼这根心头刺，哪怕骂几句、出口怨气也好。然而有一种心绪突然涌上心头，有如一阵狂风，把他急速卷走了。

"啊！她是我父亲的了，父亲的了！"

他转身朝姐夫铁匠家走去，他并不是要铁匠给他出什么主意，只是想找个人来倾诉心中的烦恼。他不想就这样回到父亲的家里。还有这个神父，只会劝人去劳作！唔，他自己什么也不做。……心中无烦恼的那些人，要教训起别人来自然是轻而易举的了。他提到：你是有妻子儿子的人！他怎会忘记自己的老婆呢？她的哭泣、她的忍气吞声，还有她那双无法满足的哀怨的眼睛，都使他深感厌恶……如果不是因为她……如果他还是单身一人……"我的上帝！"他发出哀怨的呻吟声，被一种疯狂的愤怒所控制，真想去抓住某个人的喉咙，把他掐死，把他撕成碎片，或者把他打得死去活来！

抓住谁呢？他不知道。这种愤怒和厌恶，来得快去得也快，很快便消失了。他迷惘地望着黑夜，倾听着阵风的呼号。大风吹动着树木，使他在果园中行走困难，他只好坐在篱笆墙上，让风吹的树枝撩在他的脸上。随后，他迈着沉重的步伐，几乎拖不动自己的身子，因为他的心灵受到了悲哀、疲乏和绝望的重压，竟使他忘记了该到哪儿去，为什么而去……

"雅格娜是我父亲的了！是我父亲的了！"他一遍又一遍地说着，声音越来越低，就像一篇祈祷文似的，难以忘记。

铁匠铺里炉火正旺，一个学徒正在使劲地拉着风箱，使燃烧的炭火更加旺盛，发出血红的火焰。铁匠站在铁砧旁，头上戴着小帽，光着胳膊，身上裹着条皮围巾，脸孔被照得通红，眼睛像炭火那样闪光。他正在用力地锤打着一根烧红的铁条，铁砧发出当当声响，铁锤一打火花四溅，呲呲地落在了潮湿的地面上。

"怎么啦？有事儿？"过了一会儿，铁匠问道。

"是有点事儿！"安特克倚靠在一个车架上——那里有几副车架等待修理——望着炉火回了一句。

铁匠也不说话，继续他的工作。他一次又一次地把铁条烧红，一次次地锤打，使得手中的东西发出有节奏的响声。需要有更强火力的时候，他还去帮学徒拉风箱，不时地偷看安特克一眼，红胡子下面还露出一丝讥讽的笑容。

"你去见神父了，怎么样？"

"还能有什么！什么结果也没有！这样的话就是在教堂里面也能听到。"

"你还想听到不同的话？"

"神父博学多识，为人正派。"安特克为他辩护道。

"那要看是什么人，需要说好话就说好话。"

安特克不想去反驳他。

"我想去你家里。"过了一会儿，安特克说道。

"你去吧！乡长也会来的，烟袋放在橱顶上，你自己先抽好了。"

安特克没有听完他的话，就立刻走向路对面的住宅。他的姐姐正在生火做饭，他们没有说话，只是点了点头。她的大儿子正坐在桌旁读识字课本。

"你在学这个?"他问道。因为他看到这个孩子正在用手指指着一个个字母,大声朗读着。

"从挖土豆的时候起,磨坊家的小姐就在教他识字,我家的那口子太忙了。"

"罗赫从昨天起,就在父亲的一间房间里教起书来了。"

"我也想把儿子送去,可是你姐夫不让。他说小姐的学问更大,因为她曾在华沙学习过。"

"那是,那是!"他无话找话地答道。

"雅希迷上了识字课本,这让小姐都很惊奇。"

"这不奇怪,他是铁匠的种呀,是这么聪明的一个人的儿子!"

"你这是嘲笑人呀!不过他说得对,只要父亲还活着,他就可以把签订的契约收回来的……"

"嘿,那可是从狼嘴里抢吃呀!六垧地!我和我老婆,几乎像长工一样替他劳累,可是却把地送给了一个外人。"

"你和他争吵,和他顶撞,找人出主意,还想打官司,你就不怕他把你赶出家门?"她朝门外看了一看,细声说道。

"这是谁说的?"他从桌子旁站了起来,大声嚷道。

"你轻点好不好?大家都是这么说的,别大叫大喊的……"

"我绝不会退让,就让他来赶我走好了!我要告到法院去,我要使用法律权利,我绝不退让!"

"你这是用脑袋去撞石墙,跟山羊那样,石墙不倒,你的脑袋可就完了!"正好这时铁匠回来了,说道。

"那你说怎么办?你给大家出过许多好主意,那你也给我出出主意吧!"

"和老头子来硬的不行!"铁匠装上烟头,吸了一口,便向安特克解释为什么不能来硬的,要同他和解,不能直来直去。安特克终于明白他的意思，便大声嚷道：

"你这是在替他打圆场！"

"我这是在说公道话。"

"他给了你多少好处？"

"那也不是从你口袋里掏出来的。"

"就是从我的口袋里，从我的口袋里！你一定得到了一大笔财产，所以你才不着急了。"

"我得到的和你一样多！"

"哼，和我一样多……你还得到了牛肉、衣物、母牛，还有各种零散东西。我清楚地记得……还有鹅、小猪，以及其他的东西。还有不久前给你的那头小牛犊，难道这些东西都不算吗？"

"你也能得到这些呀。"

"我不是贼，也不是茨冈人。"

"我是贼！你说我是贼？"

两个人都跳了起来，奔向对方，似乎要去抓住对方胸前的衣衫。不过他们立即便停住了，因为安特克在用很低的声音说道：

"我不是在说你。哪怕会一无所有，我绝不会放弃我的权利。"

"我看，你这样愤愤不平，不单是为了土地……"铁匠带点冷笑地说道。

"你说，还有什么？"

"你和雅格娜要好，现在你得不到她了，才这样发狂。"

"你看到了……"被铁匠说穿了心思，他便嚷道。

"村子里有人看到了……而且不止一次……"

"但愿他们的眼球从眼眶里掉出来！"他把诅咒的声音压得很低，因为这时候，乡长来到了铁匠家，他和大家打过招呼后，立即看出了他们争吵的原因。于是他便为波利那辩护起来。

"我父亲让你好吃好喝,所以你就为他辩护,这毫不奇怪……"

"我警告你不要胡说,跟你说话的可是个乡长!"他高声说道。

"乡长对我说来,就是一根断了的木棍……"

"你说什么,什么?"

"你是听见了的。要是没有听见,你就会听到更难听的话……"

"有种你就说!"

"我就说,你是酒鬼、犹大、伪君子!乡里的公款都给你胡乱花光了,你还从地主那里得到不少钱,所以地主才敢卖我们的森林!你还想从我这里得到些什么,我告诉你,得到的就是这根木棍!"他气冲冲地随手拿起一根木棍来,大声叫道。

"我是当官的,安特克,你好好想想,可别吃后悔药!"

这时,铁匠挺身挡在乡长前面,厉声喝道:"不许打人,我这里不是酒馆。"

然而,安特克已经气得火冒三丈了,大骂了他们两人之后,便踹门而出。

他清醒了一些,安安静静地回到了家。随后,他忧郁地想,自己不该和姐夫争吵。

"现在大家都要反对我了!"第二天早上吃早饭的时候,他喃喃说道。正当他这样想的时候,便惊讶地看见铁匠来到他的家里。

他们像平常一样打着招呼,好像什么事也没有发生过。

安特克走向谷仓要去铡草,铁匠也跟了过去,在草堆上坐了下来,用非常诚恳的语气说道:

"我真不知道我们为什么要吵架,还说了这么些蠢话!所以我先来找你,要和你握手和解。"

安特克伸出了手,却以不信任的眼神望着他,轻声说道:

"的确,我们是说了些气愤的话,但我并不怨恨你。是乡长把我气坏了，他干什么管起我们的事情来，叫他管好自己就够了。"

"你走时，他本想去追你的，我也跟他说了同样的话！"

"他想要打我，那好吧，看我不会像对付他表兄一样，狠狠地揍他一顿，毕竟那个家伙的肋骨直到收割时期都还没有长好。"他高声说道。

"我也向他说过这事。"铁匠说道，脸上一副认真而又狡黠的神情。

"我还会找他算账的，我要让他忘不了我……他不过是个小人物，一个小官吏，有什么了不起！"

"那也不过是个乡巴佬，不必去管他……我想了个办法，便直接来找你。我们应该这样办……我老婆下午要过来，你和她一起去找老头儿，要一五一十地和他谈清楚这件事。在背后生闷气，抱怨来抱怨去有什么用呢？应该面对面地把你心里要说的话都说出来。也许会有好的结果，也许不成功，反正这件事总是要解决的。"

"他把结婚财产的文书都签完了，那还能怎么办？"

"你要知道，和他争吵是没有用处的。的确，他是签订了文书，不过，只要父亲活着，他随时都可以更改文书的。所以你要注意，我们不要去反对他。他要结婚，就让他结好了，他要快活，那就让他快活好了。"

安特克一听到结婚这两个字，就脸色煞白，全身发抖，连切草料的手都停下来了。

"不要当面去和他唱反调，要顺着他，要称赞他做得对，他愿意签订文书就签订好了，只要他答应把其余的财产留给你们——给你，给我老婆——而且必须有公证人在场。"他狡猾地补充道。

"还有尤什卡，还有格热拉哩？"安特克不情愿地问道。

"付给他们一笔现钱就可以了。格热拉已经得到不少了，他参军入伍以来，每个月都要寄钱给他。你好好听我说，只要你按照我出的主意去做，你就什么也不会失去。我出的计策，定会使全部土地最终都归我们所有……"

"羊还活着，皮毛商就想得到羊皮啦……"

"你听好了，一定要他当着公证人的面答允下来，这样一来，我们的手里便握有了把柄，我们才能告上法院，得到公正的审理。还有一件事，他还得了你妈妈的四垧陪嫁土地……"

"一大笔财产，四垧地，分给我和你的妻子……"

"可是他既没给你，也没给我！这么多年来都是他在播种和收获！因此，他应该连本加息地付给你……我再给你重复一遍，绝不要去反对老头子，要称赞他，多说好话，要去参加他的婚礼。你会看到，我们是能控制住他的。如果我们的好心好意还不能让他答应，那么法院就一定会让他许诺的。你和雅格娜关系密切，她对你也会有所帮助的……你要把这件事和她说通了，让她去说服老头子——她的话比任何人都更起作用。怎么样？我说的你同意吗？好了，我有事，我要走了。"

"同意！你快滚吧，不然我会扇你几个耳光，把你赶出门去！"安特克咬牙切齿地说道。

"你怎么了，安特克？你怎么了？"铁匠一看对方的脸色不对，吓坏了，便结结巴巴地说道。

安特克离开了铡草刀，朝铁匠走去，他脸色煞白，两眼吐出可怕的凶光。

"你这个犹大、混蛋、盗贼！"他厉声骂道，嘴角上满是唾沫。

铁匠急忙转身逃走了。

"这家伙是不是疯了？"铁匠刚走上大路，便自言自语起来，"我给他出了这么好的主意，可这家伙……竟是这样傻！那就让老头子把他赶出家门，让他出去当雇工好了。当然，我还是会帮助他的……不管如何，土地是不能放弃的……可是你竟是这样的家伙，你竟要打我的耳光，把我赶出门外，不想和我平分土地。我像亲兄弟那样到你家里来，可是你这个家伙，却想独吞！这是你的目的！你把我的全部计谋都套出来了，我绝不会放过你，我要让你像打摆子那样苦不堪言。"

铁匠一想到他最怕的事即将发生——安特克会把他的计谋报告给老头子，就越来越生气，越来越愤怒。

"应该马上阻止他！"铁匠立即做出了决定，虽然有些怕安特克，但他还是返回波利那家去了。

"老主人在吗？"他问维特克。维特克正在房屋对面，朝池塘里的鹅群扔石子，要把它们赶上岸来。

"噢，他不在，他去磨坊主家了，要请他参加婚礼。"

"我去迎他，定会在路上碰见的！"他这样想道。于是他也朝磨坊那边走去，不过他得先回家一趟，吩咐妻子要打扮得漂漂亮亮的，一听到中午的钟声，便带上孩子，赶到安特克家去。

"他会告诉你怎么做……你千万不要自作主张，因为你不聪明，需要时你就哭上一场，抱住你父亲的双膝，求求他……你一定要听清楚安特克说的话，和你父亲的回答。"

他就这样教了他老婆好一会儿，随后他朝窗外望去，看他们有没有出现在桥上。

"我去趟磨坊，看看我们的面粉有没有磨好。"他不能在家里等着，于是出了门，走得很慢，还不时地停下来思考问题。

"谁知道他会干出些什么来？不过我想，他还是会按照我的主意去做的……好在有我的老婆在场……他若是不按我说的做，他们就会大吵大闹一番，老头子就会把他扫地出门。他们争吵不争吵，都对我铁匠有好处……"想到这里，他不免高兴得笑了起来，搓了搓双手，扶正了帽子，扣紧了外衣的扣子，因为从池塘那边刮来了一阵刺骨的寒风。"看来会有一场霜冻或者是一场新的雨雪。"他喃喃说道，站在桥上，仰望着天空。

空中的云层很低，灰蒙蒙的，就像一伙沾满污泥的羊群。池水不断地拍打着堤岸，发出低沉的哗啦声。而在低垂的黑压压的杨树和发出低吟的柳树之间，映现出几个洗衣妇人的红色倩影，池塘的两岸也传来了捣衣的叭叭声。路上空无人影，只有无数的沾满泥浆的鹅在落满枯叶和垃圾的沟渠里来回走动，孩子们在房子前面嬉笑打闹，公鸡在篱笆墙上啼叫，这一切都预示着要变天了。

"我还是到磨坊去等他好了！"他低声说了一句，便顺着下坡的路走去了。

铁匠离开之后，安特克便一心铡草料，他干得如此投入，除了铡草，好像一切都给忘记了。到了中午，他切好的草料如此之多，竟让从森林中回来的古巴惊讶不已，他大声叫道：

"我的老天爷，足够喂一星期的了！"直到此时，安特克才清醒过来，他扔下铡草刀，舒展了一下筋骨，便进屋去了。

"该做的事就应去做……今天我一定要跟父亲谈个明白。"安特克暗忖道，"铁匠虽是个说谎者、叛徒，但他出的主意还不错，也有一定的道理。"

他向父亲的房间望了一眼，便立即缩了回来。他看到罗赫正在那里教二十多个孩子拼音识字，罗赫很注意他们的一举一动。他手里转动着念珠，围着他们转来转去，细心听着他们的朗读。他有时会纠正他们的错误，有时也会揪住某个孩子的耳朵，或者拍拍孩子们的脑袋，但大部分时间他都坐在那里，耐心地讲解，如果他提问，孩子们都会齐声抢着回答，就像一群被人惹恼了的火鸡，声音之响，连对岸都能听到。

汉卡正在准备午饭,同时和她亲生父亲贝利查谈着话——这个老头子长年生病,行动不便,很少到她这儿来。

贝利查靠窗坐着,用手杖支撑着身子,先是看了看房间,继而又朝婴儿望去——他正在角落里安静地待着。贝利查随后便把眼光落在了汉卡的身上……他满头白发,嘴唇抽搐,尖细的嗓音就像鸟的一样,让人几乎听不清楚,而且胸膛里老是发出一种呼哧呼哧的喘气声。

"你吃过早饭没有,爸爸?"汉卡问道。

"老实说,没有吃。微朗卡把我给忘了,我也没有去提醒她……"

"她连狗都不喂,狗常常跑到我这里来要吃的!"她大声说道。打从去年冬天开始,她就对姐姐很生气,两人关系很不好。母亲死后,姐姐便把母亲留下的东西全都拿走了,什么也没有给她,从此姐妹就断了来往。

"他们的日子过得也很艰难……"贝利查低声为大女儿辩护道,"斯达赫给风琴师家打麦子,对方每天供给他吃喝,还每天给他四十格罗什的工钱……家里人口多,连土豆都不够吃的……的确,他们家有两头母牛,有牛奶,能把黄油和干酪拿到城里去卖,换回几个钱来补贴家用……她常常忘了给我吃的……这不怪她……她孩子太多了……她还得纺线……织布……给人绣花,忙得像头黄牛似的……我需要的不多,只要每天到时候给我一点吃的就行了。"

"既然她对你这样不好,等到春天你就搬到我这里来住吧。"

"我不是在抱怨,也不是在诉苦,只是……"他突然中断了说话。

"你可以帮我看看鹅,带带孩子……"

"让我做什么都行,汉卡!"他压低了声音说道。

"房间里有地方,我给你放张床,你就能舒舒服服地睡觉了……"

"啊,汉卡,只要能和你住在一起,哪怕是住在马厩里和马在一起,我都愿意,再也不想回到他们那里去了。只要……"他用恳求的口气说道，眼里噙满了泪水，"她拿走我的羽绒被子，说孩子没有什么可盖的。的确，他们在挨冻，所以我才叫他们和我一起睡……我的羊皮袄破烂不堪，根本不保暖了……还把我的床也拿走了。我睡的地方很冷，也不给木柴生火取暖。我每吃一勺东西她都要唠叨一番……她还要赶我出去要饭，我现在身体不济了，要到你这里来都得一步一步地挪动才行。"

"我的天啊，你为什么不告诉我们你的日子过得这样糟糕，为什么不对我们说呀？"

"我不好说呀……她是我女儿。她的丈夫也是个好人，长久在外面打工……我真不好说呀！"

"她真是个女魔鬼！她拿到了一半土地、一半房子和所有的其他东西，却是这样来供养你！应该去法院告她！她应该供你吃住，给你取暖的衣服。我们每年给你十二卢布……你说，我们有没有遵守条约？"

"是的，你们是守信用的人，是的……可是我节省下来的几个钱是准备作安葬费的，她也从我这里掏走了，我实在没有办法……后来又因为孩子们的需要……"他没有再说下去了，却静静坐在那里，蜷缩成了一团，完全不像人样，倒像一堆烂布。

午饭后，铁匠的老婆带着孩子们来了，汉卡和她打招呼的时候，老人便挟起一包汉卡给他准备的东西，一声不响地离开了。

波利那没有回来吃午饭。

铁匠老婆下定决心，哪怕要等到晚上，她也要见到波利那。汉卡把织布机搬到了窗前，便动手把苎麻拧成的纬线接到经线上。她非常谨慎，只偶尔在安特克和他姐姐的谈话中插入几句话。他们的那种抱怨诉苦的谈话并没有持续很久，雅古斯丁卡就闯进来了，用不经意的口吻说道：

"我是从风琴师家来的，他们叫我去洗衣服……马捷伊和雅格娜刚刚也去了风琴师家，请他参加他们的婚礼，他也答应了……是啊，人以群分嘛！有钱人到有钱人家里做客。他们还请了神父……"

"他们还敢请神父？"汉卡大声嚷了起来。

"这有什么，神父又不是圣徒。他们去请他，他说他也可能会来的……为什么不会呢？姑娘年轻又漂亮，还有美酒佳肴，怎能不来呢？磨坊主也答应了会带他的妻子和女儿来，这样的婚礼，利普查村还从未有过呢！我知道，因为我要和磨坊主家的叶夫卡一起掌勺做菜。雅姆布罗兹已给他们杀了一头猪，正在灌香肠……"她突然把话打住了，因为她发现谁也不说话，谁也不向她提问，只是呆呆地坐在那里，于是她很细心地望着他们，故意大声说："你们家要发生大事了！"

"发生不发生什么大事，关你什么事？"铁匠老婆用一种讽刺的口吻说道。

这引起了雅古斯丁卡的不满，她便朝另一边的尤什卡走去。尤什卡正在整理桌子和凳子，孩子们已放学离开，罗赫也到村子里去了。

"很显然，爸爸对于他自己的事，是不会吝啬的！"铁匠老婆悲伤地说道。

"这有什么办法呢？"汉卡说道。她看见安特克用凶狠的目光望着她，便立即闭嘴不说了。他们坐在那里，几乎是一声不响地在等候——偶尔也会说一句两句的，随即便是深沉不安的沉默。

在房子前面的平台上，维特克和孩子们在玩猫捉老鼠的游戏，让瓦帕吠叫不停，连房子都被震动了。

"爸爸的现金一定不会少的，因为他常常卖东西又不怎么花钱！"

对姐姐说的话，安特克只是摆了摆手，未作回答，便走出了房间。他想呼吸一下新鲜空气。恐惧和不安都在不断增长，连他自己也说不出缘故来。他在这里等着父亲回来，既因他的迟迟不归感到焦急万分，

195

又对此时还没有见到父亲而庆幸。"你愤恨,不是因为土地,而是为了雅格娜!"他想起了铁匠昨天说的这句话。

"真是胡说八道!"他不禁大声嚷道。

他开始动手把前面的墙壁加厚,以便房子更暖和。维特克从草堆里抱来干草,安特克便打好木桩,做好框架,随后便把干草塞了进去。可是他的双手发抖,不得不停止工作。他倚靠在墙上,透过光秃的树枝,望着池塘对面雅格娜家的农舍……啊,不,他心中涌现的不是爱情,而是愤怒和成千上万的仇恨,这令他自己也惊讶不已!

"这个婊子,这条母狗,人家给她一根骨头,她就跑过去追了!"他这样想道。

接着,种种回忆犹如洪水一般向他袭来……它们从田野,从大路上,从翠绿和落叶的果园朝他涌了过来,侵占了他的心,塞满了他的脑袋,那些情景仿佛清晰可见……他的额上沁出汗珠,双目闪闪发光,浑身上下兴奋得抖个不停……啊,他清楚地记得:在果园里,在森林中……还有从城里回来的那次……

天啊!他感到头晕目眩,他又看到了她那张热情洋溢的脸孔,那双水灵灵的眼睛,那张鲜艳的丰满的嘴唇——好像她就在他身边,如此接近,连她急促的呼吸声都听得十分清晰,他也感受到她身上的体温,还有她那炽热而动情的低沉呼叫的声调:安特克!安特克!她向他俯身靠拢过来,肌肤相近,他感受到了她的整个身体,她的胸脯,她的肩膀,她的双脚——直到他擦了擦眼睛,赶走那些虚幻而甜蜜的幻象。可是他那强烈的仇恨又涌上心头,又使他陷入了难以自拔的痛苦之中。正如春天的太阳照在屋檐下的冰柱上,爱情重又激醒的时候,痛苦的渴望再次出现在他的脑海中,而且是如此强烈,强烈得让他痛不欲生,以至于他竟想一头撞在墙上,或者厉声呼叫来发泄一番。

"但愿她遭到天打雷劈!"他大声叫道。等他清醒过来时,便朝维特克看了一眼,生怕维特克听出他诅咒的是谁……最近这三个星期,他都是在期待奇迹出现的焦虑不安中度过的。他自个儿已无能为力,想不出什么好的主意来,也做不了什么事情,更无力去阻止什么事情。有时候,在他的脑海里还会涌现出一种疯狂的想法,一种疯狂的决定:他要跑出去和她见面。有一个晚上,在风雨交加的寒夜,他像条忠实的狗那样,守护在雅格娜的屋外,但她没有出来,她存心不想见他,在路上她也远远地绕着他走。

啊,不!不!他对雅格娜的愤怒,对所有一切的厌恶,都时时刻刻在增长。

她成了他父亲的人——她是个古怪的人,是只讨厌的母狗,是个窃贼,把他们家最宝贵的财富——土地窃走了。他恨不得要用木棍把她打死!他多少次想要大胆地在父亲面前说:"雅格娜是我的,你不能娶她做老婆!"然而,他却被这种想法吓得毛发倒竖了起来。他父亲会说什么呢?全村的人又会怎么说呢?

可是现在,雅格娜要当他的继母,也就是母亲……当他的继母,这怎么可以呢?这难道不是一种罪过,一种罪过吗?他不敢再想下去,这种大逆不道的事,定会受到上帝的惩罚……他对谁也不能说,只能藏在心里,就像藏着一团烈火,直把他烧得痛彻骨髓……那可不是一个人所能忍受得了的啊!

再过一个星期,他们就要举行婚礼了……

"主人回来了!"维特克大声叫道。安特克心中一慌,禁不住全身发抖。

天已经黑下来了。

黄昏笼罩着整个村子,就像蒙上了一层灰蒙蒙的尘雾,霞光已消失,被灰色的云层所覆盖。风把云彩吹向西方,使之在空中不停地翻滚。天变冷了，地上冻住了，空气冷得刺骨，但很清新透明。赶到池塘边喝水的牲口的脚踏声和哞叫声、吊桶上下和门窗开关的吱嘎声、孩子们的嬉笑打闹声和狗的吠叫声，隔着好远都能听得一清二楚。有的窗户已经透出了灯光，灯光斜射在水面上，投下了颀长的不断摇曳的影子。一轮红色的圆月正从森林的背后冉冉升起。

波利那身穿普通的长袍，来到院里察看有关农事，他看了马、母牛和牛栏后，大声责怪起古巴和维特克来，说小牛犊都跑到母牛那边去了，在母牛中间穿来穿去的。等他进到屋里的时候，看到大家都在等着他。大家都没说话，只是抬头望了一眼便低下头去。他站在房间中央，环视了一眼大家，便以嘲讽的口气问道：

"大家都来了！是来审问我的？"

"我们不是来审问你的，是来求你的！"铁匠老婆有些胆怯地说道。

"你老公为什么不来？"

"他很忙，只好留在家里……"

"啊！他很忙！"波利那微微一笑，脱下了长袍和皮靴。

大家都不知如何应答，气氛显得很沉闷。

铁匠老婆干咳了一声，还把自己的孩子拉到身边来，以免他们打闹。汉卡坐在门槛上给她的小儿子喂奶，用惶恐不安的眼神望着安特克。安特克坐在窗前，正在思考着该说些什么话——他全身发抖，既激动，又焦急。唯有坐在火炉边的尤什卡很平静，正在削着土豆。她不时把木柴扔进火炉里，还很奇怪地望着大家——她还不知道他们一起来到这里的缘由。

"你们想说什么就快说吧！"波利那见大家默不作声，便火冒三丈，大声吼道。

"安特克，你就先说……我们就是来谈财产协定的事情……"铁匠老婆喃喃说道。

"我告诉你们，协定我已经签了，婚礼定在星期天。"

"这个我们知道，我们并不是为这个来的。"

"那是为了什么？"

"你给了整整六垧地！"

"我想给就给，只要我高兴我可以把全部财产都给她。"

"要是这全部财产都是你的，你爱怎么给都可以！"安特克说道。

"不是我的，是谁的？"

"你子女的，我们的！"

"你像这只羊一样傻！地是我的，我爱怎么办就怎么办！"

"不是所有事你都能办的……"

"难道你要阻止我，你？"

"不单是我，我们大家都要阻止你，法院也不准许你这样做！"安特克控制不住自己，大声嚷道。

"你想用法院来威胁我，是吗？快闭上你的臭嘴！要是惹得我生气，你就后悔莫及了！"波利那捏紧了拳头朝安特克跳将过去，说道。

"我们不能被人欺侮！"这时汉卡也站了起来，高声喊道。

"你在这里叫什么？你嫁过来的时候只带来三垧地、一块粗布。你也敢在这里瞎起哄！"

"你连这些都没有给安特克，还有他母亲陪嫁来的土地你一点也没给。我们就像长工一样拼死拼命地干活。"

"你们也没有白干，不是把三垧地的收成都给你们了吗？"

"可是我们干的活，价值二十垧地的收成都不止！"

"你若是觉得我亏待了你们，那你们就到别处去找好日子过吧！"

"我们才不去别处找呢！这里就是我们的家、我们的土地。这是我们的爷爷、我们的祖先传承给我们的！"安特克坚定地回应道。

波利那瞪着眼，什么话也没说。他在火炉旁坐下，用火钳拨动着木柴，直搅得火星四溅。他火冒三丈，脸色通红，头发时不时地遮住了他的眼睛。但是他再三忍着，没有发作出来。

大家都沉默不言了，房间里一片寂静，只能听到人们急促的呼吸声。

"我们并不是反对你结婚，你想结，你就结……"

"就算你们反对，也没用！"

"只要你收回那份文件就行。"汉卡流着泪，插了一句。

"你给我闭嘴，你他妈的，你像只母狗那样吠叫不停！"他猛地把火钳往炉火中一搅，直搅得满屋子都是飞溅的火星。

"她不是你女人，你不能对她说这种话！"

"那就让她闭嘴！"

"她有说话的权利，她是在维护我们的合法权利！"安特克的口气越来越有力。

"你可以保留那份文书，但要把剩下的财产分给我们！"铁匠老婆低声说道。

"你这个蠢家伙！想来分我的财产了！我告诉你们，我绝不会靠你们赡养……"

"我们也不会放弃，这是我们的正当权利！"

"只要我拿起木棍，你们就能享受到正当权利了！"

"你就试试看，只要你敢碰一下，保证你活不到结婚的时刻。"

他们开始争吵起来，相互跳近前来，横眉怒目、声色俱厉地拍着桌子，把肚子里的所有怨恨都一股脑儿地发泄出来了。安特克已是怒不可遏，用手抓住波利那的肩膀，甚至抓住了他的衣领，想要打他。但老人不想打架，克制住了自己，只把安特克推开，对他的辱骂也不理会，他是觉得家丑不可外扬，不想让全村的人来看热闹。但是房间里的争吵声和咒骂声越来越响，两个女人呼天喊地，孩子们也大声哭叫,这引得古巴和维特克从院子里跑到了窗下,从外向里张望……但是他们分辨不出他们争吵的内容,因为大家的声音都很大,到最后他们都精疲力竭,大声地喘着粗气,话不成句,有的只是威胁和诅咒的喃喃声。只有汉卡还在大声哭叫,她靠在炉子的边沿上,泪水不停地流下,用迷迷糊糊的声音大叫道:

"啊!我们要去讨饭了,出去流浪了……啊,我的耶稣!我的天主!我们像牛像马一样日日夜夜地干活,今天却落得这样下场!上帝会为我们受到的不公正待遇而惩罚你的……把六垧地给了别人,还把婆婆的衣服和首饰也给了人,给的又是什么人呢?给的又是谁呢?给的是个母猪,一个娼妇!你将来会不得好死!会遭到蛆虫的啃吃!你娶的是个娼妇,是个烂货!"

"你说什么?"老人吼叫道,同时朝汉卡冲了过去。

"一个娼妇,一个烂货!全村的人,全世界的人都知道!大家都知道!"

"你敢乱嚼舌头,看我不把你撞死!"波利那抓住汉卡,将她摇来晃去的,与此同时,安特克一步蹿上前来保护她,还大声叫道:

"我也要说,她是个娼妇,是个烂货!我就睡过她!谁想谁都能睡她!"安特克怒不可遏,已经丧失理智,可他还来不及说完,便被狂怒的老爸一巴掌扇到了地上。他的脑袋正好撞在已经倒地的木柜上,柜子上的玻璃都被他撞碎了,他也被撞伤了,血流满脸。他立即站了起来,朝父亲冲了过去。

父子俩像疯狗似的相互扭打在一起,你揪住我的胸前衣襟,我抓住你的肩膀,在房间里冲来冲去。他们互相把对方推到床上,靠在大柜子上、墙上,碰得脑袋都嘭嘭地响。可怕的叫喊声越来越高,女人们想把他们分开,但无能为力,因为他们两个已经在地上滚在了一起,都无比仇恨地紧揪着抱着,时而你在上面,时而我翻了上来。他们在地上翻滚着、扭打着,仿佛都要致对方于死地。

幸运的是,邻居们都跑来了,而且来得正是时候,他们把这对父子拉开了。

他们把安特克抬到房间的另一端,用水把他浇醒,因为他被玻璃划伤,流血过多,再加上搏斗过久过累,已经昏迷过去了。

老头子倒没受伤,只是棉袄被抓破了几个洞,气得发青的脸上被抓出了几条伤痕……他大骂跑来的那些邻居,并将他们赶出门外,随即便在炉旁坐了下来。

但是,他的心情却无法平静下来,他们咒骂雅格娜的那些话,像刀子一样直刺着他的心。

"这只疯狗,我绝不会饶了他!"他在心里起誓,"他竟敢这样说雅格娜!"然而他突然想起了他曾多次听到关于雅格娜的流言蜚语——不过那时候他没有放在心上。他浑身发热,感到喘不过气来,心中涌起一股深深的悲伤……"这不是真的,这是谣言和嫉妒!"他大声喊道。——不过,连自己亲生的儿子都这样说,又怎么去堵住村民们的嘴巴呢?这个混蛋!想到这里,他浑身像被火烤一样难受。

尤什卡把一片狼藉的房间收拾干净后,把晚饭给波利那端了上来。很晚了,他却很饿。他试了试土豆,却吃不下,便放下了汤勺,问古巴:

"你有没有给马喂过草料?"

"早就喂过了。"

"维特克去哪儿了?"

"他去请雅姆布罗兹来给安特克包扎脑袋,他的嘴唇也肿得很厉害。"古巴答后,便立即站起朝屋外走去。今夜明月高照,他想乘此月明之夜出去打猎。"真是的,吃面包吃得太多了,才要打架!"他嘟哝了一句。

波利那也朝村子里走去，但他没有去见雅格娜，尽管她的家里还亮着灯光。他拐了个弯儿朝磨坊那边走去了。

夜很寒冷，但繁星满天，天空辽阔，月亮高悬，夜色皎洁，把整个池塘照得熠熠生辉，如同耀眼的银子。树木把长长的不断摇曳的影子投射在空无人迹的大路上。夜已深，灯已灭，村里家家户户的白色墙壁便在光秃的果树中间更加突显出来了。整个村庄沉浸在寂静和黑夜之中，只有磨坊的水轮和流水在不停地响着。马捷伊在池塘的两边走来走去，连他自个儿都不知道要到哪儿去，该做些什么。随着漫无目的走的时间越长，他心中的愤怒和憎恨也随之增长。

他走进了酒馆，还把乡长请来了，两人在一起喝酒，一直喝到半夜，然而，就是用酒来浇愁，也无法让他摆脱心中的痛苦。于是他做出了一个决定。

翌日清晨，他起床后便到房屋的另一边去了。安特克还躺在床上，脸上缠着一块破布，上面满是血迹——他抬了一下身子。

"你们立即滚出这个屋子，把你们的东西全都带走，这里绝不能留下你们的痕迹！"波利那大声吼道，"如果你们想打架，想打官司，你们想通过法院得到你们想要的东西，那就去法院告我好了。你们种的庄稼，夏天你们可以收割回去。现在，快滚吧，我再也不想看到你！听见了吗？"他吼叫道。安特克望着他，一句话也没说，开始从容不迫地穿起衣服来。

"到了中午，让我不再看见你们！"他在过厅里还吼叫了一句。

安特克依旧一声不响，好像什么也没有听见似的……

"尤什卡，去把古巴叫来，让他套好马车，把他们送到他们要去的地方！"

"他现在出了点毛病，躺在草堆上起不来了，说他的那条瘸腿痛得非常厉害。"

"嘿，腿痛！一个懒汉，他是想休息！"波利那只好自己去安排早上的农活了。

古巴确实是病了。无论主人怎样逼问，他都不愿说出病因。他躺在草堆上，只是不住地呻吟，连马儿都来到了他的身边，用鼻子去闻他的头，用舌头去舔他的脸。维特克给他提了一桶水来，还偷偷地在溪边替他洗净一些染有血迹的布片。

波利那一心只在安特克搬家这件事上，根本没有觉察到这些异常情况。

安特克一家搬走了。

没有喊叫，没有争吵，安特克夫妇静静地收拾他们的东西，之后，把东西都搬到了房外，捆好打好了包。汉卡难过得昏了过去，安特克给她喝了些水她才清醒过来，随后他催她动作快一些，以便尽快离开他父亲的这个家。

他向克温布借来了一匹马，他不愿使用他父亲的马。他把行李都搬运到村子另一头的酒馆后面汉卡父亲的家里。

从村子里来了几个以罗赫为首的农民，想劝他们和解，但无论是父亲还是儿子，都不愿意和解。

"不！让他们去试试，看他如何去享受他的自由和面包！"老头子回答道。

安特克对于他们的劝说一句也没有回答，还举起了一个拳头，做出可怕的威胁姿态，吓得罗赫脸色煞白，连忙退到篱笆外边的女人们那边去了。有几个女人前来给汉卡帮忙，但大部分的女人都在唉声叹气，议论纷纷，乱出主意。

当泪流满脸的尤什卡把午饭端给波利那和罗赫时，安特克便带着妻儿和所有的东西出发上路了。他甚至没有回头看一下他的房子，只是画了个十字以示告别。他深深地叹了口气，便挥鞭催马前行。他在一旁扶着车子,因为车上装的东西太多了。他呆呆地走着,脸色像纸一样苍白,眼里露出固执的凶光,牙齿嗒嗒地颤动着,像是犯了疟疾似的,但他什么话也不说。汉卡跟在车子后面无力地走着,她的大儿子拉着母亲的裙子大哭不止,小儿子被她紧抱在胸前。她还赶着一头母牛、一群鹅和两只瘦猪。她又是哭来又是骂,声音又尖又响,引得全村的人都出来,跟在她后面,就像游行队伍似的。

老波利那家的午饭吃得很沉闷,大家都一声不吭。

老狗瓦帕在门外吠叫不停,接着它便去追赶车子,过了一会儿它又跑了回来吠叫。维特克叫它,它也不搭理,好像没听见似的。它在院子里嗅了嗅,便跑进安特克住过的房间,在里面转了两圈后又跑到过道来吠叫,它向尤什卡摇着尾巴,疯了似的乱跑起来。后来它蜷缩着坐了下来,用一种呆傻的眼神望来望去。随后它站了起来,夹着尾巴去追赶安特克一家了。

"瓦帕跟着他们走了!"

"尤什卡,不用担心,它饿了就会跑回来的!"父亲温和地说道,"别哭了,傻女儿!快去收拾一下那边的房子,罗赫要住到那里去的。去叫雅古斯丁卡过来,让她帮助你……现在你要把整个家务都管起来。你现在是这个家的女主人了,凡事都要你操心了!不要哭,不要哭了。"他抱住她的脑袋,抚摸它,紧紧贴在他胸前,"我要进城去了,我会给你买双鞋子的!"

"给我买双鞋?爸爸,是真的吗?"

"真的。我一定给你买。我还会给你买很多东西的……只要你把这个家管好,做个听话的好女儿!"

"爸爸,那你就给我买一件像纳斯特卡·戈温布买的那种土耳其式的外衣,好吗?"

"好的,我买,我的女儿!"

"还要一条缎带,长一点的,我要在你的婚礼上戴的。"

"你还要什么,都说出来,我好给你买。你要的所有东西,我都会给你买!"

第十一章

"雅格娜,你还在睡呀?"

"我怎么能睡得着呢?天不亮我就醒来了,心里一直在想,今天就要举行婚礼了……我都不敢相信。"

"你感到难过吗?我的女儿,是不是?"她小声问道,心里既高兴又悲伤。

"我为什么要难过呢!我只是要离开你们,去到我自个儿的家了。"

母亲突然听到她的这句话,心中涌现出一丝痛苦,她什么话也不说,便从床上坐了起来,漫不经心地穿好了衣服,到马厩里去叫醒两个儿子。昨天举行了散开发辫的小宴会,让他们今天睡得有点过头了。天已大亮,曙光照射在杨树的枝丫上,银光闪闪,东方已是霞光万丈。

多米尼科娃在过道里洗完脸后,便在房间里踱来踱去,时不时地打量一下雅格娜。房间里还很昏暗,只能隐隐约约地看到她在被窝里的脑袋。

"躺着吧,女儿,好好躺着吧!这是你在娘家睡的最后一次了,最后一次了!"激动和悲伤交替出现在她心中,让她不能自持,让她不敢相信,她所盼望的就是今天。她心潮澎湃,回想起了过去的一切……

现在她所期待的……都得到了。但是她又感到一种难言的痛苦，让她不得不在床上坐了下来。波利那是个好人……会尊重她的女儿，不会亏待她的……雅格娜则会牵着他的鼻子走，爱去哪儿就去哪儿，因为在波利那眼里，除了雅格娜外，什么也没有。

"啊，我担心的不是这个……不是波利那……他奶奶的！为什么要把安特克一家赶走呢？这样一来他们就要怀恨在心，寻求报复了……可是如果不把他们赶走，让安特克留在雅格娜的身边，说不定会触犯天条，犯下天理不容的罪孽！我的耶稣！事已至此，已是无法可想了……结婚的布告都贴出去了，猪也杀了，请柬也都发出去了，签订的文书也已放进箱里了，一切都已准备就绪。不，不！该来的就让它来吧！只要我活在这世上一天，就不会让雅格娜受到欺侮！"这是她最后的决定。随即她又到马厩去责怪儿子们还在睡懒觉。

回到了屋内，她便大声喊叫雅格娜该起床了，可是雅格娜再次沉入了梦乡。她呼吸均匀，从床上发出的平静的呼吸声又让她这个母亲忧心忡忡，仿佛隼鹰的利爪在撕裂她的心肺，让她对自己的决定开始怀疑起来，心中涌起一种模糊而又可怕的预感。于是她在窗前跪了下来，一双火红的眼睛望着窗外的霞光，诚惶诚恐地祷告着。随后她坚定地站立起来，做好了充分的准备，去迎接一切艰难困苦的挑战。

"雅格娜，该起床了！快点起来……叶夫卡马上要过来做菜了，今天还有许多事情等着我们去做哩！"

"天气好吗？"雅格娜问道，抬起了她那还昏昏沉沉的脑袋。

"还不错，天气晴朗，一片霞光，太阳马上就要出来了。"

帮助雅格娜迅速穿好衣服后，母亲寻思良久，才对女儿说道：

"我从前也跟你说过，现在再重说一遍……波利那是个好人，心地好……但你一定要特别小心，不要跟那些不三不四的人来往！不要让村里的那些人再对你嚼烂舌头……人和野狗一样喜欢咬人!你听见我说的话了吗,我的女儿?"

"听见了,听见了……你这样说话,好像我是个傻瓜蛋!"

"好话不怕多说……你要好生注意的一点,就是要常常讨好波利那,要尊重他,要对他温柔体贴……年纪大的人对这些事情,要比年轻人更看重……说不定他高兴了,就会把全部田产都给你,或者把家里的金银财宝全都给你!"

"我不在乎钱财。"雅格娜厌烦地打断道。

"那是因为你年轻,又不懂事……你好好看看村里的那些人,你看看他们是为了什么争吵,忙碌一生又是为了什么?不就是为了田地,为了财产!你生就的好命,没有吃过什么苦……上帝创造你,就是不让你去当雇工,我辛辛苦苦地忙碌了一生,为的什么,还不是为了你,我的雅格娜!现在只剩下我孤苦伶仃的一个人了,一个人了!"

"不是还有男孩子吗?他们留在家里又不会离开你的……"

"我从他们那里得到的欢乐,就和逝去的昨天一样多!"她边哭边大声说道,"你去了一定要和你丈夫的那些子女和睦相处!"她擦了擦眼泪补充道。

"尤什卡是个好姑娘,格热拉一时还不能从军队中回来……铁匠你要多加小心。"

"他们都和马捷伊相处得不错……"

"这里面铁匠是有他自己的打算的,你要好好地注意他。安特克最难办,他们父子都不想和解。神父昨天去劝和,没有成功……"

"因为马捷伊是条恶狗,非要把他们赶走不可!"雅格娜气冲冲地大声说道。

"你怎么啦?雅格娜,你怎么啦?你可知道,是安特克要把给你的土地夺回去,也是他骂你骂得最难听的,他说的这些坏话,真是不堪

209

入耳。"

"安特克骂我？不可能……那些人在骗你，真该烂掉他们的舌头！"

"你为什么站在安特克一边，替他说话，为什么？"母亲用严厉的口气说道。

"因为大家都在说他不好，我可不是一只讨吃的狗，不管谁给它一块面包，就对那人摇尾乞怜。我很清楚，他受到虐待了……"

"那你是不是要把那份文书也给他……是不是？"

雅格娜没法再说下去，泪水大粒大粒地从她眼里流了下来，她立即跑进里面房间，嘭的一声把房门关紧了，在里面大哭了很长时间。

多米尼科娃没有去管她，她的心里又萌生出了新的忧虑……可是她没有时间去深想了，因为叶夫卡来了，她的儿子们也进了过厅。她要把出嫁前的所有事情都安排妥当，这是最后的准备工作了。

太阳升起来了，阳光普照大地。

昨夜很冷，路两旁的水洼和池塘的边缘都结了一层薄冰，冻结的泥泞地上，小牲口也能安全地通过。

天气开始暖和了，虽然篱笆下和阴影处还留有浓霜，但是屋顶上已开始落下晶亮的水珠。一团团的水汽像云雾那样从沼泽地上升起，空气如此清新透明，周围的土地如同在掌上一样清楚，森林也更加清晰了，连树木都能一棵棵地分辨出来了。

蔚蓝色的天空中，一朵云彩都没有。但是，乌鸦在房屋周围盘旋，公鸡不停地鸣叫，看起来又要变天了。

这一天是星期天，虽然号召信众去做礼拜的钟声还未敲响，但村民们已像蜂巢里的蜂子那样闹哄哄的了。为了参加波利那和雅格娜的婚礼，半个村子的人都把自己打扮得漂漂亮亮的。

在房舍之间的果园路上，姑娘们欢笑着跑了出来，她们头戴丝巾，身穿五颜六色的衣裙。

村里的人都在准备衣物、挑选饰品，大家试来试去，精心打扮着自己。他们兴高采烈，欣喜异常。从开着的门窗内，传出了欢乐的笑声和歌声。

而多米尼科娃的家里更是一派忙乱——农村嫁女的一天，通常都是这样乱哄哄的。

房子重新粉刷过了，远远望去格外醒目。头一天就按照节日的布置，小伙子们已将松枝插在屋顶上和能够插进去的各处墙缝里，从篱笆到门廊的路两边，也都插上了枞树枝，阵阵香气四散，有如春天的树林。房间里面，更是布置得花团锦簇。

而在房屋的另一边，原是个放杂物的地方，正生着一个大火炉，来自磨坊的叶夫卡正在做菜，几个邻妇和雅古斯丁卡在给她打下手。

大房间里的所有的家具都被搬到其他房间去了，只留下了画像，小伙子们把结实的凳子放在了四周，中间是一张长桌。房间也是粉刷过的，火炉用一块大蓝布盖住。椽子和房顶因年久而变黑，雅格娜便用剪纸装饰起来。马捷伊从城里给她买回了彩纸，雅格娜便将它们剪成了许多带有穗子的纸圈、花朵和各种小图画，色彩鲜艳，各不相同，有的是狗在追赶羊群，牧人拿着木棍跟在狗后面，或者是节日游行，游行队伍中有神父、有旗幡、有各种各样的圣像。要记住这么多的剪纸是很困难，而且所有这些剪纸都做得极其精美，极其生动，就像活人一样。昨天晚上在散开发辫的仪式上大家就已经赞不绝口了，雅格娜会剪各种各样的东西，只要她见过而且很感兴趣的东西，她都能随手剪出来。在整个利普查村，没有哪一家没有雅格娜亲手剪的剪纸。

她在里间打扮了一下，便出来把剪纸贴在圣像下面的墙壁上，因为其他地方都贴满了。

"雅格娜，快放下这些玩意儿！客人们都来了，乐队已经在村子里吹起来了，你却还在摆弄这些玩意儿……"

"来得及，来得及！"她简短回答后立即放下了剪纸。她心情焦躁……时而把松针撒在地上，时而把细麻布桌布铺在桌上。她又去收拾了一下房间，和兄弟们交谈了几句，便走出门外，久久地望着外面的景致。她没有感到丝毫的快乐。她所想的只有跳跳舞、听听音乐和唱唱歌，此外就别无其他了。她现在的心情就像今天这个秋天的日子一样，晴朗、肃穆、宁静。如果不是那八串珍珠项链，也许她连今天是他们结婚的日子都忘记了——波利那在昨天的散开发辫的仪式上，送给她八串珍珠项链——这些项链都是他的前妻死后留下来的。可是，项链如今正被压在箱底里，她连戴一下的兴趣都没有。今天她对什么都不感兴趣……她真想飞到外面的世界去……什么地方呢？她不知道。一切都在惹她生气。母亲告诉她的安特克说的那些话，一直缠绕着她，挥之不去，她不相信也不愿相信安特克会说这样的坏话。她真想大哭一场……或许，这很有可能……昨天她在池塘洗衣服的时候，安特克走过那里，却连看都不看她一眼。今天早上，她和波利那去教堂忏悔时，正好在教堂前面碰见了他……他就像躲避野狗似的转身就走。很可能是真的……他要骂就让他骂好了！

雅格娜开始仇恨起安特克来了，但是突然间，有件事涌上她的心间——有天晚上在波利那家削洋白菜，安特克护送着她回家。回忆使她心潮澎湃，整个身心都像沉浸在旧情复燃的烈火中了，回忆又是那么强烈，使她欲罢不能。她突然大声对她母亲说道：

"我现在宣布：结婚之后绝不剪短我的头发！"

"你太过任性了，谁听说过，有哪个姑娘结婚之后不剪短头发的呢？"

"在地主庄院里，在城里，就有不剪短头发的！"

"确实有的！那是她们为了寻欢作乐，为了骗人，假装自己还是个姑娘。但是你又想去搞出什么新花样来？就让那些地主家的小姐们去闹笑话吧，去效仿犹太女人吧！她们可以那样做，因为她们是蠢货。可是你和她们不同，你祖先的祖先都是农民，你是农民的女儿，而不是城里的烂货，你的一言一行都应遵从上帝的旨意，按照我们农民中间的老规矩去做。我了解城里的那些新花样，不会带来什么好结果的。帕库兰卡去了城里工作，结果怎么样呢？据乡长说，她因闷死孩子而被关进了监狱……还有那个伏伊特克，他是波利那家女方的亲戚，曾在城里浪荡，现在不得不走村串户去向人家乞讨。早先他在伏尔卡有自己的土地和马匹，过着丰衣足食的日子。现在老啦，只好拿着讨饭棍和要饭袋去乞讨了。"

雅格娜听不进母亲的劝说，还是坚持不剪短发。叶夫卡也来劝说雅格娜，她是个见过世面的女人，阅历丰富，走过许多村庄，年年跟着朝圣者队伍前往琴斯托霍瓦去进香，此刻她也正在竭力规劝雅格娜。雅古斯丁卡也来劝她，不过她用的是自己的独特方式，在劝说中夹杂着俏皮的笑话和尖刻的讽刺，最后她这样说道：

"那就留下你的辫子，留下好了……等到波利那打你的时候，他就可以一手揪住你的辫子，一手拿棍子，揍起你来就更方便了……到那时，你就会主动把辫子剪掉了。我认识不止一个女人……"她话还未说完，维特克便来叫她了。自从安特克搬出去之后，她就在波利那家帮忙，因为尤什卡还太年轻，管不了这个家。雅古斯丁卡既要帮助叶夫卡做菜，又要回去照看波利那的家，因为这一天老头子都是稀里糊涂的。今天一大早，尤什卡就跑到铁匠家去打扮自己了，而古巴则卧病在床。

"请你快点过去，古巴急着找你。"小伙子催促道。

"是病情加重了？"

"是的，他的哼叫声和呻吟声连路上的人都能听见！"

"我马上赶过去！朋友们，我过去看看他到底怎么样，然后就回到这里来……"

"雅格娜，你快点，伴娘们都快来了！"母亲催促道。

然而，雅格娜依然是一副不慌不忙的样子，她像梦游般地在房间里走来走去。她时而在凳子上坐下，时而又突然站立起来去收拾——但是手根本拿不住东西，时而站在窗前，伫立良久。她的脑海里有一股漂流不定的水，流到这里又流到那里，多次撞击到记忆的石头上，掀起浪花四溅。

房子里的喧闹声越来越高，因为客人们纷纷到了，先是村里的大妈们，继而是一些女亲戚和几个农家主妇。她们按照古老习俗，给多米尼科娃送来了鸡、白面包、面饼、盐、面粉、猪油和用纸包着的银卢布，这些东西都是被邀请的客人送来的结婚礼物，以弥补婚礼的巨大花费。

这些女客人和多米尼科娃喝过一小杯甜酒、说过几句话之后，便匆匆离开了。

多米尼科娃掌管着这一切，她亲自指挥着做菜，把屋里收拾得干净整洁，对所有的礼物都要亲自过目，还不时地责骂儿子们的偷懒——他们一有机会便溜出屋去，跑到乡长家里去，乐队和傧相们都在乡长家里集合好了……

神父因为参加大弥撒的信徒不多而非常生气，他责怪人们为了一场婚礼就把上帝给忘了。神父责怪得不错，但是村民们也有他们的说法——像这样隆重豪华的婚礼并不是每个星期天都会举行的。

吃过午饭之后，那些受到邀请的邻村客人纷纷骑着大马或者驾着马车赶来了。

太阳渐渐西移，把一层朦胧的秋日光辉照射在大地上，田野熠熠生辉，好像沾满了露珠。窗户阳光四射，池塘也波光粼粼，大路两旁沟渠里的水面也发出玻璃似的光亮。整个天地都笼罩在深秋阳光的余晖和透着寒意的氛围中。

寂静、昏暗已经笼罩着整个大地。白天像已烧尽的蜡烛，渐渐逝去了。但是利普查村却热闹非凡，人声鼎沸，有如集市一样。晚祷的钟声刚响第一声，乡长家里的乐队便冲到大路上来了。

走在最前面的是小提琴手，和他并排前行的是位笛子手。跟在他们后面的是低声提琴手和小鼓手——后者的鼓上挂着小铃。他们都披着彩带，兴高采烈地边奏边行。

走在乐队后面的是两个媒人和六个伴郎。这些伴郎个个都很年轻，身材颀长，像刚刚长大的松树。他们的腰杆细，肩膀宽，善于跳舞，有激情，爱争斗，竭力维护自己的权利，他们是清一色的世代相传的农家子弟。

他们行走在道路的中间，一排排地，肩并肩地，大地在他们的靴子下面发出咔咔的响声。他们个个都兴高采烈，身穿节日盛装，人人都意气风发，喜笑颜开。微风一吹，阳光下闪亮的裤子、红色的上衣、白色的长袍、帽子上的丝带，都像翅膀一样飘来飘去——所有这一切都吸引着人们的眼球。

他们哼着愉快的歌曲，发出尖锐的叫声，他们合着乐队的节拍，踏着整齐的步伐，奋勇前进——仿佛是<u>一丛翠绿的松树受到了大风的吹动而飞驰</u>。

乐队奏着波兰的乐曲，从这一家走到另一家，邀请人们去参加婚礼。受邀的人家中，有的会邀请他们喝一杯白酒，有的请他们进屋歇歇，有的则用歌声来回应他们。人们都穿戴得漂漂亮亮，从家里出来，加入了这支欢乐的队伍，大家来到伴娘们的窗下，齐声唱起了下面这首歌曲：

快快出来，伴娘卡辛卡，

> 是去参加婚礼的时候了——
> 那里会有音乐，会有人歌唱！
> 有小提琴，有男低音歌手——
> 谁若是来了，不想大吃大喝……
> 那就请他尽快回家去吧！
> 啊，嗒，嗒那！啊，嗒，嗒那！……①

他们在一起高声喊叫，大声起哄，以致声震全村，响彻树林，整个大地都回荡着婚礼的欢乐声。

有些人从家里出来，到了果园里，他们没有被邀请来参加婚礼，只是来看看热闹。当他们到目的地时，几乎全村的人都围着那些受邀参加婚礼的人在观看。孩子们在前面跑来跑去，聚结了一大群，又跳又唱的。

乐队把客人们引进新娘家里，并给他们演奏了一支欢快的乐曲之后，便去接新郎了。

维特克身穿短袄，佩着一条绣带，显得十分神气，他一直都是和男傧相们在一起的，现在却突然跑到前面去了。

"老爷，乐队和傧相们都到了！"维特克朝窗里面大声喊道，随后便朝古巴那边跑去了。

乐队站立在大门口，尽情地演奏了一番。波利那立刻打开大门，走了出来，邀请大家进屋坐坐，但被乐队谢绝了。于是乡长和村长各自挽着波利那的一只胳膊，直接把他带到雅格娜家里去了，因为已经到了去教堂的时候了。

新郎步履矫健，精力充沛，容光焕发，显得出奇年轻。剪短了的

---

① 书中所引用的民歌，大多是作家莱蒙特直接引自波兰马佐夫舍地区的原始民歌。

216

头发、刮得干干净净的胡子,再加上结婚的礼服,这一切竟使他成了一个天生的美男子。他身材魁梧,虎背熊腰,体形雄壮、仪表威武。他笑容满面,微笑着和男人们交谈,和随侍在身旁的铁匠谈得最多。

按照礼节,他们把他送到了多米尼科娃家。围观的人们纷纷给他让路,欢叫声、乐器声和歌声融成了一片,热闹非凡,波利那便在这夹道中款步走入了新娘家。

雅格娜却还没有出来。妇女们正在内室给她梳理打扮,并把房门紧紧闩上,还派人把风不让别人进来。那些小伙子们却在用力地拍打着房门,还在木板上挖出一条缝来,和伴娘们说些粗俗的笑话,引得妇女们发出尖叫声、狂笑声和咒骂声。

多米尼科娃和她的两个儿子都在招待客人,请他们喝白酒,把年长的客人安排到凳子上就座,对各种事情都安排得周到。因为来的客人太多,房间里待不下,有的人便站在前厅里,甚至是在篱笆墙边。受邀参加婚礼的客人都是有一定身份的人,都是世世代代相传的有产业的农民,他们富有、高贵,大多和波利那家或帕切斯家有亲戚关系,还有一些是从附近村子赶来的熟人。

克温布家的人、文西奥尔克家的人、仅有很少土地难以维持生计的人、靠打工而生的人,以及那些支持克温布的小人物,都没有受邀来参加婚宴……俗话说得好:香肠不给狗吃,蜂蜜不给猪喝。

没过多久,里间的房门打开了,风琴师的妻子和磨坊主的妻子把雅格娜引领到大房间来,伴娘们围绕在她的周围,个个美丽动人,打扮得花枝招展,而雅格娜站在她们中间,犹如一朵最娇艳的玫瑰花。她一袭雪白婚纱,头戴金银花边的羽毛头饰,看起来犹如宗教游行队伍中的画像中的人。大家见到她都突然沉默了,惊讶得目瞪口呆。

啊!自从玛祖尔人跳玛祖卡舞以来,还从未见过这样的美女。

于是伴郎们便放开嗓门,全力唱了起来:

拉吧，小提琴，尽情地拉吧！

而你，雅格娜，要请你父母原谅！

吹吧，小短笛，愉快地吹吧！

而你，雅格娜，要请你兄弟原谅！

波利那上前一步，握住雅格娜的手，两人双双跪了下来。多米尼科娃一手拿圣像，一手在他们头顶上画着十字，以示祝福，还把圣水洒在他们身上，直到雅格娜放声大哭，双手抱住母亲的双腿不放。随后她又抱住别的妇女的膝头，当她请求别人原谅和她们告别之际，女人们都伸手把她抱在怀里，和她一起哭泣——尤什卡哭得最动情，因为想起了自己过世的母亲。

大家都来到了屋外，排好队伍后便徒步向教堂前进——教堂离雅格娜家不远。

乐队走在最前面，他们都卖力演奏着。接着是伴郎们簇拥着雅格娜前行，她的脸上还挂着泪珠，在睫毛上颤动着，但她已经破涕为笑，高兴地踏步前进。她现在如同绽放的鲜花、明媚的阳光，吸引着所有人的眼睛。她的头发被编成发结，盘结在额头之上，头发上面又插放着许多金色饰品、孔雀毛和迷迭香的嫩枝。从头上到颈上、背上，各色的长飘带飘垂着，在她身后形成一道道耀眼的彩虹。白色裙子在腰间打了许多褶皱，蓝色天鹅绒胸衣镶着银色蕾丝，袖子宽大的衬衣的领子上，围着一大圈用深蓝色花线绣成的各种花边的围巾，胸前几乎挂满了琥珀和珊瑚的项链。

在她身后，伴娘们引导着波利那前行。如同一棵高大挺拔的橡树生长在秀丽纤细的松树中间，波利那处在雅格娜的后面，其情景正和此相吻合。波利那步履轻松，而且时不时地望着大路两旁，他以为安特克也会在这些人中。

走在他们后面的是多米尼科娃和媒人们、铁匠一家和尤什卡、磨坊主夫妇、风琴师妻子,以及其他较有名望的人。

走在最后面的是其他村民。

火红的太阳已经西沉,正挂在森林上空,又红又大。落日的余晖染红了所有道路、池塘和房屋。

他们缓步走在这熊熊红光中,同时看着这移动的队伍,只觉流光溢彩、眼花缭乱。他们佩戴着缎带、孔雀毛、鲜花,穿着红色裤子、橘红色裙子、白色长袍,戴着各色头巾,真像是一片百花盛开的花海,在风中不停地摇曳。

还有动听的歌声。女伴娘们一再用尖细的嗓音唱出了下面的小调:

> 车来了,车来了,马车在摇晃着前行——
> 啊,我的雅格娜,大家为你哭泣……
> 嘿!
> 大家在歌唱,都在为你歌唱——
> 啊,雅格娜,可是你却在悲伤……
> 嘿!

多米尼科娃一路上都在抽泣,眼睛一直盯着女儿,像望着圣像一样呆看着,别人对她女儿说了些什么,她一句也没听进去。

雅姆布罗兹已经在祭坛上点亮了蜡烛。

他们都来到祭坛,两个一排地站好了,神父也正好从圣器室走了出来。

婚礼很快便结束了,因为神父急于赶去看望一个病人。当大家走出教堂时,风琴师把玛祖卡、奥别列克和克拉克维亚克等舞曲演奏得热情奔放，人们便不由自主地随着节拍跺起脚来，有几个人甚至想放声歌唱，但一想到这是在教堂里，便只好放弃了。

回去的时候却是三五成群的，不像来时那样有秩序，伴郎和伴娘们一路上放声歌唱，声震夜空，热闹异常。

多米尼科娃抢先一步回到了家里，等到大伙都到了时，她便在门口迎接新婚夫妇，给他们送上供过神的面包和盐，随后又一次对客人们表示欢迎，和他们一一拥抱，将他们迎进屋里。

这时的过道里，乐队奏起了舞曲。男人进门时，便搂住他所看到的第一个女人，和她跳起了热情庄重的波罗乃兹舞。顿时，一对对舞者便你前我后地形成了一长串队形，仿佛是一条色彩斑斓的花蛇在房间里绕来绕去、旋转扭动，人们彬彬有礼而又兴高采烈。他们头挨着头，双眼注视着对方，奔放地踏着地板，一对接一对地在摇曳，在流动，像波浪一样在翻腾。舞在最前面的是波利那和雅格娜这一对新婚夫妇。

狂热的舞会把放在炉子上面的灯火都震得摇曳不停，墙壁也在颤动，像是要被震塌了。幸而，这场庄严的开场舞会只持续了几分钟便结束了。

按照波兰传下来的最古老的习俗，乐队开始为新娘演奏起第一场跳舞的乐曲。

人们紧挨着墙壁站立，各个角落都挤满了人。年轻的小伙子们围成了个大圆圈，雅格娜便要在这个圆圈中跳舞。她刚一迈进舞场便感到全身热血沸腾，深蓝色的眼睛炯炯发光，牙齿洁白亮丽，脸色涨得通红。她不知疲倦地跳了很久，因为她要和圆圈中的每个青年至少跳上一圈舞蹈，而且一个也不能漏掉。

乐师们使劲地演奏着，直演得手指发麻，但是雅格娜却像是刚刚才开始跳似的，依然精力充沛，只是脸色更加通红了。她越来越兴奋，越来越有劲,头上的缎带飞舞,扫在人们的脸上,而她身穿的长裙,随着舞动的空气展开,好像充满了整个房间。

小伙子们兴奋得用拳头敲打着桌子,起哄似的高声叫喊。

直到和所有客人都跳过舞之后,雅格娜才去邀请新郎跳舞。波利那早就等不及了,像只山里的山猫一样,一步蹿上前去,将雅格娜拦腰搂住后,便旋风似的在原地旋转起来,并向乐师们大声喊道:

"唉!小伙子们,奏玛祖卡舞曲!用劲拉吧!"

这时,所有乐器都卖力地演奏起来,以至房子里的气氛达到了高潮。

波利那紧紧搂住雅格娜,把长袍下摆撩起来搭在手上,紧了紧头上的帽子,两个脚跟碰得响起,他便如旋风般地舞了起来!

乐队卖力地继续演奏着玛祖卡舞曲。

波利那一直不停地跳呀,跳呀……他时而原地打转,时而后退,时而用力踢踏地板,从而掀起阵阵尘土,还一边大声叫喊着。他带着雅格娜一起在房间里旋来旋去,转来转去,两个人分不出彼此,结成了一团,仿佛是一个绕满纱线的纺锤,旋风似的转得又快又急。

其他的人都站在了门口或者角落里,默默地望着他们跳舞,既赞叹又惊奇。波利那真是精力充沛,他毫无疲倦之色,越跳越快,越跳越热烈,引起好些人止不住随着节拍用脚跟拍打起来,有几个人特别兴奋,竟不顾礼节,拉起身边的姑娘便跳起舞来。

雅格娜虽然年轻体壮,却也渐渐软了下来,波利那觉察到他搂住的雅格娜已软弱无力,便立即停止了跳舞,把她带到内室去休息了。

磨坊主搂着他的肩膀说道:"波利那,你真棒!你是我的兄弟了。你一定要请我当你第一个孩子的教父。"后来他们便成了很要好的朋友。

这时音乐已停止,主人开始用茶点来招待大家了。

多米尼科娃和她的儿子们、铁匠、雅古斯丁卡，抱着酒瓶和一套套酒杯，分别走到客人面前，和他们一一干杯。尤什卡和姑娘们用筛子装着面包和糕点，分送给客人。

人声鼎沸，气氛越来越热闹。人人都在大声说话，都想举杯痛饮，以享受这婚礼的欢乐。

在窗边的一条长凳上，坐着磨坊主、波利那、乡长、村长、风琴师和村里的体面人物，一瓶阿拉克酒不止一次地从这个人手中传到另一人手中，还有人送上了啤酒。他们都喝得不少了，因为他们已坐立不稳，相互在勾肩搭背了。

房间里站满了客人，他们喜欢三五成群地在一起聊天，更喜欢祝酒干杯。

那盏特意从风琴师家里借来的大灯，把内室照得通亮。以风琴师老婆和磨坊主老婆为首的一班主妇们，都在此聚集。她们坐在箱子或用羊毛毯铺着的凳子上，都昂起头，一副高傲的样子。她们都小口地啜饮着蜂蜜，用纤细手指掰碎甜饼。她们难得说上一两句话，正津津有味地听着磨坊主老婆谈她儿女的事。

过道里也挤满了人，有些人想挤进另一面的房里去，却被叶夫卡赶了出来，因为她在那里准备晚宴。从那里传出的菜肴的香味，已经弥漫整个屋子，惹得不少人流出了口涎。

年轻人都到屋外去了，有的在院子里，有的去了果园。晚上很冷，但寂静无云，繁星满天。他们或漫步轻行，或追逐戏玩，处处笑声、打闹声不断，以至于引起长辈们的警告——他们从窗口向外喊叫：

"姑娘们，你们是在找花吗？小心，在黑夜里可别失去更宝贵的东西！"

可谁也不听他们的！

不过，雅格娜和纳斯特卡·戈温布相互搂在一起，在大房间里走来走去的，还说着悄悄话，不时爆发出欢快的笑声。多米尼科娃的大儿子西蒙，一直盯住纳斯特卡不放，还时时拿着伏特加酒来到她的身旁，想和她搭讪。

铁匠是一身节日的打扮，外穿一件黑色长袍，裤脚塞进长筒靴里。他十分活跃，来来回回地和每一个人碰杯喝酒，请他们尝尝这个，吃吃那个，和他们聊了几句又到别处去了，在第二个房间里他的红头发和雀斑脸又出现了。

那些年轻人只跳了几次舞，时间不长，劲头也不大，都在等着吃晚宴呢！

年纪大的那些人争论得很激烈，乡长也已经喝得有些醉了，说话的声音越来越高，唾沫四溅，还用拳头敲打着桌子，以命令的口吻说道：

"乡长在给你们说话，你们一定要相信。我是个当官的，我收到了一份公文，要我召开会议，会上宣布：凡是拥有土地的人，每垧地需交一个格罗什，充做教育经费。"

"彼得乡长，哪怕你们决定要交十个格罗什，我们也是一个都不交！"

"我们不交！"另一个人大声嚷道。

"安静点！我是以政府官员的身份向你们宣布的……"

"这样的学校我们不需要！"波利那说道。

"我们不需要！"其他人齐声附和道。

"嘿！在沃拉有所学校，我的孩子在那里一连读了三个冬天……结果呢？连祈祷书都不会念，这样的学校让它见鬼去吧！"

"让母亲们教他们祈祷文就是了，学校和这个无关，这是我这个乡长说的。"

"那和什么有关呢？"从沃拉来的这个客人突然从凳子上站起来，

223

大声问道。

"你们好好听着,我作为乡长,要告诉你们的是,第一……"话还未说完就被西蒙打断了,西蒙高声向大家说,地主卖给犹太人的那片森林已经打上了记号,只等雪橇能拉动的时候,这些树木就要全被砍掉。

"就让他们去打记号好了,可是要砍树那就等着瞧吧!"波利那插了一句。

"我们定会把这事告到专员那里去的!"

"告也没用,专员和地主都是一丘之貉。我们要联合在一起,把那些伐木者赶走。"

"绝不让他们砍掉一棵树!"

"我们要去法院告状!"

"和我干一杯吧,马捷伊,现在不是商讨这种事的时候。一个喝醉了的人,连上帝都不怕得罪!"磨坊主一边斟酒一边说道。这样的谈话和威胁不合他的胃口,因为他和犹太人订有合同,砍下来的树木要到他的锯木厂去加工。

他们两个干完杯后,便起身走开了。因为要准备吃晚饭了,各种用餐的器皿都要按顺序在桌子上摆好。

可是农民们依然在谈论森林这件事,这是有损他们利益的大事,于是他们聚成了一团,压低了声音,不让磨坊主听见。他们决定,要和波利那一起商量出一个好办法来。他们的讨论还没有结束,雅姆布罗兹就径直进来了。他之所以迟到,是因为跟神父到了第三个村庄科诺斯诺瓦去看一个病人。他现在猛喝起酒来,以弥补错过的时间。可是他还没有喝够,年长的那些妇女们就开始一起唱了起来:

行动起来,男伴郎们,行动起来,

> 赶紧去邀请客人们快快入席！

一阵喧闹过后，伴郎们回唱道：

> 我们都邀请过了，他们均已入席，
> 你们快快上菜吧，我们等着吃呢！

他们开始朝餐桌走去，在长凳上坐下了。

新婚夫妇坐在首位，其余的人按照地位高低、财产多寡、年龄长幼，依次在桌子旁边坐下。桌子是沿三面墙摆放的，但还是容纳不下所有的客人。

伴郎和乐队都站着，伴郎还要给客人们上菜。

全场立即静了下来，站立的风琴师高声念了一篇祈祷文，铁匠重念了一遍，因为他懂得拉丁文。随后大家举杯共祝健康和胃口好。

女厨师们和伴郎们开始端上一大盘热气腾腾的菜肴，同时唱道：

> 我们端上白米粥肉汤——
> 里面还有美味的鸡肉。

端上第二道菜时又唱：

> 胡椒配上了烤牛肉，
> 这样的菜肴人人爱！

乐师们站立在炉子边，轻轻地演奏各种悦耳的乐曲，以使大家胃口更佳。

所有的客人都很优雅斯文地吃着饭菜，几乎没人说话，人人都专注于吃喝，整个房间只能听见汤勺的响声。等到他们满足了最初的饥饿、肚子里塞进了一些东西的时候，铁匠又拿起一瓶烧酒来，依次给大家斟过一巡酒。大家又隔着桌子说起话来，不过声音很低。

只有雅格娜什么也不吃，尽管波利那一再劝她，像哄孩子吃东西那样一再哄她，全都无济于事，就连送到她面前的肉排，她也无法吞咽，她太累了，身上又燥热得难受。她只喝了些凉啤酒，眼睛望了望整个房间，偶尔也听听波利那对她说的悄悄话：

"雅格娜，我的宝贝，高兴吗？你是最美的！雅格娜，别怕，你和我在一起，会比你在你妈妈身边更幸福更快乐。你是这里的主妇了！雅格娜，你是主人了……我会为你找一个女佣，让你不会过度辛劳……"波利那低声说道，他用热烈的眼神望着雅格娜，而不顾别人说什么闲话，于是人们开始取笑起他来了。

"他就像一只想吃肉的馋猫那样！"

"他也肥壮得像头公牛。"

"这老家伙雄赳赳地转来转去，跟他一比，大公鸡就差远了！"

"好好享受吧！老家伙，好好享受！"乡长大声道。

"他就像雪里的狗一样高兴！"老村长西蒙挖苦地低语道。

大家哄堂大笑，磨坊主笑得把脸都埋在了桌子上，还用拳头擂得桌子砰砰响。

女厨子们又把菜端了上来，唱道：

> 现在我们端上的是一盘油炒玉米，
> 敬请瘦子们都要把它吃得精光！

"雅格娜，你把头转过来，我要给你说件事呢！"乡长说道。他坐在波利那旁边,正从新郎身后伸过手去拉新娘的衣服,"你要请我做你孩子的教父!"乡长大笑着嚷叫道,一双眼睛直往她身上溜来溜去,他已喝得有些糊涂了。雅格娜一听这话,脸就涨得通红。女人们爆发出一阵大笑,有的还用俏皮话来打趣她,还有的给她主意,该如何去讨好丈夫。

"每天晚上睡觉前,得把羽绒被放在炉子上面烤得暖暖的!"

"要多给他吃肥肉,好让他身体更强壮……"

"用手臂抱住他的脖子,好好抚爱他!"

"用温柔的手段掌握他,让他感觉不到是在受你掌控!"

女人们你一言我一语地说下去,而且像通常喝多了的女人那样,越说越放肆,越说越无顾忌——她们在乱嚼舌头了。

整个房间笑声震天,而且越闹越不像话,引得磨坊主老婆出面来训斥大家:不该当着姑娘和小孩子的面说这些粗话。而风琴师也义正词严地指出,散布不好的东西,给人提供坏的例子,实在是一种罪孽:

"天主耶稣告诉我们,还有圣天使长和《圣经》告诫我们,我们在吃喝方面都不能过度,也不能伤害别人,这些都是不允许的,亲爱的邻居们,这是会受到惩罚的!"

"这个吹鼓手,竟要剥夺我们应该享受的人生乐趣!"

"他和神父接近,就以为自己也是圣徒了。"

"他不爱听,就把耳朵塞住好了!"不支持他的声音越来越多,因为村里的人都很讨厌他。

"今天是举行婚礼的日子,因此我作为乡长,要向你们保证,你们的嬉笑取闹,绝不是什么罪孽!"

"我们的耶稣也常常去参加婚礼,喝喝喜酒的……"雅姆布罗兹严肃地补充了一句,但他声音很小,又喝得醉醺醺的,还坐在大门口,谁也没有听见他说了什么。大家又开始聊天说话、取笑碰杯了。为了使自己的肚子填得更满,他们开始细嚼慢咽,有几个人还松了松皮带,站起来伸了伸腰,以便让肚子留出空位来,好装进更多的食物。

女厨子们又端上了新菜,同时唱道:

曾乱窜乱跑,在菜园里尖叫,
造成的伤害现在一并偿还!

客人们一致称赞:"这婚礼办得真排场!"

"说得不错,婚礼花了一千兹罗提!"

"雅格娜花得起,她不是刚得到六垧地呀!"

"可是却让孩子们受委屈了!"

"你看看,雅格娜的脸色阴沉得像黑夜似的……"

"而波利那的眼睛却像野猫的一样炯炯发亮。"

"倒不如说像火绒,我的朋友,像火绒!"

"将来他会后悔痛哭的。"

"他可不是那种爱哭的人,而是急于拿起棍子来打人的人。"

"在订婚的时候,我就对乡长老婆说过这种话。"

"乡长老婆今天怎么没有来?"

"来不了啦,她这一两天就要生孩子了。"

"要不了多久,只要酒馆里的音乐响起,雅格娜又会去追逐那些年轻小伙子,你若不信,可以剁我的手指。"

"马特乌什正等着她这样做呢!"

"是吗,是吗?"

"是真的。瓦夫卓诺娃在酒馆里就听他这样说过。"

"是因为没有请他参加乐队?"

"波利那是想请他的,但多米尼科娃反对。大家都明白这是怎么回事，难道你不知道吗?"

"大家都相信这事,可是有谁亲眼见到过呢?"

"大家都是这样传来传去的。"

"巴尔特克·科兹沃夫今年春天看到他们在树林里。"

"他是爱撒谎的人,还是个贼,多米尼科娃曾告他偷猪,他是出于报复才这样说的……"

"别的人也这样说,他们也是有眼睛的。"

"等着瞧吧,这一切都不会有好结果的。虽然这些事和我无关,但是我在想,老头子对待安特克和他的孩子是不公正的,他一定会遭到报应的。"

"一定的!天主虽然不很敏锐,但很公正!"

"关于安特克,也有许多传言,说有多次看到他们在一起……"说到这里他们降低了声音,但口气越来越尖酸刻薄,对老婆子毫不留情地进行攻讦,但对她的两个儿子则深表同情。

"这不是罪过吗!西蒙已是个蓄胡子的男子汉了,他母亲还不让他结婚,也不放他出外谋生,一有过错还会痛骂他。"

"真是丢脸,这么壮的男子汉却干起小女人的全部家务来!"

"那是因为不让把雅格娜的嫩手弄粗糙。"

"他们每人都有五垧地,都可以自己成家了!"

"村子里的姑娘又不少……"

"你们家的马尔奇哈待嫁多年,而且你们家的土地又和西蒙家的相连!"

"你还是把你们的弗兰卡看紧点好,免得她和亚当闹出什么事来!"

"老婆子不放手,可是这些男孩子也老是抓住母亲的围裙不放!"

"都老大不小了,还不能摆脱母亲的呵护!"

"现在有点苗头了,今天西蒙一直跟在纳斯特卡·戈温布的身后转来转去。"

"他们的父亲也是这种德性。我记得很清楚,老婆子年轻时并不比雅格娜好多少。"

"常言说得好:有其根必有其枝,有其母必有其女!"

音乐停止了,乐师们都到另一个房间去吃饭,晚宴结束了。

可是不久,寂静突然中断,人声又嗡嗡地响了起来,而且越来越喧闹。大家都在说话,打招呼,隔着桌子聊天,弄得谁也听不清别人在说些什么。

临近结束的时候,主人又给尊贵的客人们上了蜜酒和药酒,给一般客人喝了烧酒和啤酒。

可是谁也不去注意喝的是什么酒,因为大家都喝得迷迷糊糊的了。他们随心所欲地行动,有的因热而解掉长袍的扣子,有的把外衣扔在桌子上,有的用拳头擂打桌子,震得桌上的餐具哆哆直响,有的互相拥抱,你抓住我的衣领,我搂住你的脖子,有的互相倾诉心中的苦闷,亲密无间,就像亲兄弟似的,或者像基督徒和邻居那样。

"世态炎凉,人心不古,我们只有生活在悲哀之中!"

"是啊,我们就像桌子下面这些狗,为了争一块骨头而互相咬斗!"

"要是像现在这样,邻居们相聚在一起,喝上一杯,聊聊天,发发牢骚,诉诉苦闷,该有多好呀!不用为庄稼和地界争来争去,法院和证人都能公正行事,邻居们互相帮助支持,无论是女人们的咒骂还是孩子们的斗殴,以及其他事情,都能和平解决。大家都要摒弃固执,就能和睦团结!"

"若是天天都有今天这样的喜宴就好了!可惜只有这么一天!"

"明天还是会到来的!嘿,苦难是躲避不了的,除非你躺进了坟墓。明天会把你抓住,给你安上轭鞍,用贫穷的鞭子抽打你,你必须拉着车辄前行……直到你流血不止,还得小心不要把血染上车辕,或者卷入车轮底下！"

"天主耶稣创造了人，为什么还要创造狼！"

"不是狼，不是！是贫穷，它让我们相互争斗，就像狗那样为了争夺一块骨头而撕咬。"

"不单是贫穷，还有恶魔，恶魔蒙住了人们的眼睛，让大家分不清是非善恶。"

"的确不错，恶魔让我们灵魂中的贪婪、罪恶和一切邪恶死灰复燃，就像把半灭的木炭扇起熊熊烈火一样。"

"是的，谁若是不听天主的训诫，他就会去听地狱的音乐！"

"过去可不这样！人们都很衷心顺从，尊敬长辈，团结互爱。"

"人人拥有土地，能种多少就有多少。每家还有牧场、草场和森林。"

"从来也没有听说要交什么税之类的事情。"

"或者，有谁要买木材，谁需要谁就去森林里，要多少砍多少，即使是最好的松树或者橡树！以前既是大地主的，也是农民的。"

"现在既不是地主的也不是农民的……而是犹太人的，或者是比犹太人更坏的人的。"

"管他的！现在我为你、你也为我干杯！他们居然住到这里来了。来，为你的和我的一切事情都能得到公正的解决，我们干杯……"

"可恶的地主！烧酒不是坏东西，只要喝得合适，而且是跟自己的兄弟一起喝，那就有益于健康，它能清洁血液，消除病魔。"

"谁要喝酒，就得一次喝一夸脱。谁要寻欢作乐，就该玩它整整一个星期天。人啊，如果你有活要干，那你就要赶紧去做，就要不惜力气，就要全力以赴！如果出现这样的机会，如结婚、受洗或者死亡，你就故作不知，或者休息、观察、放松心情。若是发生了不幸的事情——老婆给抢走了，或者牲畜死了，家中失火了——那都是上帝的意志，你不要反对。像你这样一个可怜虫，大喊大叫或者痛哭流涕又有什么用呢？什么用也没有，你还不如平平静静地对待，有什么吃的就吃什么！你就忍耐吧，相信上帝的仁慈……如果出现更可怕的事情：可怕的死神盯住了你的脸，扼住你的喉咙，你也不要企图逃避，你无能为力，一切均在上帝掌握之中……"

"的确，谁也无法猜到，天主哪一天会对你说：人啊！到现在为止，归你所有，从今以后，都归我了！"

"是的，是的！上苍的意志，就像闪电一样，无论是神父，还是圣徒，抑或是最聪明的人，也都无法预先知道什么时候闪电会打下来。就像老百姓也没法知道，成熟的麦粒何时会从麦穗上掉下来。"

"而你，作为一个人，你只需知道一件事，那就是做你该做的事情，按照神规戒律，好好活着就行了，不要好高骛远。天主了解所有人的贡献，也会给予其应得的丰厚报偿。"

"波兰人一直都是信奉这些戒律的，世代相传，永世不变。阿门！"

"我们要用耐心去摧毁地狱之门！"

他们就这样交谈着，还不停地相互碰杯，每一个人都力图把心中的感受倾诉出来，把过去的那些如鲠在喉、让人窒息的东西都吐出来！说得最多最响的要算雅姆布罗兹，但很少有人听他的话，因为每个人都在说自己的事情……房间里的嘈杂声越来越大……就在这时候，叶夫卡和雅古斯丁卡走了进来，身前捧着一把装饰着缎带的大勺子。一个乐师跟在她们后面，当她们唱歌的时候，他就用小提琴为她们伴奏：

趁大家还未散席离开，
厨子们前来辞谢客人，
若是大家吃得很满意，
每道好菜只需赏三分，

酬谢烹调之劳赏十分，
就请大家犒劳厨子们！

人人都已酒足饭饱，好酒好菜让他们心花怒放，有些人还把硬币丢进了大勺子。

人们纷纷离席，走到房外去呼吸新鲜空气。有的却站在过道上或大房间里，继续他们的话题；有的在称兄道弟，热情相拥；有的东倒西歪，踉踉跄跄，脑袋撞在了墙上或者靠在了别人的肩上，就像相互抵角的山羊一样。凡此种种，都毫不奇怪，佳肴加美酒令大家神魂颠倒了。

只有乡长和磨坊主还留在桌旁，争吵得特别厉害，两人像两只隼鹰那样相互扑打在一起。

雅姆布罗兹想用酒来劝和他们。

"你这个老叫花子，快给我滚得远远的，别来掺和上等人的事情！"乡长厉声喝道。

这个可怜的老人抱着一瓶酒，愤然离开了。他的脚步踩得很重，想找个能像朋友那样的人来喝酒谈心。

年轻人都在篱笆外面，有的相互拉着手，在果园里缓步行走，低声交谈；有的在大路上追逐打闹，大喊大叫，还闹出许多恶作剧。夜色明朗，皎洁的月亮挂在池塘上面，把水面照得亮光闪闪，甚至最微弱的涟漪都清晰可见——在月光的映照下有如盘蛇蠕动。霜冻降落了，脚一踩，地上的白霜发出吱吱的响声，而屋顶上也积有一层白白的浓霜。

夜已深了，村里响起了第一遍鸡叫声。

大房间已收拾整齐，准备再次举行舞会。乐师们都已吃好喝好，休息完了，开始用低音演奏乐曲，以吸引客人前来跳舞。

用不着去催促客人，他们一听见音乐，便纷纷拥入房间，而小提琴一拉，大家就情不自禁地挪动起脚来。尽管小伙子们吃得太饱，身体有些沉重，但还是一个接一个跳了起来。一会儿后，他们又跑到过道上去了，有的是去抽一下香烟，有的则靠在墙上喘息一会儿。

妇女们把雅格娜带到了内室，波利那和多米尼科娃一起坐在靠门的地方，而年长的人则坐在长凳上或角落里，在一起谈天说地。房间里站着一些姑娘，她们大笑不止，随后便想到玩各种游戏，以便激起小伙子们的玩劲儿。

第一个游戏是"狐狸在路上行走，没有手脚"。

扮演狐狸的人是诨号"颠三倒四"的雅西克，正把羊皮袄反穿着。他是村里有名的弱智、傻瓜和大众的笑料。他已长大成人，却常和孩子们一起玩耍，还追逐村里的姑娘们。他虽然愚蠢，却是个拥有十垧土地的独生子，因而处处都有人邀请他。扮演兔子的是尤佳·波里安卡。

大家哈哈大笑，笑得多么开心啊！

雅西克每走一步，都要像根木头那样摔倒在地上。其他的人也都纷纷伸出脚去，把他绊倒。而尤佳则轻而易举地摆脱了他的追逐，像兔子那样蹲着跳着，模仿兔子翕动嘴唇。她的模仿惟妙惟肖，逗得大家笑得前仰后翻。

接着他们又玩起"鹌鹑"的游戏来。

纳斯特卡·戈温布是领头的，身手敏捷，以至于无人能把她逮住。她为了能和人跳上一圈舞，才故意让人抓住她的手。

他们又玩了小猪的游戏。

最后，伴郎里面有个叫托梅克·瓦赫尼克的人扮作一只鹳鸟。他头上裹着一块白布，布下面伸出一根木棍当作鸟嘴。他一边跑着，嘴里咔啦咔啦地叫着，装鹳鸟装得十分逼真，逗得尤什卡、维特克和一

些年幼的孩子都跟在他后面,大声叫了起来:

> 克列列,克列列,克列列!
> 你的妈妈已在地狱里呀!
> 她在地狱里干什么呀?
> 她给孩子们擀面条。
> 妈妈犯过什么罪?
> 她不给孩子们饭吃。

这下可热闹了,就像鹰捉小鸡那样,鹳鸟用嘴叨他们,用翅膀扇他们,把他们追逐得都躲到角落里去了。

游戏持续了近一个小时后,一位年长些的伴郎向大家发出了安静的信号。

女人们把蒙着白布的雅格娜从内室引领出来,让她坐在房间中央的一块铺着羽绒垫的面板上。伴娘们装作要把新娘抢走,男人们却把她们拦住了,随后伴娘们在对面聚成一堆,无可奈何地唱起了一种伤心的歌:

> 是时候了,是时候了!
> 已到了扔弃少女的花环,
> 戴上帽子的时候了,
> 从今往后你要习以为常,
> 时刻都应把帽子戴在头上。

女人们掀掉了蒙在她身上的白布。

一顶帽子已戴在她那浓密粗大的辫子上,这样的打扮让她显得更妩媚动人了。此时的雅格娜已是满脸笑容,欣喜异常,一双明亮的眼睛望着大家。

音乐缓缓响了起来,所有客人,不论男女老少,都一齐唱起了响亮的《婚庆歌》。这歌一唱完,已婚妇女们便把雅格娜围住了,并一一和她跳起舞来。

已经喝得醉醺醺的雅古斯丁卡,两手叉腰,冲着雅格娜唱:

> 如果我早就知道
> 你会嫁给一个鳏夫,
> 我就会用全部荆棘
> 给你编成一个花冠!

她还即兴唱了一些难听的挖苦的歌。

大家并不注意她唱的这些歌曲,因为乐师们正用尽全力来奏响乐曲,大家纷纷出场,使得巨大的脚踏声响起,就像有一百副连枷在场上捶打麦穗一样。房间内聚满了跳舞的人,一对对舞伴紧紧挨着,面对着面,头挨着头,狂热地转动起来,任凭外袍敞开飘扬,帽子东倒西歪。当有人大声唱起了歌曲,姑娘们应和着"嗒,嗒拉"时,舞步便更加急速了。人们踩着节拍转动得更迅捷更有力,令人目眩,都分不清身旁是什么人了。随着小提琴发出一顿一挫的节奏,仿佛有上百只脚在地板上蹬踏,上百个声音在喊叫,成百个舞者在旋转。大家仿佛被疾风带动了似的,转得长袍、头巾、裙子在房间里飘动飞舞,有如一群五颜六色的鸟儿在急速飞旋。

一两个时辰过后,他们依然在无休无止地跳着。地板咚咚响着,墙壁震得发抖,房内热闹得像炸开了锅似的。气氛越来越高涨,就像暴雨之后的水流,翻腾旋转不止。

舞会结束后,便要立即举行新娘脱下姑娘花冠的各种仪式。

首先,雅格娜要交付加入主妇行列的入场费。

接下来要举行另一种仪式:男人们用一根以带有麦穗的麦秸秆编成的粗绳围成一个大圆圈,由伴娘拿着和守护着,雅格娜则站在圆圈中央。谁想跟她跳舞,谁就必须从绳圈下面爬进去,用力把她拉出来,按着音乐跳舞,而伴娘们则用另一根绳子轻轻地抽他。

最后是磨坊主老婆和瓦赫尼科娃为帽子募款来了。乡长第一个向盘子里放了一个金卢布,接着银卢布像冰雹一样落在盘子里,发出乒乒乒乒的响声,最后是像秋天落叶一样纷纷飘落的纸币,一共竟募集到三百多卢布。

看到大家这样慷慨大方,为雅格娜贡献出这么多钱,多米尼科娃竟感动得热泪盈眶,她连忙叫儿子们再去拿些酒出来,亲自向大家敬酒,还饱含着泪水,和客人们亲吻。

"请再喝一杯,我的好邻居!请喝吧,亲爱的朋友!可爱的兄弟!我觉得我的心里像春天一样温暖……为雅格娜的健康……再干一杯……"老母亲敬完酒后,她的儿子们和铁匠也分别和别人干杯……但是客人太多了。雅格娜也一一抱住长辈们的双膝,感谢他们的盛情厚意。

房间里闹闹哄哄的,觥筹交错,酒杯在人们的手中传得很快。大家都是欢天喜地的,人人脸色泛红,个个两眼放光,彼此心意相通,相互称兄道弟!嘿,大家放开心怀,相互诉说衷肠,婚礼上就该愉快开心,就该三五成群地喝酒聊天。于是,房间里可以看到一堆土生土长的人站在一起喝酒聊天。人人都在大声说话,谁也听不见谁在说什么,不过这没有关系,因为大家感触相同,都在同享一种欢乐。把烦恼留给明天吧,今天就该尽情欢乐,好好享受朋友间的情谊,让自己的心灵得到慰藉!正如天主耶稣让神圣的土地在夏天丰收之后获得休整，他也会在庄稼秋天收割之后给人们以相应的休息。而当你的麦秸堆得高高的，谷仓装满了金黄的谷物，连枷用完了，夏天的劳动也过去了，劳累过后就该好好休息补充体力！有些人这样提醒自己，而另一些人则在想着他们的烦恼和不幸。还有一些人则围立在老西蒙周围，听他讲过去与现在受欺压的故事，讲苛捐杂税和乡里的问题，间或也谈及村里的事情，不过他们说话的声音都很低。

波利那不专属于哪一堆人，他只是走来走去，但他的那双眼睛却一直盯着雅格娜，为她的娇容而无比骄傲自豪。他时不时地把钱扔给乐师们，好让他们打起精神卖力演奏，因为随着他们的劲头减弱，乐声会越来越低。

突然间，乐器一齐响起了奥别列克舞曲，震得人们的脊椎骨都发抖了。波利那立即跳到雅格娜面前，用力紧搂着她的身体，和她旋转起来。他们在房间里飞动着，钉有鞋钉的鞋跟踢得地板震动。他搂着雅格娜从这一堵墙边转到另一堵墙边，还不停下来。突然，他跪在了雅格娜的身前，马上又跳立起来，不时吼出一嗓子。随即，一对对舞伴加入其中，跟在他们后面跳呀、唱呀、吼叫着，速度越来越快，快得谁也分辨不清谁是谁，是男是女。人们风驰雷击般地飞速旋转，仿佛有条彩虹在房子中间飞来飞去，让人分不清什么色彩。人们旋转得越来越猛烈，越来越急速，越来越疯狂。有时跳舞的旋风把灯火吹灭，但音乐继续在黑暗中响着，跳舞也没有停止，人们依然在黑暗中旋转。只有从窗口射进来的月光，把一条光带投射到舞者们的身上。这时候可以看到人影疾驰，人们在这半明半暗中相互追逐，犹如冒着泡沫的波浪在黑夜中汹涌奔腾，又像是幻影或者梦境一样，消失在深不可测的黑暗中。转瞬之间，月光又射到了对面的白墙上，墙上镶着镜框的圣像，被月光一照，闪闪发亮。他们又沉浸在黑暗中了，只有这沉重的呼吸声、响亮的呐喊声和快速的脚步声，表明他们还在这没有灯光的房间里。

跳舞一场接着一场，犹如一串锁链，没有停顿，没有休息……只要新的乐曲一起，在场的人就会立即站起。他们的身躯如同树木般挺立，如同狂风般飞旋，脚蹬声如打雷一般，欢叫声震动全屋。他们忘我地投入到跳舞中，像是疾风骤雨，像是战斗，像是生死存亡的大搏斗。

看！他们跳得多欢快啊！

这些克拉科夫舞曲节奏鲜明，具有跳、跃和蹦的三种姿态和节拍，配合着丰富多彩、诙谐风趣和自由奔放的重叠民歌，如同其农民作曲者的腰带镶有许多光彩夺目的饰物一样。这种舞曲热情奔放，有着一种坚定有力而又勇敢自信的青春活力，是他们精力旺盛、寻求刺激、追求爱情、血气方刚的表现。

还有这些玛祖卡舞曲，它们的曲调悠长，就像那穿过旷野的漫漫长路，又像那无边无际、宽广辽阔的旷野。它们低沉，然而又有上吻苍穹的高昂，忧郁与豪放并存，威严与活泼相济，温柔又洒脱，和善又剽悍，充满了矛盾，犹如当地农民的性格——如果需要战斗，他们会像高大的树木那样团结在一起，大声呐喊着，以摧枯拉朽之势和以十抵千的豪迈气概把敌人打得落花流水、溃不成军，粉身碎骨也在所不惜。即使死后他们也还要跳舞，还要猛踏地板，随着玛祖卡舞曲的节拍，他们大声喊道："嗒，啊，嗒啦！"

接着又是奥别达斯舞曲，短小精悍，重复旋转，狂放热烈而又缠绵多情，勇猛刺激而又软弱无力，前一刻热血沸腾，后一秒则冷若冰霜，时而是黑云密布、冰雹骤降，时而又是亲昵的细语、温暖的眼神，从果园飘来了一股春天的芳香。它使人心里充满欢乐，笑出泪来，使人的灵魂思念这广阔的原野、稠密的森林。世界的一切美梦皆成真，使人禁不住喊唱起来："嗒！啊，嗒啦！"

在这个用语言难以形容的舞会上,客人们跳了一曲又一曲。这些农民就是这样在婚礼上及时行乐的。他们在波利那和雅格娜的婚礼上就是这样狂欢滥饮的。

时间就在这闹哄哄、大喊大叫中悄悄过去了,在无比兴奋和狂热的舞蹈中溜走了,不知不觉已是东方发白的时候了。晨光渐渐注入夜晚的黑暗中,星光暗淡,月亮西沉。一阵晨风掠过树林,不断把黑暗吹散。窗口外树木的枝丫上满是白霜,把睡意浓浓的树梢压得越来越弯,屋子里的人依然在又唱又跳。

草场、收割后的田地、开过花的果园,都显示出自己的尊容,阵风吹得它们宛如一条长长的来回晃动的舞圈。

房门大开,窗子也开得大大的,屋中热闹非凡,灯光明亮,歌舞不休,地动墙响,吱嘎声和欢乐声不断响起。树和人,大地和星星,篱笆和这座老房子似乎都已结成难解难分的一体,人们沉醉、疯狂、忘记了一切,只是跳呀、晃呀,从这面墙转到那面墙,从房间转到过道,从过道转到大道,从大道转到广袤的田野,转入了充满整个世界的环舞,在不停旋转中消失在东方的连绵不断的红色光芒里。

音乐继续引领着他们跳舞和歌唱……

低音提琴的声音粗暴,发出的嗡嗡之声如同蜂巢中的一样。笛子带领着合奏,它那愉快的尖叫声仿佛是在嘲笑那砰砰的鼓声。鼓铃叮叮当当,欢快跳跃,犹如犹太人被风吹拂的胡须那样。接着是小提琴的演奏,它是乐队的引领者,就像是个最好的领舞姑娘。它开始以最高和最尖的声音来试音,接着演奏动作更加宽广尖锐,奏出忧伤的哀音,宛如被赶出家门的孩子的呜咽。接着琴声突变,奏出的曲调短促,轻快尖锐,像是一百对舞者的脚跟轻轻着地。听到这曲调,成百个男子放开嗓子大喊大叫起来,叫得连气都喘不过来,全身都起了鸡皮疙瘩。但是他们依然在急速地旋转,在跳在唱,在欢笑在叫喊。心在激荡，头在发热，就像又喝了伏特加一样……接着，像露珠落在旷野上，小提琴又奏出了哀婉悲伤的曲调。这曲调又慢又长，是他们心爱的曲调，勾起他们心底深度的饥渴与思慕，也使得大家按照这玛祖卡舞曲的节奏狂舞起来。

　　白昼来临，房间里的灯光越来越暗淡，整个跳舞的房间充满暗灰色的晨光，但大家依然在纵情玩乐。谁若是还没有吃够喝足，就派人去酒馆拿来，再找人共饮，喝个痛快。

　　有人想走就走了；有人玩累了，就在这里休息；有些人喝醉了，便躺在过道或门口等待酒醒。而那些喝得更醉的人，刚走到篱笆前便倒在地下躺着不动了。剩下的人还在继续跳舞，一直跳到精疲力竭为止。

　　有几位比较清醒的人，在大门外聚成一堆，踏着地板打起拍子，有板有眼地唱了起来：

> 参加婚礼的客人们，是回去的时候了！
> 归途既遥远，
> 池水也很深
> 森林更黑暗！
> 参加婚礼的客人们，是回去的时候了！
> 明天再回来，
> 大家齐欢乐，
> 该回家去了！

　　可是，谁也不听他们的。

第十二章

直到黎明时分，玩得精疲力竭的维特克才被雅古斯丁卡赶回家。

村子还沉睡在黑暗中，整个地面还被黑暗笼罩着，池塘静静地躺着，被岸边的树木投下一片黑影，只有池塘中央才显出朦胧的灰白光亮，就像人们眼中的白眼球一样。

夜深沉，寒风劲吹，冰冷的空气刺激着鼻子，妨碍着呼吸，大地在脚下嘎嘎直响，路上结成的霜冻像透明的玻璃，整个世界因曙光渐显而变白。天地之间万籁俱寂，偶尔能听到狗的吠叫声、远处磨坊的吱吱声，以及从屋子里传出来的婚礼欢闹声——传得很广很远。

波利那的家里还亮着一盏小灯，灯光就像萤火虫的亮光一样。维特克朝窗里张望一番，只见罗赫坐在桌旁，正在吟唱书中的圣歌。

小伙子悄悄地来到了牛棚，正要拉起门把手时便被吓了一大跳，一条狗突然蹿到他的胸前，还发出了一声哀叫。

"瓦帕，瓦帕！你回来了！啊，我的小家伙！你回来了，可怜的家伙！"他认出狗后便大声说道。

他高兴地在门槛上坐了下来。"饿了吧，瘦家伙！是饿坏了吧？"

他从怀里拿出了一节香肠，那是他在婚宴上刻意留下来的。他把香肠伸到了狗嘴边，但瓦帕并没有立即吃，而是高兴得一直汪汪直叫，还把脑袋依偎在他的胸前。

"可怜的家伙，他们不给你吃的，还赶你走，是吗？"他轻声说着，便推开马厩的门，立即躺倒在麦草堆上了。"现在我可以保护你了，会给你吃的。"他一边嘟哝着一边伸着懒腰躺在了麦草上，瓦帕也躺在他旁边，呜呜叫着，还用舌头去舔他的脸。

他们两个立即就睡着了。

就在隔壁的马厩里，古巴用微弱的声音呼叫着维特克，他叫了很久，可是维特克睡得很死，像块石头似的。

直到听出是古巴的声音，瓦帕才大叫起来，还拉扯着维特克的外衣，让他醒了过来。

"什么事？"维特克睡眼惺忪地问道。

"水！我烧得厉害……水！"

尽管维特克又困又恼，还是给古巴打来了一桶水，并把水送到古巴嘴边。

"我病得很厉害，连呼吸都很困难……这是什么在叫？"

"是瓦帕呀！它从安特克家回来了！"

"是瓦帕啊！"古巴低声说着，在黑暗中用手抚摸着狗的脑袋。瓦帕跳来跳去，吠叫着，要跳到他床上去。

"维特克，快给马上些草料，它们啃空槽都啃了很久了，我动不了……他们还在跳舞吗？"过了一会儿，维特克正站在梯子上拿草料的时候，古巴又问了一句。

"大概要到中午才会结束的，不过已经有好几个人醉得人事不知躺在大路上了。"

"这些大老爷们，真会享受啊！"古巴深深叹了一口气。

"磨坊主一家人都去了吗？"

243

"去了,不过他们走得很早。"

"人多吗?"

"多到数不过来,屋子都挤得满满的。"

"酒席丰盛吗?"

"像大地主家结婚一样——肉一大盘一大盘地端上来,白酒、啤酒和蜜酒就更不在话下了,香肠都够装满三个揉面盆的。"

"新娘什么时候过来?"

"今天晚饭前。"

"他们还在享受,还在快乐……我的老天爷?我本以为我能啃几块骨头,一辈子能有这么一次吃得饱饱的。谁知我现在却躺在这里,唉声叹气的,听着别人狂欢滥饮。"

维特克又回去睡觉了,却还嘟哝着:"哪怕能亲眼瞧瞧这些酒菜也是好的!"

古巴不再言语了,他很累,心里满是不快。他感到有种胆怯的怨恨像一群鸟那样在啄他的心,在折磨他全身。

"但愿他们身体健康!但愿他们活得快乐!"他摸了摸狗的脑袋,低声说道。

体温越来越高,神志渐渐模糊。他开始诚心祈祷,祈求天主耶稣对他大发慈悲以消除他的热度,但他忘记了他说了些什么。他几次昏迷过去,多次呓语。只有眼泪点点滴滴地流淌出来,就像一串猩红念珠上的粒粒珠子,很鲜明地落在他的外衣上。他想把它们收集起来,但他忘记了一切,因为他睡着了。

但他时时惊醒过来,呆痴的目光朝四周望去,什么也分辨不清,随即又落入昏迷之中,世界像死寂那样黑暗。

不一会儿,他重又呻吟起来,在睡梦中大声喊叫,惊得马匹都拉紧了拴它的绳索,昂着头喷着鼻息。

"天主哪！保佑我能活到天亮！"他慌乱地呻吟道，两眼朝窗外望去，想从那灰白沉寂的、布满暗淡星光的天空中找到太阳。

可是，现在离白天还远。

马厩里，依然雾气朦胧，但马的轮廓已经能依稀分辨出来。窗下面的草料架也像肋骨似的在晨曦的微光中显现出来了。

他无法再睡下去了，疼痛再次袭来，仿佛有人用许多削尖的棍子刺入他的双腿，又刺又搅，腿就像要爆裂开来似的。又像是有人用火去炙烤他的伤口，钻心的疼痛让他突然跳将起来，用尽全力喊叫，直至维特克惊醒，跑了过来。

"我要死啦！啊，我要死啦！……痛得我都喘不过气来……维特克，你快去叫雅姆布罗兹，或者雅古斯丁卡来，也许他们会有办法！我受不了啦……我最后的时辰要到了！啊，天主！"他突然大哭起来，把脸埋在麦草中，发出凄惨和可怕的哭声。

维特克虽然睡眼惺忪，但还是朝婚礼的地方跑去了。

大家依然跳得兴高采烈。雅姆布罗兹已经醉得不省人事了，他跟跟跄跄地行走在房前的那条大路上的池塘和篱笆之间，还大声唱着歌。

维特克一再请求他，还拉着他衣袖要他快走，可是这个老头子就是不听，反而顽固地唱起他的歌来。

维特克只好去求助雅古斯丁卡，她是懂得一点医道的。可是此时，这个老太婆正在内室里喝着白酒和啤酒，还和几个女友谈天说地、唱歌。她根本不听维特克说话，嫌他纠缠她，把他赶出了房间，还用拳头威胁着他上路。维特克什么人也没叫来，只好哭着回到了马厩。

此时的古巴正好睡着了。维特克蹲进麦草堆里，用块破布盖着头，也立即睡熟了。

早餐时间过了很久，维特克才被母牛饿得哞哞叫的声音和雅古斯丁卡的咒骂声所吵醒。雅古斯丁卡也因为睡过了头，耽搁了许多家务事而迁怒于别人。等到工作做得差不多了,她才去看古巴。

"求你帮帮忙,出出主意……"古巴轻声说道。

"你若是娶个年轻姑娘,病一定马上好!"她一开始还开着玩笑,待她看到他那死灰色的浮肿的脸孔时便立即严肃起来了,"你需要的是神父而不是医生!我能为你做什么呢?我什么也帮不了……依我看来,你得的是绝症!是活不长的绝症!"

"我快死了吗?"

"全凭上帝的安排!依我看来,你是逃不脱死神的魔掌的!"

"你是说,我就要死了……"

"要不要我把神父请来,怎么样?"

"去请神父?要把神父请到我这儿来,请到这马厩里来……你怎么会这样想?"古巴惊讶地说道。

"怎么不能?神父又不是糖做的,难道和马粪接近就会融化了?凡是有重病病人请他去,无论什么地方,他都得去,这是神父的职责!"

"老天爷啊,我可没有这个胆量,把他请到这儿来。"

"你就像这山羊一样傻!"她耸了耸肩膀便离开了。

"她才是个傻女人,不知道说的是什么话。"他觉得自己受了很大的侮辱,便火冒三丈地说道。他躺卧在床上,想了又想,很久后自言自语道,"这个老太婆想把神父请到这儿来,念诵着《圣经》,和上帝交谈,请求他把我召唤去?这老太婆真是胆大妄为……蠢女人……"

现在只剩下他孤零零的一个人,似乎大家都把他忘记了。只有维特克常常会来看一看,给马儿喂喂草料和水,也给古巴喂水。可一做完,他立即就向婚宴那里跑去。这时候大家聚集在多米尼科娃家,正准备把新娘送到丈夫家来。尤什卡也多次大叫大喊地跑了过来,送给他一块烤饼。她说了许多事情,使马厩充满了笑声,也把那些母鸡吓得咯咯乱叫,尤什卡便急忙跑走了。

的确,她是有跑走的理由的,因为那边正玩得特别开心。乐队的乐声,还有愉快的喊叫声和歌唱声,震动墙壁。

古巴静静躺在那里,一种深沉的孤独感袭上心头。他凝神倾听着、分辨着他们是怎样寻欢作乐的。他和瓦帕说说话,就像在和一个永不离开的朋友说话。他还和瓦帕一起分享尤什卡送来的糕饼。他也向马儿打招呼,和它们说说话,马儿也会从食槽里抬起头来张望,还高兴地嘶叫着。那头小马驹甚至还挣脱缰绳,来到古巴的床前,用它温湿的鼻子去亲古巴的脸庞。

"你瘦了!可怜的小家伙,你变瘦了!"他动情地抚摸着它,亲着它那张开的鼻子,"你不要担心,我会很快好起来的,等我好了,你就会更强壮了,即使喂你燕麦我也舍得。"

他再次陷入沉默,不由自主地望着木头墙上的黑节,那上面分泌出一滴滴的黑树脂,犹如凝固的血泪。

苍白而又带着微光的白天,从缝隙中间穿了过来,从敞开的大门照进来一道布满尘埃的光线,有如金黄色的蜘蛛网在闪闪发亮。网上似乎有被粘住的苍蝇正发出低沉的嗡嗡声。

时间在缓慢地过去,一个小时接一个小时,犹如一个又瞎又跛又老的乞丐在深厚的沙地里行走,令人觉得缓慢又劳累。

有一群麻雀叽叽喳喳地飞进了马厩,毫无顾忌地落在了马槽里。

古巴喃喃说道:"多么聪明的小东西,天主给予这些小鸟以智慧,让它们自己就能找到有食物的地方。瓦帕,安静点,让它们吃饱了保持体力好过冬。你不要乱动!"因为瓦帕在追赶这些偷吃的小鸟了。

这时候,院子里传来了猪叫的声音,接着,一群猪便把沾有污泥的鼻子伸进门来,还呜呜地叫着。

"瓦帕,快把它们赶走,这群要饭的,永远都无法满足!"

赶走了这群猪,又来了一群鸡,它们会站在门口。一只红色大公鸡小心翼翼地探头探脑朝里观望，它后退一步张开了翅膀，大叫着跳过门槛直扑了进来，后又走近了木槽，随后，其他的鸡也跟了进来。但它们还来不及吃饱，便又来了一群大鹅。大鹅不停地嘎嘎叫着，红嘴巴晃来晃去，雪白的脖子伸得很直很长。

"赶跑它们！瓦帕，把它们赶出去，这些家伙大叫大闹了，就像一伙爱唠叨的老太婆！"

接着便是一阵骚动，鸡飞鹅叫，翅膀扑动，羽毛四处乱飞，就像从破羽绒被子里飞扬开来似的。因为瓦帕不遗余力地在追赶它们，等它回到古巴身边时已是气喘吁吁，舌头伸在外面，发出很高兴的吠叫声。

"不要叫！"

从房子那边传来雅古斯丁卡的怒骂声、奔跑声，以及把家具从这个房间搬到其他房间的响声。

"在准备迎接新娘了！"

这时，古巴听见路上有人来了，但不是很多，接着是一辆行驶在泥泞地里的马车发出的吱吱嘎嘎，古巴急于分辨出是谁家的车子，不停地自言自语：

"是克温布家的车子，一匹马拉的，梯子形的，一定是到森林里去拉柴草的。而且前面的车轴碰到了车毂，才会发出这种吱嘎声。"

大路上不断有脚步声、说话声以及其他难以分辨的嘈杂声，但是即使是细微的声音，古巴也能够听到，而且能够分辨清楚。

"这是老彼特拉斯，他正走向酒馆。这是瓦伦托娃的叫骂声，一定是谁家的鹅跑到她那边去了——她是个魔鬼，不是个女人……我听出，这是科兹沃娃，她在边跑边叫……啊，真是她！……这是彼特拉克·拉法乌夫……他说话的时候好像嘴里老含着什么东西……这是神父的母马，要去喝水。是的，它停住了……车轮被挡住了……总有一天会被折断的……"

他就这样不停地猜测他所听到的一切声音,通过他的想象和直觉。他观察、关心着全村,能体察到人们的困难、烦恼和生活状况。他竟没有注意到白天渐渐过去,墙壁的颜色变深了,门口也暗淡下来了,马厩也变得模模糊糊了。

雅姆布罗兹到来时已是黄昏时刻,他还没有完全清醒,因为他步履蹒跚、说话急速,让人听不清楚。

"是你的脚受伤了?"

"就请你看看、想想办法吧!"

雅姆布罗兹默默地动手,解开了那缠在伤口上的沾满鲜血的破布。破布上的血已经干了,紧紧粘在了腿脚上,雅姆布罗兹掀开它的时候,古巴痛得大叫起来。

"女人生孩子时也不像你这样大喊大叫的!"雅姆布罗兹轻蔑地说了一句。

"痛死我啦,我的上帝!你扯得我太痛了!"古巴尖叫道。

"你伤得这么厉害,是狗咬的吗,还是别的什么?"他惊讶地问道。腿上血肉模糊,伤口已经化脓,而且肿得像水罐一样大。

"请你一定不要对人说,这是守林人用枪打的。"

"啊,真的。我知道了,他是从很远的地方打中你的……唉,你这条腿可要废了,我感觉到里面的骨头都碎了,都能听到咯咯的响声……为什么不立即来见我?"

"我是害怕……我怕别人知道我去打兔子……守林人开枪打我的时候我已经在森林外面的地里了,他并没有来追我……"

"有一次在酒馆里,守林人曾说过,有人到森林里去捣乱。"

"哼,捣乱……兔子又不是什么私人的财产……狗杂种,他是在设陷阱害我……我已经在田地里了,他还用双管枪打我。这个魔鬼!不过，你什么也不要说，他们会把我抓进法院去的。他们也会把枪没收掉，可是这枪也不是我的。我原来以为，伤口会自行好起来的……帮帮我吧！真是痛极了，痛得我要死！"

"你真会耍手段啊！你狡猾犯禁，竟敢去偷猎，想和地主分享森林里的兔子……现在好了，你看，一条腿就是你付出的代价。"

雅姆布罗兹又检查了一次伤口，一副无可奈何的样子。

"太迟了，拖得太久了！"

"请你想想办法啊！想想办法啊！"古巴胆战心惊地呻吟道。

雅姆布罗兹不再说话，他卷起袖子，抽出了一把十分锐利的小刀，他一手紧紧按住古巴受伤的那条腿，一手去取子弹，挤出脓血。

古巴像屠宰场里的牲口那样大声号叫起来，雅姆布罗兹便用羊皮袄塞住他的嘴，他就痛得晕过去了。雅姆布罗兹把伤口擦抹干净，涂上药膏，包上新的绑带，直到这时古巴才清醒过来。

"你一定要去医院……"

"去医院？……"

"要把这条腿锯掉，也许你还能好起来。"

"要把我的腿锯掉？"

"当然是你的腿！已经坏了，全都变黑了，完全不中用了。"

"是要把它锯掉？"他一时搞不明白，便问道。

"是的，要从膝盖那里锯掉！不要怕，我的腿就是从大腿骨那里锯掉的，现在不是还活着吗？"

"要是把受伤的腿割掉了，我是否就会好起来？"

"就像用手剜掉痛处一样……不过，你得马上去医院！"

"不，我害怕……我不去医院……"

"傻瓜！"

"医院会把活人切成一块块的……你来给我锯掉……我会付你钱

的……你给我锯好了……我不想去医院,我宁愿死在这里。"

"你就会死在这里的……只有医生才能把你的腿锯掉。我现在就去村长家,让他明天派车送你去城里的医院。"

"用不着,我绝不会去的!"古巴坚决地说。

"笨蛋!难道他们会征得你的同意?"

老人出去后,古巴便轻声念叨起来:"锯掉了我就会好起来……"

他的腿经过处理之后便不觉得痛了,但半个身子都麻木了,整条腿都有一种蚂蚁在叮咬的感觉。但他并不在意这些,因为他一直在想着心事。

"我会好起来的!一定会的!雅姆布罗兹的腿全没了,用的是木腿。他说了,就像用手剜掉痛处一样……可是,这样一来,波利那就会把我赶走的,他怎会要一个缺腿的长工呢,既不能犁地,也不能干别的重活?那我怎么办呢?除非去放放牛羊,或者外出去要饭,到处流浪,要么就待在教堂门口……要么就像这只丢在垃圾堆里的旧木鞋,无人问津!啊,天主!仁慈的天主!天主啊!"

他突然明白了自己的处境,吓得一下子坐了起来。

"耶稣,耶稣!"他像在梦呓似的一再重复道,语气焦急,全身发抖。

他内心极其痛苦,仿佛陷入了一道任你如何哭喊都得不到救助的深渊。

他奋力地叫喊,在痛苦中挣扎了很久,最后从泪水和绝望之中萌生出的一种决心、一种愿望使他渐渐平静下来,也使他的沉思更加深刻。周围响起了乐声、歌声和喧闹声,但他什么也没有听见,仿佛是落入了沉睡之中。

与此同时,婚礼也转移到了波利那家,大家要把雅格娜送到她的丈夫家里。

一头健壮的母牛走在雅格娜的前面,人们还把箱子、羽绒被和其他嫁妆物品都装进了车里,随队前行。

现在,太阳落山不久,暮色开始降落,天空渐渐昏暗,送亲的队伍便从多米尼科娃家出发了。

乐队走在前面,卖力地吹奏着。后面是雅格娜,她依然穿着结婚礼服,由母亲和兄弟亲戚们护行。走在最后面的宾客们则三三两两,漫无秩序,十分随意。

他们沿着池塘缓慢前行,池水变黑了,光亮被夜雾盖住了,寂静也更加深沉了。脚步和音乐的声音显得更加短促低沉,仿佛是从水下发出来似的。

有个年轻人偶尔高歌几句,一位大娘吟诗应和,还有一位农民大声喊着:"嗒,嗒啦!"随即便静了下来,大家的兴致都不高,潮湿冷寒的空气把大家冻得发抖。

当送亲队伍走到波利那家的篱笆墙时,伴娘们才一齐唱起这首伤感的歌曲:

姑娘在哭泣
婚礼正进行。
点上四支蜡烛
风琴奏起乐曲。
姑娘也许在想,
会为你奏乐一生:
昨天奏点乐,
今天奏点乐……
但从今日起
你就要终生哭泣……

嗒，嗒啦！

终生哭泣！

波利那、单身汉子们，以及尤什卡已在门口的台阶上等候迎接。

多米尼科娃首先走上前来，她双手捧起一个托盘，里面放有一块面包、一撮盐、一块木炭、一点蜡烛流下的油和一串丰收节上供奉过的麦穗。当雅格娜跨过门槛时，大娘们便把衣服上的棉线和一团麻皮扔在她的身后，以阻止魔鬼的进入，并保佑新娘一生幸福、万事顺利。

这时候，大家相互打招呼、拥抱亲吻，祝福新婚夫妇幸福、健康，早生贵子。接着，大家都进入了厅堂，于是所有的长凳和角落上，都挤满了人。

乐师们正在调乐器，为了不影响波利那所设的酒宴，他们故意调低了声音。

波利那手拿酒杯，向各个妇人敬酒，他劝她们喝酒吃菜，并拥抱她们，其他客人则由铁匠招待。而马格达和尤什卡则用盘子端出了奶油和蜂蜜做成的蛋糕，那是尤什卡为了取悦父亲而特意烤的。

但是，宴会却显得很沉闷，尽管大家照样喝着酒、吃着香肠，甚至喝得很多，但缺少那种欢快的氛围。就连一贯喜欢娱乐和说笑的妇女们，此时也打不起精神来，她们有的安静地坐在长凳上，有的站立在角落里，彼此很少说话，有的甚至想要找个地方休息一番。

雅格娜走进丈夫的卧室，立即换上了一般节日穿的衣服。她出来之后照理要收拾屋子，招待客人，可母亲却不让她插手。

"你就好好享受婚礼吧！以后有你忙的，有你干不完的活！"她轻声说道，一次又一次地把女儿紧紧拥抱，眼泪唰唰地掉下。大家都深感奇怪，她的女儿又不是嫁给远方的农民，也不是嫁给别村的穷人。

他们都不理解多米尼科娃的这种多愁善感，而讥讽的言词也越来越尖酸刻薄,因为她得到了那么多的土地和财产,而且还成了村里首富家的女主人。许多有女待嫁的母亲都非常嫉妒,许多姑娘一看见她便会愤愤不平。

她们还去看了看另一边的房子,那里原先是安特克和汉卡住的,现在成了叶夫卡和雅古斯丁卡准备晚宴的地方。这里炉火熊熊,维特克搬来大把大把的柴火,都不够大锅下面烧的。

她们还仔细打量了整个屋子,每样东西都引起了她们那嫉妒的眼神。

这样的幸运难道不会引起大家的嫉妒吗?

房屋本身就是村里的独一份,宽敞、明亮、高大,像座宫殿似的。墙壁雪白,木铺地板,干净整洁,家具应有尽有。墙上还挂有二十幅带镜框的画像!此外,还有猪圈、马厩、牛栏、谷仓,基础设施样样齐全。单是母牛就有五头,公牛还不算在内,收入源源不断。还有三匹马,还有母猪和鸡鹅,土地就不要说了。

她们伤心地叹着气,一次又一次地悄悄说道:

"我的上帝!为什么天主会把这一切交到一个不配拥有的女人的手里!"

"他们善于相互帮助!"

"凡是常常出去找好运的人,总会有机会碰上的。"

"你的女儿马利西亚为什么就没有碰上这样的好事呢?"

"那是因为她敬畏上帝,诚实做人!"

"其他的人都一样。"

"要是她还是那样,大家就不会允许了。只要她在夜里还敢和某个小伙子约会,那她就会丑闻外扬,闹得人尽皆知!"

"她真的很幸运。"

"还不是她无耻……"

"大家快来呀!"安德烈大声招呼道,"音乐响起来了,大厅里却没有一个女人,这舞怎么跳呀?"

"你这么想跳,你妈妈准许你跳吗?"

"这么急干什么?小心别让你的裤子掉下来,这可不雅观呀!"

"小心别绊倒了别人!"

"你去找瓦伦托娃跳呀,你们倒是很相配的一对怪物!"

安德烈大骂了一声,便拉上他遇到的第一个姑娘转动起来,根本不理会他身后响起的那些嗡嗡声。

在房间里跳舞的人只有几对,而且动作缓慢,热情不高。只有纳斯特卡和西蒙这一对跳得带劲。他们事先就已约好,只要音乐一响起,便紧紧搂抱在一起,来到厅里狂舞起来,他们亲密地说着话,欢笑不已。两人紧贴着身子,大跳而特跳起来,多米尼科娃用不安的眼神望着她的儿子。

这时候,乡长来了,他因要送乡里的那些应征入伍的壮丁到县里去而迟到了。他一来,大家的情绪才高涨了。他喝了一两杯之后便和大家交谈起来,还和新婚夫妇开起了玩笑。

"新郎脸色苍白得像这墙壁,新娘的脸却像她的红裙子一样红。"

"明天你就不会这样说了。"

"你是个老手了,马捷伊!你可不要错过今天这个春宵呀!"

"他又不是鹅,怎好在这众目睽睽之下干起这种事来……"

"我可不敢打这个赌。你可要知道,向树林里扔去一块石头,鸟儿就会飞出来!这可是我乡长对你们说的啊!"

雅格娜逃到另一个房间去了,引起一阵哄笑。

女人们也大胆地聊了起来,她们口无遮拦地说了许多尖酸刻薄的话。

喧闹不断高涨,客人们也渐渐来了兴致,乡长帮忙不小,波利那也手拿酒杯，逐一向客人们敬了好几回酒。跳舞的人多起来了，而且跳得越来越急速，人们还开始唱起了歌曲，绕着房间直转，圈子越转越大，越转越密。

这时候，雅姆布罗兹进来了，他在门槛旁坐了下来，用贪婪的眼神盯住酒杯。

"凡是有酒杯响的地方，就少不了你这老家伙！"乡长冲着他说道。

"正是酒杯响了，才让人感到口渴。让想喝的人来喝，那是功德无量呀！"雅姆布罗兹回答道。

"你简直就是只皮制的酒囊！"

"对牲口美味，对人类就不一定合适。常言说得好：'喝水让人解渴，喝酒使人健身强体！'"

"你说得这么好听，那你就喝了这杯烧酒好了！"

"乡长，你请！有这样一句俗话：'洗礼用水，婚礼用酒，葬礼用泪。'"

"说得好，再来一杯……"

"即使要喝第三杯，我也不会逃避。我总会为我的第一个老婆喝第一杯酒，为我的第二个老婆喝第二杯酒。"

"为什么这样？"

"因为她死得正是时候，好让我去找第三个！"

"什么？你这是在做梦，还想娶老婆？日近黄昏，你老眼昏花，看不清东西了。"

"即使我用手杖也不怕找不到女人。"

房间内爆发出一阵大笑。

"那我们就把你和雅古斯丁卡撮合在一起啦！"女人们大声道。

"两个都爱喝酒都爱唠叨，正好是一对！"另一伙女人也起哄道。

"俗话说，男人会干活，女人会说话，走遍天下都不怕！"

乡长在雅姆布罗兹的身旁坐了下来,其他的人也围了过来,有的找到了座位便挤坐在一起,有的找不到,就只好站在他们前面,几乎占据了半个房间,连妨碍别人跳舞也不顾了。

于是热闹的说笑开始了。大家听到的是机智逗笑的谚语、尖酸刻薄的讽刺、引人入胜的故事,还有各种各样的笑话——逗得客人们前仰后翻,捧腹不已。而在这伙说笑的人中,雅姆布罗兹被公认为第一把好手,他诙谐而幽默的言辞逗弄得大家哈哈大笑。在女人当中,瓦赫尼科娃也是个爱说笑话的能手,同时也是小提琴的演奏好手。乡长则是个低音提琴手,在不影响公务的前提下,他也会和人一起演奏。

音乐骤然轰鸣起来,拉出了最激昂的曲调,跳舞的年轻人迅捷地跳着、喊叫着,脚跟有力地捶打着地板。他们跳得那样欢快,竟达到了浑然忘我的境界。这时候,有个人看见杨介尔站在过道里,便立即把他拉进了房间。这个犹太人脱下帽子,向所有在场的人友好地鞠躬致意,大家纷纷叫他的诨号,他也只把它当耳边风。

"黄脸佬!异教徒!母马的儿子!"

"闭嘴!好好招待他,递给他烧酒!"乡长大声叫道。

"我路过这里,就是想进来看看各位农民兄弟在这个喜庆的日子玩得怎么样!上帝保佑你,乡长先生,我喝伏特加,干什么不喝哩!我要为新婚夫妇的健康干杯!"

波利那拿来一瓶酒,斟给他喝,杨介尔用长衫下摆擦了擦杯子,戴上帽子,便将酒一饮而尽,接着又喝了第二杯。大家高兴地叫喊道:

"杨介尔,留下来,不要急着走!嘿,乐师们,请你们,奏一曲犹太乐曲,让杨介尔也来跳跳舞!"

"我会跳舞的,跳舞不是罪过!"

当琴师们刚刚明白要他们奏什么曲子时,杨介尔便悄悄地溜出了过道，消失在院子外面了。他去找古巴，要把那支猎枪拿回来。

大家都没有注意到他溜走了，因为雅姆布罗兹还一直在说笑话，瓦赫尼科娃也依然在伴奏。他们就这样一直持续到晚宴的时候。音乐静下来了，桌子摆上了，响起了盘碟的声音，而他们依然在滔滔不绝地说笑着。

大家对波利那的入席邀请，都好像没有听见似的。后来雅格娜也再三邀请他们吃饭，乡长却把她拉进他们的圈子里，让她坐在他身边，还握着她的一只手。

直到绰号叫"颠三倒四"的雅谢克大声吼叫起来："客人们，快快入席！菜要凉了！"

"别叫喊，你这个傻瓜！要不你去舔盘子算了！"

"雅姆布罗兹，你尽在撒谎，你以为大家会相信你吗？"

"雅谢克，给你吃的你就吃掉算了，可别来打扰我，你可不能和我相比！"

"那我们就试试看！"雅谢克理解错了他的话，以为雅姆布罗兹要和他打架。

"你能做的，一头牛也能做到，甚至会做得更好。"

"你服侍神父，就以为你和神父一样聪明了！"

雅姆布罗兹被激怒了，便厉声喝道：

"你就是把一头小牛拉进了教堂，出来时照样还是个笨蛋。"

雅谢克的母亲想要保护她的儿子，但他第一个走到餐桌边去了，

其他客人也纷纷就座，因为女厨子们已把热气腾腾的菜肴端了出来，满房间都是香味。

他们按照长幼次序入座——这一切都是按照婚嫁礼节进行的。多米尼科娃和她的儿子坐在中间，伴郎和伴娘们坐在一起。波利那和雅格娜则站在一旁招待客人，留神着婚宴的所有情况。

随即是一片寂静，只有窗外的孩子们在追逐打闹。瓦帕在房前和过道里欢叫不停，客人们静静地吃着端上来的菜肴，个个表现得文雅，彬彬有礼，只有汤勺碰着盘子的响声和大家互碰酒杯的清脆声音。

雅格娜忙前忙后地招呼着大家，还给每位客人夹去肉块或其他食物，再三请大家不要客气，要多吃多喝。她举止优雅大方，言语甜美得体，深得大家的喜爱，以至于不止一个男人盯着她看，就连她的母亲也放下了刀叉来瞧，并以她为骄傲。

波利那也被她迷住了。雅格娜要到厨房去，他也跟在后面，在过道里赶上她后便紧紧抱住了她，热烈地吻她。

"啊，我亲爱的好主妇，你既像庄院里的贵夫人一样高贵端庄，又能在各个方面应付自如、得心应手。"

"我算什么主妇呀。你回大房间去吧！古尔巴什和西蒙没有坐在一起，心情不好，都不太吃东西，你去和他们喝喝酒。"

波利那听从她的吩咐，凡是她想要的，他都会去做。雅格娜感到特别高兴，她意识到自己已经成了这家的主人，而且她很乐意手握这种权力。她感到自己的威望在增长，因而显得更加自信和平静。她从容不迫地在房子里走来走去，用敏锐的目光望着周遭的一切，处理起事情来经验老到，就像是当了多年的主妇一样。

"她是个什么样的女人，老头儿将来自会明白的。不过，我觉得她会是个好主妇。"叶夫卡悄悄对雅古斯丁卡说道。

"一朝得宠，即使白痴也会变聪明。"雅古斯丁卡辛辣回答道，"现在还不错，等到她厌烦老头子了，她又会去追逐年轻男人的……"

"是啊，马特乌什还在等着呢，他并没有放弃她。"

"他是会放弃的……别的人会让他放弃的……"

"是波利那吗？"

"嘿，不是波利那！是个比这两人都要强壮的人，是……现在不说了，到时候你就知道了……"她狡猾地笑道，"维特克，把狗赶出去，它叫呀叫的，把我的耳朵都叫痛了。把那些孩子也赶走，不然他们会打破玻璃，或者干出其他的坏事来。"

维特克拿着鞭子出去了，狗不叫了，只听见一阵鞭子声和一群孩子逃走的叫喊声，他把他们赶到了大路上，便迅速回来，因为泥块和石子纷纷朝他袭来。

"维特克，你等一下！你去把雅姆布罗兹叫来，就说是我叫他来的。我有急事，在门廊外等他。"罗赫站在院子里的阴影处叫他道。

过了好一会儿雅姆布罗兹才出来。他很不高兴，因为打断了他的晚宴，他正在一个好的位置上吃着一道美肴——豌豆炖乳猪。

"教堂着火了，还是怎么的？"

"别大声嚷嚷！你去看看古巴，我觉得他快要死了！"

"死就死吧，用不着打搅别人吃饭！晚饭前我还在他那里，我对他说，他得上医院，要把脚锯掉，他才能恢复健康……"

"你给他说过这话？啊，现在我明白了……我看，是他自己把脚砍掉的……"

"耶稣，马利亚！你说什么？是他自己砍掉的？"

"你快去看看。我是要到马厩睡觉的，刚走到院子里，瓦帕就向我跳了过来，又叫又跳的，还咬着我的长袍，把我拉向前去。我起初并不明白它的意思。它向前跑去，坐在门槛上，大声吠叫，我走近一看，古巴悬躺在门槛上，身子一半在里一半在外！我原以为他是出来透透气晕倒在地的。我把他抱回床上去，点上灯后拿水给他喝，才看清他满身是血，脸苍白得像墙壁，血不断从腿上涌了出来。快走，趁他还有最后一口气。"

他们进入马厩，雅姆布罗兹想方设法让古巴苏醒过来。古巴毫无意识地躺着，但还有一点呼吸，牙齿咬得很紧，牙缝间还能听到一丝痰声。为了让他喝水，还得用小刀把他的牙关撬开。

腿是齐膝盖砍断的，但还连着一块皮吊挂在那里，流了很多血。

门槛上有一大摊鲜红的血迹，旁边是一把血迹斑斑的斧头和一块磨刀石。磨刀石通常都是放在马厩的屋檐下，如今却放在门槛旁。

"很显然，他是自己砍断的。他怕去医院，他以为这样做有助于他的恢复。这个傻瓜真是胆大，又很固执。我的天主！他是在砍他的脚呀……真是让人无法相信……血流得太多了。"

就在这时，古巴睁开了眼睛，有意识地朝四周环视了一下。

"砍断了吗？我砍了两下，便昏过去了……"古巴低声说道。

"你痛吗？"

"一点也不。只是浑身无力，但还健康！"

当雅姆布罗兹给他的脚进行处理——洗净和用湿布包扎时，古巴静静地躺着，一声不吭。

罗赫拿着灯，跪在地上热烈地祈祷着，脸上满是泪水。古巴高兴地微笑着，有如一个被抛弃在野地里的孤儿，才知道没有母亲在身边了，他欣赏着在他身边沙沙响的青草，他望了望天上的太阳，把双手伸向飞过的鸟儿，用自己的方式和大家说话，因而感到欣喜万分。古巴现在的心情也和这个弃儿一样，自我感觉很好，平静、轻松、快乐，根本感觉不出自己所受到的创伤。他还自满得意，他把斧子磨得很锋利，以至于砍起自己的腿来，就像切苹果一样顺利。他深感遗憾的是，没有第一下就砍断，不得不使出浑身解数砍第二下……现在所有的痛苦都过去了，看来是成功了……如果他现在恢复了一些力气的话，他就会立即从床上跃起，去参加婚礼，甚至还要跳舞……当然还要吃些美味佳肴，他现在真的很想吃东西了……

"你好好躺着，别乱动！我去叫尤什卡，她马上就会给你拿吃的来。"

罗赫抚摸了一下古巴的脸,便和雅姆布罗兹一起来到了院子里。

"他活不到明天早晨了。他会像沉睡的鸟儿一样死去,因为他身上的血都流光了。"

"趁他还有意识,快去请神父来!"

"神父到沃拉的地主家去参加今天的聚会了!"

"我就去找他,再不能耽搁了!"

"这里到沃拉有一米拉(合八千多米),又是黑夜又是森林,你会迷路的。这里有现成的马车,他们要吃完晚宴才走,你就坐上一辆赶去好了……"

他们把一辆马车拉到了大路上,罗赫立即坐了上去。

"你们别忘了古巴,要好好照看他!"罗赫临走时大声喊道。

"不会把他单独留下的,不会忘了他的!"

可是,雅姆布罗兹却差点把古巴忘了,他叫尤什卡给古巴送去饭菜之后,自己便回去吃晚餐了,他手不离酒瓶,大吃大喝的,不久便把古巴的事忘得一干二净了。

尤什卡是个善良的姑娘,她把一些菜肴装在一个盘子里,带上半瓶伏特加,便很高兴地给古巴送去。

"古巴,给你送吃的来了,让你也享享口福,高兴高兴一下。"

"上帝保佑你!是香肠吧?我闻到了它的香味,啊,我看到它了!"

"我是特意给你煎过的,让你吃起来味道更香一些。先喝一口伏特加。"因为马厩里面很暗,尤什卡把盘子放在他手里,说道。

他一口就把瓶里的酒喝了个底朝天。

"你在我旁边坐一会儿,我一个人冷冷清清的……"

他开始将食物撕成碎片,送入口中咀嚼起来,可是咽不下去。

"那边的客人都很快乐吧?"

"客人们又多又很快乐,从我生下来到现在,还没有见过这么多的客人。"

"是啊,是啊!这才是波利那的婚礼,没什么可奇怪的!"他很自豪地喃喃道。

"是的,爸爸高兴极了,老是跟在雅格娜的后面。"

"啊,真的!她这样漂亮,这样迷人,完全和大地主的夫人一样美貌。"

"告诉你,多米尼科娃的儿子西蒙,看上了纳斯特卡·戈温布了。"

"他母亲是不会准许的。纳斯特卡家只有三垧地,可吃饭的人倒有十口。"

"难怪他母亲老是在监视他们,只要一看见他们在一起,就会想法把他们拆散。"

"乡长来了吗?"

"来了!他和雅姆布罗兹一起说了许多话,逗得大家都把肚子笑痛了。"

"这么一个大的婚礼,又是这样一个农民,说说笑笑那是应该的……你知道安特克一家的情况吗?"他轻声问道。

"天快黑的时候,我就去了他们那里一趟,给他的孩子送去了一些肉、点心和面包……可是他凶神恶煞地把我赶了出来,东西也都被扔了出来。他很顽固,很凶很凶的……他们很穷,很困难……汉卡和她的姐姐老是吵来吵去的,闹得不可开交。"

古巴没有答话,呼吸越来越急促,越来越困难了。过了一会儿,他才说道:

"尤什卡,我听到那头母马在叫唤哩,它从傍晚起就躺下了,一定是快要生了,你得小心地照看它,你要喂它一些精粮,你听它叫得多惨!我无法去帮它了,我浑身无力,什么也做不了……"

古巴已是精疲力竭，不再说话了，好像睡着了似的。

尤什卡匆匆离开了。

"切西，切西，切西！"古巴突然清醒过来后，一再呼唤着母马。

母马发出低沉的嘶鸣，拼命扯动着缰绳，把铁链拉得咣咣响。

"我这辈子终于可以饱餐一顿了！还有你，小狗，也能得到你的一份。你就不要再叫了……"

他又再次想把香肠吞咽下去，可是都卡在嘴里面了，无法咽下去。

"我的主啊，这么多香肠！这么多肉……我却不能……完全不能。"

他又试图去吞吃一下食物，但仍然无法吞咽下去，手无力地垂了下来，他把手伸进麦草里面，手中还捏着食物。

"我的上帝！东西这么多！我这辈子还从来没有吃这样多呀！可是我吃不了……"

他感到十分心痛，泪水流了满脸，他呜呜地哭了起来，像个受了委屈的孩子那样。

"我先休息一下，等会再吃，也许我还能去看看跳舞哩……"

可是他再也不能了，因为他已处于昏迷状态，可是他并没有扔掉手中的香肠，也完全感觉不到瓦帕在偷偷啃吃。

他突然恢复了知觉，因为晚宴结束后，音乐又轰响起来了，乐声震得马厩的墙壁都吱嘎响，受惊吓的鸡群也在鸡窝里咯咯叫了起来。

喧闹声充满整个空间，从房子里射出的灯光有如黑夜中的红色火光，像雷电一样震响马厩。

狂欢达到了高潮，笑声、嬉闹声和跺脚声也不断高涨，大地受到震撼，姑娘们的尖叫声划破了长空。

起初，古巴尚能听见。突然，他对一切都感到茫然无知，他陷入昏睡之中，仿佛有人把他带到一个叮当作响的黑暗深渊，那里流水哗啦，底部好像形成了一个漩涡。

当舞会跳得越来越欢快、越来越急速，脚跟的踢踏声越来越响，吵闹声把一切都震得发抖的时候，古巴稍微清醒了一下，他的灵魂从黑暗深渊中探了出来，从遗忘中苏醒过来，从惊悚的远方归来，他在侧耳倾听。

在这种时候，他就想吃点东西，或者在内心深处亲切地低声呼唤着："切西！切西！切西！……"

他的灵魂此时正缓缓地离开他的躯体，仿佛有一只圣鸟正带着他向浩瀚的世界飞去，现在还在回旋翱翔，还在飘忽不定，还没有脱离他的躯体而飞向圣地。他想休息一下，以驱除飞翔的劳累，也渴望飞落在众多的人中间，以抚慰他那孤儿的哭泣之心。他多么想回到亲人中间，回到他所爱的人们中间，他伤心地呼唤他的兄弟们，请求他们的帮助。可是，不一会儿，仁慈的耶稣赋予了他力量，使他变得强壮，让他飞得越来越高，越来越远，飞到了那神秘的春天的乐土，甚至飞到了上帝用永恒之光和无穷欢乐使之完美的广袤无垠的处女地上。

他的灵魂还在继续飞翔，而且越飞起高，越飞越远，终于飞到了那个地方：

在那儿，听不见人类的哭泣声，听不到所有灵魂的抱怨声……

在那儿，百合花散发出沁人的芳馨，百花盛开的田野弥漫着甜美的香味。

在那儿，星河在五光十色的河床上奔腾湍流，那里只有无穷无尽的白天。

在那儿，永远能听见静静的祈祷声，它像袅袅上升的扑鼻馨香，有如白云一般清新馥郁。

在那儿，钟声鸣响，风琴轻奏，在这座神圣的城市里，在这座神圣的教堂里，被赎过罪的人们和天使们、圣徒们一道高唱对上帝的赞歌！在那儿，他们和天使们、圣徒们在一起做祈祷，同呼吸、同哭泣、共欢乐，永远在一起。

那颗劳累不堪、需要休息的灵魂，古巴的灵魂，正在朝那儿飞去。

屋子里人们还在不停地跳舞，全身心投入，甚至比昨天还要更热忱，因为食物比昨天的更丰富，主人也比昨天更殷勤，所以，他们要一直跳，直到跳不动为止。

屋里屋外，一直都热闹非凡，就像一只架在熊熊烈火上的大锅那样沸腾。大家稍有松懈，乐队便会重新卖力地演奏起来，宾客们跳得更加起劲，像被狂风吹动的田野，摇摇晃晃，再次兴奋地唱歌、跳舞。他们的心被主人的豪放热情所感染、所融化，他们血液沸腾，理智消失，心跳加剧。在他们看来，此时此刻，他们的每一个动作都是舞蹈，每一句叫喊都是歌唱，每看一眼都是欣喜和欢乐。

人们通宵达旦地狂欢，一直闹腾到第二天的黎明！

白天来临了，阴沉而静寂，晨光和浓厚的阴云一起撒向大地。太阳还没有出现，天空便变得阴沉沉的，天开始下雪了，一开始很稀疏，像刮风的日子里松树上落下的松针那样，后来，便下得又密又大了。

雪像从筛子里筛下的一样，一片一片地垂直落下，均匀单调，无声无息，就像一大片一大片的白棉花或者白羽毛盖在了屋顶上、树上、篱笆上和整个大地上。

婚礼终于结束了，晚上他们还要在酒馆重聚一次，不过现在，他们可以回家了。

只有伴郎和伴娘们，还有乐队，齐集在门口台阶上，齐声唱起了这首短歌：

晚安，新婚夫妇，
晚安！

我们祝愿你们,
度过美好的夜晚!
晚安!

就在这同一时刻,古巴把他的灵魂呈献在了耶稣神圣的脚前。

第一部 秋——完